KB267755

김대산 新무협 판타지 소설
Fantastic Oriental Heroes

心劍誌
심검지

심검지 3

김대산 新무협 판타지 소설

초판 1쇄 찍은 날 § 2012년 10월 29일
초판 1쇄 펴낸 날 § 2012년 11월 5일

지은이 § 김대산
펴낸이 § 서경석

편집부장 § 권태완
편집책임 § 박우진
디자인 § 이혜정

펴낸곳 § 도서출판 청어람
등록번호 § 제1081-1-89호
등록일자 § 1999. 5. 31
어람번호 § 제2-2273호

주소 § 경기도 부천시 원미구 심곡2동 163-2 서경B/D 3F (우) 420─822
전화 § 032-656-4452 팩스 § 032-656-4453
http://www.chungeoram.com
E-mail § chungeorambook@daum.net

ⓒ 김대산, 2012

ISBN 978-89-251-3055-2 04810
ISBN 978-89-251-2999-0 (세트)

心劍誌

심
검
지

③ 강호행(江湖行)

김대산 新무협 판타지 소설

Fantastic Oriental Heroes

도서출판 청어람

目次

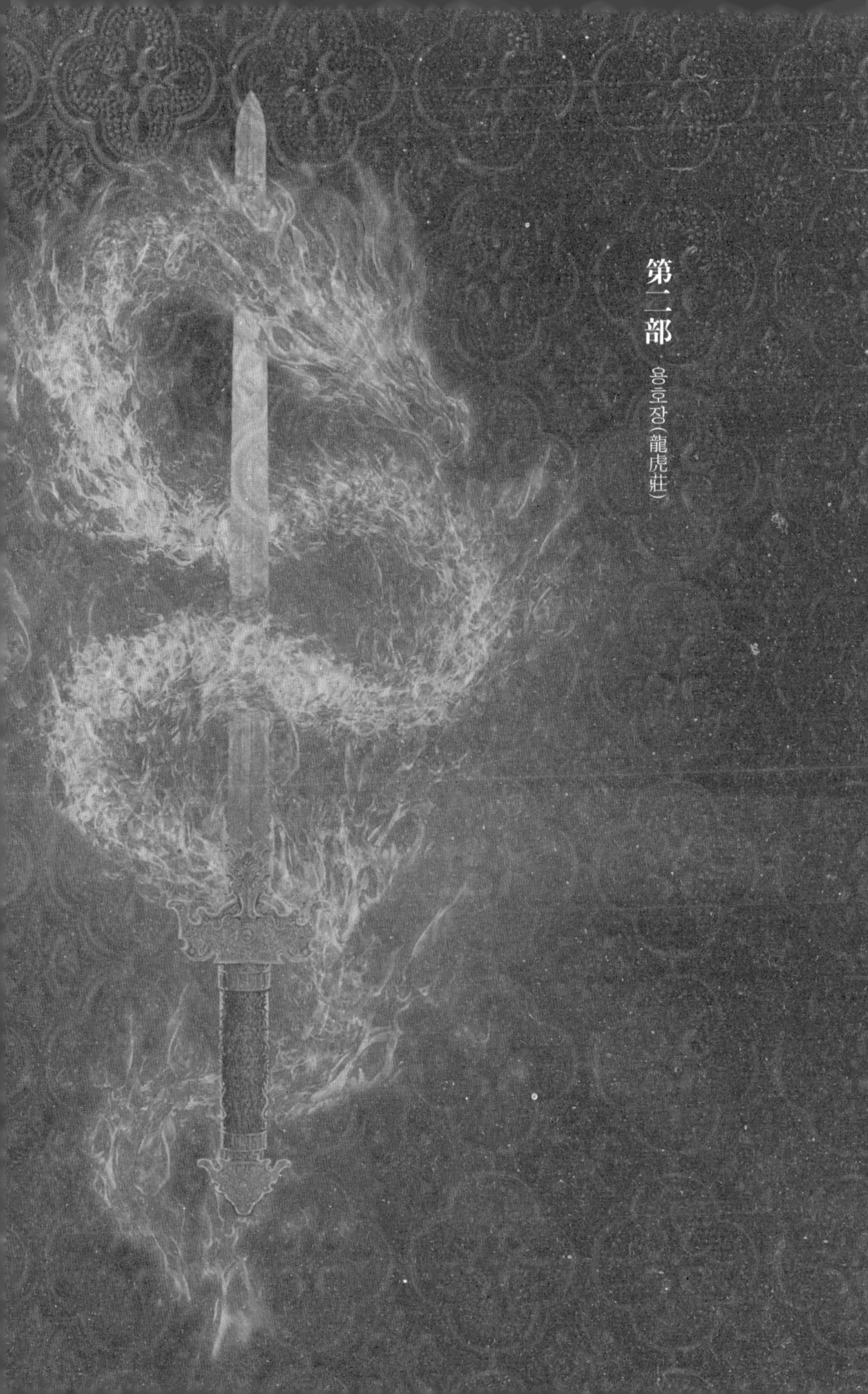
第二部
용호장(龍虎莊)

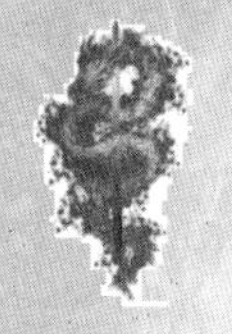

第十七章
독표(毒豹)

1

　저녁 무렵이 다 되어서 화달단이 갑자기 행차를 하겠다고 했을 때 노일은 긴장하지 않을 수 없었다. 곧 밤이 되는 데다 행선지가 어디냐고 물어도 그냥 밤바람이나 좀 쐬러 한다고 왠지 둘러대는 느낌의 대답도 그랬고, 더욱이 행차에 화여령이 따라나선다는 것이 영 불안한 느낌이었다.

　그러나 완곡한 만류에도 불구하고 굳이 나가겠다는 데야 더는 어찌해 볼 수가 없는 일이었고, 노일이 기껏 할 수 있는 일이라야 장삼과 필괴에게 바짝 정신들 차려야 한다고 거듭 주의를 주는 게 다였다.

　어쨌든 화달단의 행차는 사방에 스멀스멀 어둠이 내릴 때쯤 저택을 나섰는데, 여느 때와 마찬가지로 곡목 등 하인 일곱이 따라나섰지만 화달단과 화여령 둘 다 가마는 타지 않기로 하여 행차는 오히려 단출하였다.

어둠이 내린 거리는 한산했다. 간혹 지나다니는 행인들이 있기는 했고, 열둘이나 되는 행차에 흘깃흘깃 눈길을 주기도 했지만, 다른 때와 같이 누구인지를 알아보고 보내는 특별한 관심 같은 것은 아예 없었다.

화달단은 그런 점이 은근히 섭섭하기도 했다. 화여령에게 좀 더 흥미로운, 혹은 위세있는 모습을 못 보여준다는 데 대해서.

그래도 화여령은 내내 들떠 있는 기색이었다. 하긴 그녀가 평소 활달하고 대찬 성격이라곤 하나, 나이 꽉 찬 규수인 데다 성주의 딸로서 청사를 벗어나서는 마음대로 바깥 거리를 활보해 보지도 못했을 것이 아닌가?

"대인! 저 앞의 다리를 건너서부터는 치안이 보장되지 않는 위험지역이니, 여기서 그만 돌아가는 것이 좋겠습니다."

작은 개천을 가로지르는 석조다리를 앞에 두고 노일이 건의한 데 대해, 화달단은 간단히 고개를 가로저었다.

"아닐세! 나온 김에 야매장을 구경하려고 하니, 계속 가도록 하세!"

"안 됩니다. 대인! 그곳은……."

노일이 즉시 불가함을 표하는 중에, 화달단이 가만히 위엄을 잡으며 말을 잘랐다.

"나도 알고 있네! 그곳이 황색지대라는 것을!"

"황색지대일 뿐만 아니라, 특히 야매장은 함부로 들어갔다가는 무슨 일을 당할지 예측하기 어려운 곳입니다."

"그러니 자네들과 함께 가는 것이 아닌가? 그런 위험에서 나와 내 질녀를 지켜주는 것이 바로 자네들의 소임 아닌가 말이야?"

화달단이 그렇게까지 말하는 데야 노일이 당장에는 뭐라고 말을 받지 못한 채로 안색만 잔뜩 굳히고 말았다.

노일의 그런 모습에는 화달단이 또 미안한 마음이 들었던지, 조금은 누그러진 목소리로 다시 말했다.

"자네들 입장에서야 신경이 쓰이는 것이 당연하겠으나… 우리 령아가 꼭 한번 가보고 싶어하는 곳일세! 그리고 기왕지사 여기까지 왔는데, 그냥 돌아가기도 뭣하지 않은가? 오래 머무를 것은 아니고, 그냥 잠시 들러 구경만 하고 돌아가도록 할 터이니, 수고들 좀 해주시게!"

노일이 여전히 얼굴을 풀지 못하였지만, 화달단의 말마따나 처음부터 알고서 말렸으면 모르되 기왕에 여기까지 나와서 그냥 되돌아가는 것은 또 화달단의 체면 문제이기도 할 법했다.

노일이 마지못해 고개를 숙이자, 화달단은 짐짓 위엄을 차리며 슬쩍 화여령을 돌아보았다.

화여령은 활짝 웃는 모습을 보여주었다. 노일의 말이 아니었으면 황색지대가 어디서부터 시작되는지조차 몰랐을 그녀였지만, 어쨌든 드디어 황색지대로 접어든다고 생각하니 괜스레 공기부터 무언가 무질서해진 것 같고, 그럼으로써 더 활기차고 흥미로운 게 많을 것만 같은 기대가 벌써부터 드는 것이었다.

석조다리를 건너서는 촘촘히 민가들이 들어서 있었다.

지붕을 잇대다시피 다닥다닥 붙은 초가의 작은 창들에서는 가물가물 희미한 빛이 흘러나오고 있었고, 두 사람이 나란히 걷기도 어려울 만큼 좁은 골목들이 거미줄처럼 사방으로 뻗어 나가고 있었다.

그리고 얼마 가지 않아 공기 중에 뭔가 퀴퀴하기도 하고 시큼하기도 한 냄새가 짙어지기 시작했으므로, 화여령은 얼굴을 잔뜩 찡그린 채로 얼른 손수건을 꺼내 코를 막았다.

그렇게 얼마나 더 골목들을 헤쳐 나갔을까?

갑자기 앞쪽이 툭 터이더니, 저만치에 환하게 밝은 일대가 보였다.

“아!”

화여령이 손수건을 거두며 탄성을 터뜨렸다.

바로 야매장이었다.

2

야매장은 온통 천막들로 이루어진 또 하나의 세상이었다.

저마다 횃불을 내건 천막들 사이로 길이 형성되어 있고, 사람들이 다니는 사이사이를 수많은 좌판들이 비집고 들어 있었다.

좌판들 위에 펼쳐진 온갖 종류의 물건들, 길을 가득 메우다시피 한 인파, 불빛에 일렁이는 수많은 그림자들까지. 야매장은 그야말로 발 디딜 틈도 없이 북적거리고 있었다.

사람들이 저마다 뭐라고 두런거리는 소리, 호객하는 소리, 흥정하는 소리, 날카롭게 시비를 벌이는 소리. 야매장에는 세상의 온갖 소음들이 다 모여 있는 것만 같았다.

야매장에 들어서면서부터 사람들이 만들어내는 물결에 떠밀려 다니다시피 했기에, 노일은 진작부터 화달단의 곁에 바짝 붙어서 있었다.

노일에게서 화여령을 책임 경호 하라는 지시를 받고 장삼과 필괴 또한 최대한 바짝 화여령의 곁을 지키는 중이었다.

장삼은 지금 잔뜩 짜증스러운 얼굴이었다. 화여령 때문이었다. 그녀는 애초부터 아무것도 살 생각이 없어 보이면서도, 이곳저곳의 좌판들에 불쑥불쑥 손부터 내밀었다. 그리고는 이것저것 집어 들어서 함부로 주물럭거리고, 또 이런저런 상관도 없는 말들을 묻다가는, 잠깐 만에 툭 던져 버리곤 하였다.

장사꾼들이 처음에야 물건 하나라도 팔아볼 욕심에 고분고분하였으나, 이내 말이 곱게 나오지 않았다.

그러나 그럴 때 장삼은 오히려 슬쩍 필괴의 소매를 잡아당기며 뒤로 한 걸음을 물러섰다. 솔직히 장사꾼의 심정에 공감이 가기도 하였지만 감히 그 이유로 그럴 수는 없는 일이고, 사실은 그와 필괴가 아니더라도 대번에 두 팔 걷고 나서서 화여령의 역성을 들어주는 사람이 따로 있는 까닭이었다.

바로 곡목이었다. 장사꾼이 화여령에게 조금이라도 불손하다 싶으면, 그는 대번에 앞으로 나서서 사납게 두 눈부터 부라렸다. 게다가 그럴 때면 여섯 명의 하인이 또한 위세를 더했기에, 웬만큼 성질 드센 장사꾼이라고 하더라도 '퉤!' 재수없다 침 한번 뱉는 것으로 성깔을 누르곤 했다.

"좀 쉬었다 가요!"

가까운 거리라도 늘 가마를 타고 다니던 화여령인지라 오늘 이미 꽤 먼 거리를 걸어왔으니 다리가 아플 만도 하겠다 싶었지만, 장삼은 짐짓 못들은 체했다. 어차피 들은 체를 한다고 해도 그와 필괴가 결정할 일이 아니기도 했다. 그리고 곡목이 있지 않는가?

과연 눈치 빠르게 사람들 틈을 헤집고 몇 걸음 앞서 있는 화달단에게로 간 곡목은, 어디 쉴 자리를 좀 찾아보라는 명을 받고 다시 앞쪽으로 나아갔다.

그리고 얼마 지나지 않아 돌아온 곡목은, 근처에 국수를 파는 가게가 하나 있는데 탁자를 몇 개 갖추고 있어서 잠깐 다리를 쉬었다 갈만은 하다고 고했다.

3

국수집은 사방의 북적거림치고는 제법 넓게 터를 잡고 있었다.

꿀꺽!

국수집에 들어서는 순간 코를 자극하는 냄새에 화달단은 저도 모르게 침을 삼켰다. 구수한 국수 냄새, 그리고 매콤한 양념 냄새. 그에겐 가장 익숙하였고, 평소에 그립기까지 하던 냄새였다.

화달단은 얼른 화여령의 기색부터 살폈다. 그녀가 이런 데서 파는 싸구려 국수 따위를 결코 반기지 않을 것이라는 걱정에서였다.

그러나 언뜻 눈이 마주치자 화여령이 살풋 웃어 보였고, 순간 화달단은 반갑고도 대견한 마음에 크게 마음이 들떴다.

"다들 국수 한 그릇씩 하게!"

화달단의 말에 곡목이 눈치 빠르게 하인들을 시켜 얼른 탁자 몇 개를 잡게 했다.

국수집에는 모두 다섯 개의 탁자가 있었는데 하인들은 마침 비어 있는 탁자 네 개를 모두 잡고는 한군데로 모았다. 그리고 그중 하나에 화달단과 화여령을 모시고, 다른 하나에 노일과 장삼과 필괴를, 그리고 나머지 두 개에 하인들 일곱이 나누어 앉았다.

금방 국수가 나왔다. 하인들은 두세 번의 젓가락질 만에 '후루룩! 후루룩!' 국수를 다 건져 먹고 국물마저 한 방울 남김없이 깨끗이 비워냈다.

노일과 장삼, 필괴가 또한 맛있게 그릇을 비웠고, 화달단은 짐짓 음미하며 천천히 젓가락질을 했다.

다만 화여령은 한 젓가락을 집어 냄새를 맡아보더니 곧바로 젓가락을 놓고는 다른 사람들이 다들 맛있게 먹는 걸 구경만 하였다.

그런데 화달단의 그릇이 이제 반쯤이나 비워질 즈음이었다. 십여 명이나 되는 한 무리의 사내가 국수집 안으로 우르르 들어섰는데, 그중의 하나가 가게 안을 한 바퀴 휙 돌아보고는 못마땅하다는 투로 투덜거렸다.

"에이, 씨! 뭐야, 이거?"

이어 사내는 화달단 일행 쪽을 보며 대뜸 거친 말을 뱉어냈다.

"어이, 거기들! 여기 전세 냈어? 세 개면 되겠구만, 네 개씩이나 차지하고 지랄이야?"

그때 곡목이 의자를 박차고 일어섰다.

그러나 곡목은 막상 사내들을 질타하기는커녕 곧장 애매

한 얼굴이 되고 말았다. 거칠게 뱉어 내는 말투하며 우락부락한 인상들에서 사내들이 무서울 것 없는 불한당 패거리들이라는 것을 한눈에 알아볼 수 있었음에도 곡목이 호기를 부려본 것은, 노일 등의 호위무사들을 믿고서이지 않겠는가? 그런데 막상 노일 등이 곧바로 나서주지는 않고 차분히 사내들을 살피고만 있는 중이었으니, 곡목으로서는 대번에 곤란한 처지가 되고 만 것이었다.

"이… 이보시오들!"

확연히 주눅 든 모습으로 곡목이 애써 입을 뗐다. 그러나,

"뭐? 보긴 뭘 보라는 거야? 네놈 못생긴 상판대기라도 봐달라는 거야?"

거칠게 돌아온 대꾸에 곡목은 표시가 나도록 흠칫 움츠러들고 말았고, 다른 하인들 또한 덩달아 주눅이 들어서 감히 사내들과 눈조차 마주치지 못하고 시선을 피하기에 급급한 모습들이었다.

분위기가 사뭇 험악해져서인지 안쪽의 탁자 하나를 차지하고 있던 손님들이 서둘러 계산을 치르고는 종종걸음으로 가게를 나섰다.

그때 노일이 천천히 자리에서 일어섰다.

"기분을 상하게 했다면 미안하게 되었소! 우리가 탁자 하나를 비워 드릴 테니 기분을 푸시오!"

사내들을 향해 차분하게 말을 건넨 노일이 탁자로부터 물

러섰고, 이어 장삼과 필괴 또한 얼른 일어서서 탁자를 비웠
다.

그럼으로써 탁자 두 개가 비었으니 사내들이 좀 비좁더라
도 모두 앉을 만은 하게 되었는데, 그러나 사내들은 이미 걸
린 시비라는 듯이 더욱 험악하게 기세를 세우는 것이었다.

"어이! 우리가 뭐 기분도 맘대로 못내는 병신들로 보이냐?
아니, 네가 뭔데 우리더러 기분을 풀어라 말아라 하는 거냐
고?"

노일의 말에 트집을 잡으며 사내 하나가 팔자걸음으로 껄
렁하니 다가왔다.

노일이 설핏 미간을 좁혔다. 사내와 그 패거리들은 이미 시
비를 걸려고 작정을 한 기색들이었다. 그렇다면 초반에 확실
한 무력시위로 기를 꺾어 놓을 필요가 있었다. 그렇지 않으면
굶주린 이리떼들처럼 몰려드는 게 이런 바닥 잡배들의 속성
이니까.

퍽!

둔탁한 소리와 함께 사내가 어찌 된 영문인지도 모르게 그
대로 나가떨어졌다.

보고 있던 패거리들이 놀라는 중에 다시 두 명이 앞으로 달
려나왔다.

"이 새끼가 지금 어디서 행세를 하려고………"

그러나 노일은 아무렇지도 않게 다시금 간단한 정권 찌르

기로 하나의 명치를 지르고, 연이어 크게 휘돌려 차는 회전각
으로 다른 하나의 관자놀이를 후려 버렸다.

"욱!"

"악!"

약간의 시차를 두고 두 마디의 비명이 울렸고, 그 두 명은
그대로 바닥에 누워버렸다.

그제야 나머지 패거리들이 크게 놀라 주춤거리는 모양새
들이자, 곡목 외 하인들이 일제히 환호를 터뜨렸다.

"와~!"

화달단이 또한 자못 흥분된 기색으로 된 중에 슬쩍 화여령
을 돌아보았는데, 두 눈을 동그랗게 뜨고서 사뭇 놀랍다는 표
정인 질녀를 보고는 다시 흐뭇한 기색으로 되었다.

"이놈들!"

내처 기세를 세우며 득달같이 나선 것은 곡목이었다.

"이 행차가 어느 분의 행차이신 줄 알고 네놈들이 감히 행
패를 부린단 말이냐? 당장 관청에 넘겨 주리를 틀기 전에 썩
물러가지 못할까?"

곡목이 좀 전의 주눅 들었던 모습을 만회라도 하려는지 기
세등등하게 패거리들을 몰아세우자, 이미 기가 꺾여 버린 패
거리들이 재빨리 쓰러진 동료들을 추슬러서는 우르르 가게
밖으로 꽁무니를 뺐다.

그에 곡목이 마치 제 힘으로 패거리들을 물리치기라도 한

것처럼 사뭇 의기양양해했다.

그 모습을 지켜보고 있던 화여령의 입매가 슬며시 비틀렸다. 이어 그녀는 나직이 입속말로 중얼거렸다.

"병신 같은 놈들!"

4

패거리가 물러간 지 얼마 되지 않았을 때, 허름한 옷차림을 한 사내 하나가 불쑥 국수집 안으로 들어서고 있었다.

곡목은 아직도 채 가라앉지 않은 심장의 박동을 애써 다독이며 주의 깊게 그 사내를 살폈다.

사내는 중간 키에 마른 체형이었고, 길쭉한 얼굴은 조금 밉상이었다. 그러나 특별하다고 할 것은 없어서, 그냥 지나가다가 국수 한 그릇 사 먹으러 들어선 것으로 보였다.

그런데 안쪽에 빈 탁자가 하나 있음에도 사내는 미처 발견하지 못한 듯이 두리번거리며 쭈뼛쭈뼛 일행들이 앉은 쪽으로 다가왔기에, 곡목이 더는 참지 못하고서 재빨리 앞으로 나가 사내의 앞을 가로막아 섰다.

"이봐! 무슨 일이야?"

곡목이 목소리를 깔고는 빈약해 보이는 사내의 가슴을 슬쩍 밀었다.

그러자 사내는 뜻밖에도 가벼운 손짓 한 번으로 곡목의 손을 툭 쳐내는 것이었다.

그런데 그 가벼운 손짓에 담긴 힘이 가볍지를 않아서, 곡목이 순간적으로 몸의 중심이 흐트러지며 휘청하고는 당황스럽고 민망함에 와락 인상을 썼다.

"아니, 이자가 지금……?"

이어 곡목은 커다란 양손을 동시에 뻗어서 우악스럽게 사내의 어깨를 틀어잡았다.

그러나 다음 순간 곡목은 갑자기,

"헉!"

바람 빠지는 소리를 내더니, 틀어잡았던 사내의 어깨를 도로 풀고는 주춤주춤 뒤로 물러섰다.

"이……! 이……!"

곡목이 두 눈을 부릅뜬 채로 원래 앉았던 탁자까지 물러나더니 문득 다리에 힘이 풀리는지 바닥에 풀썩 주저앉고 말았다.

하인들이 크게 놀라며 얼른 곡목의 몸을 일으켜 의자에 앉혔는데, 그리고 나서야 곡목의 왼 옆구리 어림이 붉은색으로 홍건히 젖어 들고 있다는 걸 발견하고는 기겁하여 외쳤다.

"피……! 피다!"

"칼에 찔렸다!"

사내의 짓이었다.

그러나 사내는 우두커니 서서 마치 자신과는 아무런 상관도 없다는 듯이 손을 내려다보고 있었는데, 그의 손에는 한 자루 작은 비수가 반쯤 감추어진 듯이 삐죽 모습을 드러내고 있었다.

곡목의 상처가 가볍지 않아 보이는 데다, 지레 당황하고 겁에 질려 버린 하인들이 제대로 응급조치를 하지 못하고 있었기에 장삼이 그쪽으로 가 보려 자리에서 일어설 때였다.

노일이 가볍게 눈을 찡긋했는데, 그 눈짓에 곡목의 일에 상관하지 말라는 각박한 의미가 담겨 있음을 장삼은 곧바로 알아챘다.

그러나 장삼은 그 지시에 따르지 않을 수 없었다. 그들 세 사람의 임무는 어디까지나 화달단의 호위로써 화달단의 안위를 지키는 일이 최우선이며, 이차적으로는 화달단이 호위를 부탁한 화여령의 안전까지를 책임지는 것이었으니 말이다.

그때 조용히 자리에서 일어선 노일이 화달단의 곁으로 위치를 옮기며 다시 장삼에게 눈짓했다.

그에 장삼이 일어서며 슬쩍 필괴의 소매자락을 당기고는 화여령이 앉은 탁자 옆으로 붙어 섰고, 뒤이어 필괴가 그와는 반대쪽에서 화여령의 옆을 지켜 섰다.

화여령은 긴장한 기색이었다. 그러나 그런 중에도 그녀는 다시 흥미와 호기심을 느끼는 듯이 눈빛을 반짝이고 있었다.

사내가 문득 고개를 들었을 때 화달단은 움찔 떨고 말았다. 사내의 깊숙이 가라앉은 시선이 노려보듯이 부딪쳐 왔기 때문이다.

"나는 독표(毒豹)요!"

사내가 처음으로 입을 열어 그 말을 했을 때, 화달단은 기겁한 나머지 자신도 모르게 벌떡 일어나서 한 걸음을 뒤로 물러나고 말았다.

노일이 성큼 앞으로 나섰고, 그의 등 뒤에 숨어서야 화달단은 겨우 짧은 안도의 숨을 내쉴 수 있었다. 그렇더라도 그의 몸은 확연히 떨리고 있었다.

사내는 바로 독표였다. 사패 중의 그 독표 말이다.

화여령도 크게 놀란 듯했다. 가녀린 그녀의 어깨선이 파르르 떨림을 보였다.

그러나 그녀의 눈빛에 비쳤던 두려움은 이내 엷어졌고, 다시금 짙은 호기심과 흥미가 돋아나고 있었다.

"독표! 그대는… 나와 무슨 원한이 있기에… 함부로 칼을 휘둘러 사람을 해친단 말인가?"

화달단이 노일의 등 뒤에서 애써 떨림을 억누르며 물었다.

"화 대인과는 원한이 없소! 다만 나는 내 일에 간섭하는 자를 결코 용서하지 못하는 성질이니, 저자가 저리된 것은 저자 스스로의 탓일 뿐이오!"

독표가 무심히 대답했다.

"그렇다면… 나와는 아무 볼일이 없다는 것인가?"

"그렇소! 그러나 다른 자에게 볼일이 있소!"

독표가 손가락으로 누구를 가리켰기에 화달단이 흠칫 놀라 돌아보고는 떨리는 목소리로 중얼거렸다.

"필괴……?"

그랬다. 독표가 가리킨 사람은 바로 필괴였다.

"내가 여기에 온 것은 필괴를 보기 위해서요!"

독표에게 지명을 받는 순간 필괴가 시선을 바닥으로 떨구고 말았다는 데 대해 화달단은 언뜻 실망스러운 기색이 되었으나, 다시 독표를 향하며 힘에 겨운 듯이 물었다.

"필… 위사는 무슨 일로 보고자 하는가?"

"한판 붙어 보기 위해서요!"

짧고도 분명한 독표의 대답에 화달단은 순간적으로 할 말을 찾지 못하였고, 그에 차분히 지켜보고 있던 노일이 이윽고 상황에 개입하려고 할 때였다.

독표가 돌연 눈빛을 매섭게 하며 차갑게 으르렁거렸다.

"다시 한 번 말해두지만, 누구든 내 일에 함부로 끼어든다면… 내가 왜 독표인지 분명히 깨닫게 만들어 주겠소!"

화달단이 질린 표정이더니 곧바로 고개를 끄덕였다. 그리고는 얼른 뒤로 몇 걸음을 더 물러났는데, 그의 그런 모습은 마치 자신이 이 위험스러운 상황과 무관하게 되기 위해서 필괴에게 호위무사로서의 책무를 다하라고 독려하는 것처럼 보였다.

노일은 일순 당황했으나 이내 표정을 바로 했다. 설령 화달단의 뜻이 그렇다고 해도, 필괴에게 명령을 내릴 일차적인 권한은 화달단에게 있는 것이 아니라 어디까지나 직속상관인 그에게 있는 것이었다.

그러나 그때 노일은 다시금 당황스러운 얼굴이 되고 말았다. 필괴가 큰 걸음으로 성큼성큼 걸어 나오고 있었기 때문이다.

노일이 표정을 무겁게 굳혔다가는 다시 장삼 쪽을 노려보았다. 지금 그가 더욱 화가 나는 것은 오히려 장삼에 대해서였다. 필괴만큼 단순하지도, 고지식하지도, 우직하지도 않은 장삼이 필괴가 나서는 것을 보고도 제지하지 않고서 그대로 지켜보고만 있다는 데 대해.

그러나 노일은 다시금 스스로의 생각 방식과 판단 기준에 대해 일시적인 혼란과 괴리감을 느껴야만 했고, 이윽고는 무력해지는 기분으로까지 되고 말았다. 지금 재빨리 그에게로 다가오고 있는 장삼의 표정에서 적반하장으로, 필괴를 제지하지 말고 그대로 두라는 의지를 사뭇 뚜렷하게 읽고서였다.

5

독표가 손에 쥐고 있던 비수를 한쪽 옆으로 던져 버리고 양팔을 활짝 벌려 보였을 때, 필괴는 장삼을 돌아보지도 않고, 또한 별로 주저하는 기색도 없이 허리의 검을 풀어 바닥에 내려놓았다.

싱긋이 웃어 보인 뒤 독표는 천천히 돌아서서 국수집 바깥의 거리로 나섰다.

"싸움이다~!"

"싸움이 벌어졌다~!"

기대와 흥분에 가득 찬 외침들이 입에서 입을 거치며 거리를 달려나갔고, 대번에 수많은 사람들이 운집해 들고 있었다.

독표는 양 무릎을 조금 숙여 자세를 낮추었는데, 그런 독표에게서 장삼은 달려들 틈을 노리는 굶주린 야수와도 같은 느낌을 받았다.

천천히 두 손을 모아 잡는 필괴를 보고 장삼은 곧바로 알 수 있었다. 그가 이번에도 일전 대웅과의 싸움에서 보여주었던 예의 그 비검(臂劍)을 쓰려고 하는 것임을.

그때였다.

전혀 아무런 기미도 없이 독표가 한순간 튕기듯이 몸을 날렸는데, 그 움직임이 갑작스럽기도 하거니와 그야말로 쏜살같이 빨랐다.

순식간에 거리를 좁혀 간 독표는, 스스로의 두 손을 묶어 놓은 채로 당황하고 마는 필괴의 머리카락을 움켜잡았다.

그리고 독표는 폭죽이 터지는 것처럼 몰아치기 시작했다. 그의 공격에는 형식이나 격식 따위는 조금도 없었다. 한 손으로 필괴의 머리카락을 움켜잡은 채로, 주먹과 팔꿈치와 무릎

과, 심지어는 박치기까지, 온갖 형태의 타격들을 무자비하게
작렬시켰다.

과연 독표였다. 그는 수단 방법을 가리지 않았다. 수많은
구경꾼들이 지켜보는 중에도 아무렇지 않게, 상대의 낭심을
차올리고, 눈을 찌르고, 할퀴고… 심지어는 귀를 물어뜯기까
지 했으니, 마치 한 마리의 악귀가 날뛰는 것 같았다.

일방적이었다. 독표의 정신없이 몰아치는 공격에 필괴는
어떻게 대응해 볼 엄두조차 내지 못하고 잔뜩 움츠린 채 속수
무책으로 당하고 있었다.

필괴의 얼굴은 이미 피범벅이 되었고, 사정없이 물어뜯긴
한쪽 귀는 너덜너덜하도록 찢어져서 독표가 이리저리 머리를
잡아 흔들 때마다 '후두둑!' '후두둑!' 핏방울이 사방으로 흩
뿌려졌다.

독표는 더욱 맹렬하고 표독스럽게 필괴를 몰아치고 있었
다. 그는 지금 마치 스스로의 잔학성에 몰입해 들어서, 싸움
을 한다기보다는 차라리 잔인의 끝을 보려는 작정인 것 같았
다.

장삼은 차라리 허탈한 표정이 되어 있었다.

그러나 노일은 이제 차갑게 가라앉은 눈빛으로 싸움을 지
켜보고 있었는데, 그는 이미 이 싸움에 개입할 수 없게 되었
다는 결론을 내린 뒤였다. 비록 지저분한 진흙탕싸움이라고
는 하나, 이처럼 많은 눈들이 지켜보고 있는 중에 어쨌든 일

대일로 싸움을 벌이고 있는 것이니, 그가 함부로 개입하는 것은 싸움의 결과에 상관없이 용호장의 명예에 크게 누가 되리라는 판단이었다.

그때 장삼의 눈빛이 문득 빛을 발했다.

잔뜩 움츠리고만 있던 필괴가 처음이다시피 두 손을 뻗쳐 내더니 마치 마지막의 발악이라도 해 보려는 듯이 마구 휘젓기 시작한 것이었다.

그러던 중에 필괴의 한 손이 어떻게 독표의 어깻죽지 어림을 틀어잡았고, 곧바로 필괴의 몸짓은 차라리 악착같아졌다. 일단 독표의 어깻죽지를 확 잡아당겨서 바짝 밀착하고는, 무릎으로 낭심을 차올리고, 얼굴을 할퀴고, 눈을 찌르고, 머리로 들이박고, 이윽고는 입에 닿는 대로 물어뜯으려 하기까지……

장삼은 저도 모르게 잔뜩 찌푸리며 고개를 가로저었다.

필괴의 그러한 시도들이 바로 독표가 썼던 수법들을 그대로 흉내 낸 것이었으니, 치졸하다는 것을 떠나 그것들이 역으로 독표에게 먹힐 리는 없지 않겠는가?

그러나 장삼은 곧 이어 두 눈을 부릅떴다. 먹히고 있었다. 필괴의 그 어설픈 흉내 내기가 말이다. 그리고 그러한 '먹힘'이 어떻게 가능한지에 대해서도 문득 감이 왔다.

바로 힘이었다. 이제 보니 필괴의 힘은 이전보다 한층 더 강력해진 것 같았다.

두 사람이 그야말로 치열하고도 난잡하게 얽히더니, 한순간 무엇을 어떻게 하였는지 필괴가 독표의 등 뒤로 돌아갔고, 동시에 팔을 목에 감아서 조이기 시작했다.

독표도 그대로 당하고 있지는 않아서 몇 가지의 재간을 한꺼번에 쏟아내고 있었다. 순간적으로 몸을 비틀어 빠져나가려고 하였으나 그것이 통하지 않자, 발뒤꿈치를 세워 필괴의 발등을 내려찍고, 다시 양 팔꿈치로 필괴의 좌우 옆구리를 찍었는데, 나중의 수법들은 제대로 먹혀든 것처럼 보였다.

그러나 필괴는 꿈쩍도 하지 않았고, 더욱 세게 독표의 목을 조였다.

독표가 숨 막혀 발버둥을 치면서도 더 이상은 어떻게 벗어나려는 시도를 하지 못하는 듯한 모습에서, 장삼은 이제 두 사람 사이의, 그야말로 압도적인 힘의 차이를 짐작해 볼 수 있었다.

필괴는 지금 한 단계의 어떤 진화를 이루고 있는 듯한 느낌이었다. 마치 그에게 여러 겹의 꺼풀을 가진 어떤 알지 못할 잠재력이라도 있어서, 지금 그 꺼풀 중의 한 겹이 벗겨지고 있는 것 같은 그런 느낌 말이다.

그리고 장삼이 새삼 돌이켜 보니 또 한 가지가 있었다. 그렇게 당하면서도 끝내 포기하지 않고 기어코 상황을 역전시켜내고야 말았으니, 투지나 싸움에 대한 집중도에 있어서도 필괴는 결코 독표에 비해 부족하지 않았던 것이다.

“와~!”

“와아~!”

사람들의 환호성이 드높았다. 사실은 진작부터 온갖 탄식과 환호들이 터져 나오고 있었던 것이지만, 필괴에게 집중을 하고 있던 터라 장삼이 이제야 그 소리들을 들은 것이었다.

장삼은 그제야 빠르게 주변을 돌아보았다. 시야가 닿는 사방이 온통 사람들로 빽빽하였다.

화달단은 얼굴이 벌겋게 달아오른 채로 두 주먹을 불끈 쥐고 있었고, 그 옆의 화여령 또한 잔뜩 상기된 표정으로 싸움판에서 눈을 떼지 못하고 있는 모습이었다.

노일은 적잖이 흥분한 기색인 중에도 화달단과 화여령의 주변 경계를 소홀히 하지 않고 있었고, 그 주변에서 화씨별택의 하인들이 목이 터져라 무어라고 외쳐 대고 있었다.

그런데 그때였다.

“아~ 앗!”

“저… 저것!”

주변의 환호성이 돌연 놀란 경호성과 비명으로 변했기에 장삼은 급하게 시선을 다시 싸움판으로 돌렸다.

필괴가 등 뒤에서 여전히 목을 조이고 있는 중인데, 독표의 양손에 각기 한 자루씩의 비수가 들려 있었다. 싸움 전에 손에 들고 있던 비수를 던져 버린 그였지만, 아마도 몸 어딘가에 다시 두 자루의 비수를 숨기고 있었던 모양이었다.

"조심해!"

장삼이 다급하게 외쳤다. 그러나 그때는 이미 독표가 그대로 필괴의 양쪽 옆구리에다 비수를 박아 넣고 난 다음이었다.

필괴의 몸이 한순간 멈칫거리더니 그대로 딱딱하게 굳는 것처럼 보였다.

사방의 군중들이 차라리 정적을 이뤄낼 때 독표는 비수를 필괴의 몸에 박아둔 채로 재빨리 목을 조이고 있는 필괴의 팔을 풀어냈다. 두 자루의 비수가 양 옆구리에 깊숙이 틀어박힌 이상, 아무리 괴력을 지녔다고 해도 더 이상은 힘을 쓸 수 없을 것이었다.

과연 그토록 철벽같던 필괴의 팔은 아주 간단히 풀렸다.

빙글!

독표는 필괴와 마주보도록 몸을 돌렸다.

그러나 그것은 독표 자신의 의지에 의한 것이 아니었다. 그의 몸은 강제로 돌려진 것이었다. 엄청난 완력에 의해.

이어 필괴의 두 손이 독표의 목덜미를 감싸더니 다시 세차게 아래로 잡아당겼고, 동시에 차올린 그의 오른 무릎이 그대로 독표의 얼굴을 찍어버렸다.

콱!

"악!"

무언가 단단히 으스러지는 소리와 함께 짧은 비명이 울렸다.

필괴의 오른 무릎어림은 벌겋게 물들어 있었고, 독표의 숙여진 머리 아래쪽으로 붉은 피가 줄기를 이루며 '주르륵!' '주르륵!' 떨어져 내리고 있었다.

그러고도 필괴는 독표를 놓아주지 않았다.

콱!

"큭!"

콱!

필괴가 두 번을 더 무릎으로 독표의 얼굴을 찍었는데, 그 두 번째에서 독표는 비명 소리조차 내지 못했다.

그제야 필괴는 독표를 놓아주었는데, 스르르 무너져 힘없이 무릎을 꿇은 독표는 다시 뒤로 넘어가 하늘을 향해 뻗고 말았다. 그런 독표의 얼굴은 피투성이로 화해 있는 중에 코와 입의 형태조차 알아보기 힘들 정도로 아예 함몰되다시피 되어 있었고, 그런 채로 그는 의식을 놓아 버린 모양새였다.

필괴가 잠시간 우두커니 독표를 내려다보고 있더니, 문득 자신의 양 옆구리에 비수가 박혔다는 사실을 상기한 듯이 양손으로 두 자루 비수의 손잡이를 잡아가는 것이었다.

"안 돼~!"

장삼이 다급히 외치며 달려갔으나, 필괴는 그대로 두 자루의 비수를 뽑아버렸다.

촤악~!

촤~ 악!

두 줄기의 피가 분수처럼 뿜어졌다.

"이런……!"

장삼이 급한 탄식을 뱉었다.

그러나 그는 다시 의아한 표정이 되고 말았다.

필괴가 콸콸 쏟아지는 피를 손바닥으로라도 막아보려고는 하지 않고 땅바닥에 한쪽 무릎을 꿇더니, 돌연 양손을 치켜들고 두 자루의 비수를 세우는 것이었다.

그리고 지켜보던 군중들이 미처 놀람의 소리를 지를 틈도 없이 필괴는 그대로 그 두 자루의 비수를 아래로 내리꽂았다.

양 옆구리에 비수가 박히는 순간, 의식을 잃은 듯하던 독표의 몸이 소스라치듯이 움찔거렸다. 그러나 그는 비명을 토해 내지도 못하고 입만 딱딱 벌리는 모습이었다.

그 잔인하고도 냉혹한 광경에 대해 군중 중에서 잠깐의 격한 반응들이 흘러나왔지만, 장삼은 공감하지 않았다. 다만 그는 문득 생각해 보지 않을 수 없었다.

'이전의 필괴가 아니다!'

필괴는 그대로 돌려준 것이다. 독표가 자신의 몸에 비수를 꽂았던 것과 똑같은 위치에다, 그 두 자루의 비수를 되꽂아줌으로써.

장삼은 일순 아주 묘하고도 기이한 전율 같은 것을 느꼈다.

"와~!"

"와아~!"

구경꾼들이 결국에는 환호성을 터뜨리고 있었다. 승자에 대한 열렬한 환호였다.

그제야 장삼이 화들짝 짧은 감상에서 깨어나며 재빨리 필괴에게로 다가섰다.

필괴의 양쪽 옆구리에서는 여전히 뭉클거리며 붉은 피가 뿜어져 나오고 있었다.

6

요행이었을까? 필괴의 상처는 꽤나 깊은 것치고는 그다지 심하지 않았다. 혈맥이나 내장을 다치지는 않았던 것이다.

급하게 지혈을 하고, 이어 비상용으로 가지고 있던 금창약으로 응급조치를 하는 동안에 장삼은 다시 한 번 필괴가 이전에 비해 한층 더 강해진 것 같다는 느낌을 가졌다.

그러나 그런 것에 대해서는 이제 이상하다기보다는 그냥 뿌듯한 느낌이었는데, 다만 필괴가 마치 아무 일도 없었다는 듯이 천연덕스럽다 싶을 정도로 평상시의 표정과 모습으로 돌아온 것에 대해서는 아무래도 이상하긴 하였다.

정작으로 심각한 것은 곡목의 상처였다. 비수에 찔린 상처도 깊었지만, 무엇보다도 지혈과 응급조치가 늦어진 까닭이었다. 필괴의 응급조치를 끝내고 나서야 곡목에게 생각이 미친 장삼이 서둘러 국수집 안으로 들어갔을 때 곡목은 혼자 방

치되다시피 남겨져 있었는데, 과다출혈 탓에 얼굴이 백지장처럼 변한 채 죽은 듯이 늘어져 있었던 것이다.

곡목에게 대강의 응급조치를 해준 뒤 하인들에게 들려 먼저 집으로 가게 하고 보니, 돌아오는 길의 행차는 단출했지만 그래도 화달단은 든든하기만 했다.

그의 곁에는 여전히 세 명의 호위무사가 경호를 하고 있었고, 그중에는 특히 필괴가 있는 것이다. 대웅에 이어 독표까지, 사패의 둘을 꺾은 그 필괴가 말이다.

화달단은 어깨에 절로 힘이 들어가고, 입가에는 내내 흐뭇한 미소가 지워지지 않았다.

第十八章
우연

1

곡목은 요즘 아주 다른 사람이 된 듯했다. 상처 부위가 덧나면서 치료가 어려워 계속 고생을 하고 있는 데다, 무엇보다도 사람이 기가 완전히 꺾여 버린 듯이 조용조용하고 매사에 조심스러워하는 모습이었다.

반면에 필괴는 하루 만에 상처에 피딱지가 앉더니, 다시 사흘쯤 되었을 때는 피딱지가 벌어지며 그 속으로 발간 새살이 올라오고 있었다.

장삼은 이제 크게 놀랍지도 않아서 고개를 휘휘 저으며 차라리 툴툴거렸다.

"이것 봐라! 벌써 상처가 아물고 새살이 돋아나고 있으니,

내 금창약이 얼마나 신묘하냔 말이야? 그런데 그 귀한 것을 너한테 다 써버렸으니, 이 손해를 어떻게 보상받지?"

그러나 필괴가 그저 한번 씩 웃고 말았기에, 장삼은 짐짓 잔뜩 찡그려 놓았던 인상을 슬며시 풀고 말았다. 필괴의 새로운 면모를 언뜻 보는 듯해서였다.

필괴의 웃는 얼굴에서 가만히 드러나는, 그의 울퉁불퉁한 얼굴과는 확연히 다른 하얗고 가지런한 치열이 우선 그랬다.

그리고 장삼에게 새롭다 못해 낯설기까지 한 필괴의 면모 또 한 가지는, 그가 갑자기, 혹은 이제야 사내처럼 보인다는 것이었다. 그것도 사뭇 묘한 야성까지를 가진 사내로 말이다.

2

장복방주 반위천(潘偉穿)이 뵙기를 청한다는 말을 듣고 대도성주는 이맛살부터 찌푸렸다.

반위천이 첫 부임 시부터 이런저런 연(緣)을 앞세우고 들먹여 관계를 맺고 또 강화하려는 시도를 지속적으로 해오더니, 언제부터인가 그는 이윽고 슬금슬금 하소연이며 요구들을 꺼내고 있는 중이었다.

"성주께서도 알고 계시는지 모르겠습니다만, 작금에 용호장의 독점행위는 너무 지나쳐서 성내의 상계 전체가 커다란 혼란과 어려움을 겪고 있는 실정입니다. 하오니 성주께서 혜 안으로 살피신 연후에 상계의 건전한 경쟁 질서 유지를 위한 합당한 조치를 취해주시기를 호소하는 바입니다!"

성주는 가만히 미간을 찌푸렸다.

반위천이 지금 들어와 그동안에는 안 하던 읍소의 시늉까지 하는 이유를 성주도 대강은 알고 있었다. 더욱이 그것이 그의 늙은 형과도 관련이 된 일이었으니 말이다.

즉, 열흘여 전 늙은 형의 호위인 필괴란 자와 성의 이름난 싸움꾼인 독표라는 자가 공개적으로 한판 싸움을 벌였는데, 거기에서 필괴가 이겼고, 그 여파로 그가 속한 용호장이 그 덕을 아주 톡톡히 보고 있어서, 각종의 경호 의뢰가 용호장으로 폭주해서 그 폭발적인 수요를 감당하지 못한 용호장이 즐거운 비명을 지르는 지경이라는 것이었다.

"최근에 용호장으로 경호 용역에 관한 일감이 몰리고 있다고 하더니, 그에 관한 말씀이로군요. 그러나… 그런 일이라면 어디까지나 상계 자체의 문제라고 할 것이니… 본 성주로서는 그저 지켜볼 뿐이지 당장에 무슨 조치를 취할 것은……."

성주가 짐짓 웃는 얼굴로 하는 말을 끊듯이 하며 반위천이 곧바로 받았다.

"그렇지가 않습니다. 작금의 상황이 조금만 더 지속된다면 얼마 안 가 중소 규모의 상단부터 차례로 고사를 당하는 사태가 오고 말 것인데, 상계의 건전한 경쟁 체계가 무너졌을 때 거대 상권을 한 손에 움켜쥔 용호장이 필연코 부릴 횡포는 어

찌 할 것입니까? 그 폐해가 고스란히 성민들에게로 돌아갈 것
이 아니겠습니까?"

그에 대해서 성주는 비로소 정색을 하였다.

"방주의 그러한 우려는 너무 성급한 것 같소! 지금의 상황
이 방주가 우려하는 대로의 폐해로까지 이어질지, 아니면 시
장이라는 것이 늘 그렇듯이 돌연한 변수가 발생한 초기에는
어느 정도의 혼란과 불안정을 겪다가 이내 시장이 지닌 자정
능력에 의해 나름의 균형을 찾아갈 지, 좀 더 시간을 두고 지
켜보면서 신중히 판단을 해봐야 하는 것이 아니겠소?"

성주의 위엄에 반위천의 표정이 설핏 굳어지는데, 성주는
문득 정색을 풀더니 다시금 가볍게 웃는 얼굴로 돌아갔다.

"물론 어느 시점에 가서 정히 필요하다면 본 성주가 일정
부분 조정자의 역할을 할 수는 있을 것이오! 그러나 방주도
잘 알다시피… 본디 관부의 입장이란 게 상계의 일에 임의로
개입하는 경우는 가급적 금해야 하는 것이고, 불가피한 경우
라고 해도 상당한 숙고와 신중함이 따라야만 하는 것 아니겠
소?"

성주가 사실상의 거부 의사를 표한 것에 대해 반위천의 얼
굴이 어두워질 때였다.

"이런… 내 정신 좀 보게!"

성주가 문득 생각났다는 듯이 서둘러 자리에서 일어서면
서 짐짓 미안하다는 듯이 말을 보탰다.

"중앙관청에서 내려온 손님이 내방하기로 되어 있는데, 그 전에 미리 몇 가지 관련 문서들을 챙겨본다고 해놓고는 그만 깜빡하고 있었으니……."

그러는 데야 반위천이 또한 일어나서 허리를 굽힐 수밖에 없었다.

그러나 예를 받는 둥 마는 둥 하고 짐짓 급한 걸음으로 방을 나서는 성주의 등을 향하는 반위천의 눈빛은 날카롭게 변하고 있었다.

이윽고 방문이 닫히자 굽히고 있던 허리를 천천히 편 반위천은 나직한 독백을 뱉어냈다.

"그동안 내가 당신에게 쏟아부은 재물과 정성이 얼마만큼인데, 나를 이처럼 괄시한단 말인가? 그러나… 당신은 알아야만 한다. 당신이 잘나서 그동안 대도성에 큰 말썽이 없었던 게 아니란 걸! 만약에 내가 마음만 먹는다면, 당장에라도 당신을 곤란에 처하도록 만들 수도 있다는 걸 말이다."

3

화여령은 오늘 무척이나 기분이 좋았다. 그녀는 요즘 매일처럼 백부의 저택으로 나오고 있는 중인데, 오늘 한 사람이 그녀를 만나러 오겠다는 연락을 전해온 때문이었다. 그녀는 마침 그 사람에게 보여주고 싶은 것과 해주고 싶은 얘기들이 쌓여 있는 중이기도 했다.

　그 훤칠하게 생긴 미남청년은 손에 아마도 선물꾸러미이지 싶은 큼직한 보자기 하나를 들고서 화씨별택의 대문을 들어섰다.

　그리고는 기다리고 있던 화여령과 마치 과시라도 하는 듯이 한껏 반가움과 다정함을 표시하더니, 두 사람이 어깨를 나란히 하고 사랑채로 향했다.

　"그간 안녕하셨습니까? 대인 어른!"

　서글서글하니 인사를 하고 가져온 보자기부터 내미는 청년의 모습은 꽤나 익숙하고도 자연스러워 보였다.

　"어허! 올 때마다 뭘 이런 걸 자꾸… 허허허! 이거 참!"

　짐짓 치레를 하면서 청년을 맞이하는 화달단의 모습 또한 사뭇 익숙한 것이었다.

　사실 화달단이 청년을 보는 것은 벌써 여러 번째였다. 동생인 대도성주가 화여령이 청년과 만나는 것에 대해 크게 못마땅해했으므로, 화여령이 가끔씩 그의 집에 올 때 겸사겸사 청년을 오게 하여 둘만의 시간을 가지곤 했던 것이다.

　그런 덕에 화달단 자신도 번번이 청년의 집안으로부터 꽤나 값나가는 선물들이며, 또 몇 가지의 작지 않은 편리를 취한 바가 있기도 했다.

　청년의 이름은 반서훈(潘瑞暈)이었다. 누구 부럽지 않을 만큼 풍족한 집안의 독자였으며, 대도성 제일의 미남자 소리를 듣고 있기도 했다.

그럼에도 대도성주가 이미 과년하단 소리를 듣고 있는 딸과의 교제를 못마땅하게 여기는 것은, 반서훈이 바로 장복방의 소방주 신분이기 때문이었다.

반서훈이 대도성 전체에서 수위를 다투는 상단의 소주인(少主人)이기는 하나, 성주의 입장에서야 일개 장사꾼으로 낮추어 보는 마음이 없지 않은 데다, 더욱이 자신이 다스리는 관할 지역에 속한 상단이니 자칫 괜한 구설수에라도 오를까 경계가 생기지 않을 수는 없어서일 터였다.

사실은 화여령의 입장에서도 반서훈에게 아주 마음을 준 것은 아니었다. 솔직히 반서훈 정도로는 그녀의 마음에 차지 않는달까? 다만 그에게 그녀의 과시 욕구를 채울 수 있는 일정 부분이 있기에 교제를 이어가고 있는 중일 뿐이었다.

화여령은 또한 짐작하고 있었다. 반서훈 역시 그녀에게 진정으로, 혹은 아주 순수하게는 마음을 연 것이 아니란 사실을.

대도성 제일상단의 후계자인데다 최고미남자 소리를 듣는 사내답게 그가 진작부터 성내 유수 집안의 아름다운 여인 여럿과의 정담이 있었고 현재도 진행 중이란 사실을 화여령이 이런저런 경로를 통해 전해들은 바도 있거니와, 그런 것이 아니더라도 남녀관계에 있어서만큼은 다분히 노련한 반서훈의 면모를 이미 여러 번 본 때문이었다.

어쨌든 그런 반서훈에게 화여령 자신은 아주 마음에 드는 최고의 여인은 아닐 개연성은 충분했는데, 다만 그럼에도 그가 그녀와의 교제에 사뭇 적극적인 것은… 아마도 자신의 가문의 이익을 위해서일 것이었다.

4

별채로 와서 다탁에 마주 앉자마자 화여령은 곧장 얘기를 쏟아내기 시작했다.

필괴에 관한 얘기였다. 그리고 주로는 그날 있었던 독표와의 싸움얘기였다.

화여령은 필괴와 독표가 싸움을 벌이던 현장의 광경 하나하나를 생생히 묘사하고, 다시 자세한 설명을 덧붙였다.

사실은 이미 대도성 바닥에 널리 퍼진 얘기들임에도, 그녀가 마치 그때의 긴장과 흥분이 되살아나는 듯이 뺨까지 붉혀가며 어찌나 열심인지, 반서훈은 문득 그런 생각까지를 했다. '만약 오늘 내가 여기로 와서 들어주지 않았더라면, 그녀는 저 얘기를 하고 싶어서 어찌 참았을까?' 하는.

"내가 소저와 함께 그 광경을 보았더라면 더 흥미진진했을 걸 그랬소!"

한동안이나 이어진 화여령의 얘기를 방해하지 않고 끝까지 다 들어주고 난 다음에야 반서훈이 짐짓 아쉽다는 듯이 말하고는, 다시 슬쩍 여운을 남겼다.

"필괴가 그처럼 대단하다니, 나도 한번 그자의 호위를 받으면서 거리를 걸어보고 싶은 마음이오! 물론 소저가 함께해 준다면 더할 나위가 없을 없겠지만… 하하하!"

화여령의 눈빛이 문득 반짝 빛을 발했다. 반서훈의 그 말에서 내내 풀 방법을 찾지 못하고 있던 어떤 종류의 욕구를 해소할 방법을 언뜻 떠올릴 수 있었기 때문이었다.

"좋아요! 말이 나온 김에 지금 바로 백부님의 허락을 맡아 올 테니, 우리 오늘 당장 그렇게 해보도록 해요!"

"아! 오늘 당장 말이오?"

반서훈은 짐짓 놀라는 기색이더니, 이내 흔쾌하다는 듯이 소리 내어 웃으며 덧붙였다.

"하하하! 그렇게만 할 수 있다면, 우리는 정말로 재미있는 시간을 보낼 수 있을 것이오!"

5

"반 공자와 함께 잠시간 바깥나들이를 하기로 했는데, 두 사람만 나가기엔 아무래도 허전하니 필괴를 호위로 데려가게 좀 해주세요!"

좀 전 반서훈과 함께 인사하고 간 지 얼마 되지도 않았는데 화여령이 다시 쪼르르 사랑으로 달려와서 하는 청에, 화달단이 딱 잘라서 안 된다는 말은 하지 못하고 슬쩍 다른 핑계로 둘러대려 했다.

"흠! 다른 건 둘째치고… 전에도 보았지만, 노 위사가 어디 그리하라고 하겠느냐?"

그러나 화여령은 이미 그런 데까지도 생각을 해두었다는 듯이 생끗 웃으며 대답했다.

"그거야 백부님께서 조금만 도와주시면 문제없죠!"

"내가? 허허! 그래, 내가 어찌하면 되겠느냐?"

"백부님께서는 급한 볼일이 있어 잠시 출타를 하겠다 하시고, 노일과 장삼에게 따라 나서라 하십시오!"

"하면 필괴는?"

"제가 집에 혼자 남아 있는 것이 마음에 꺼려지니, 필괴더러는 백부님께서 돌아오실 동안 저를 호위하고 있으라 하시면 될 것입니다!"

"허허! 그리한다고 해서 나중에 막상 네가 밖으로 나가겠다고 하면, 노일의 지시도 없는 마당에 필괴가 순순히 너를 따라나서겠느냐?"

"호호호! 필괴에 대해서는 그동안 제가 관찰해 온 바가 있으니, 그런 염려는 안 하셔도 될 것입니다. 다만 백부님께서는 어떠한 경우에도 저의 안전에 문제가 생기지 않도록 각별히 유념하라고 강조의 말씀만 해주십시오!"

"흠! 내가 그리하는 것이야 어려울 게 없겠다만… 그러나 만약 네 생각이 통한다고 하더라도, 너는 정말로 가까운 곳까지만 잠깐 나갔다가 이내 돌아와야만 하느니라?"

"아이, 참! 백부님도! 제가 언제 백부님의 속을 썩여 드린 일이 있었나요?"

"그래도 그리하겠다고 분명히 약속부터 하거라!"

"예! 분명히 약속할게요!"

"허허허! 좋다! 그럼 내 너의 말대로 하도록 하마!"

6

화달단이 노일을 불러 화여령이 시킨 대로의 상황을 만들고는, 필괴에 대해서는 안 그래도 지난번에 다친 것도 있고 하니 아직까지는 바깥활동을 자제하는 것이 좋겠다는 말까지를 보탰다.

노일이 썩 내키지 않을 뿐더러 무언가 찜찜한 감이 있기도 했지만, 그럼에도 굳이 필괴를 함께 데리고 가겠다고 고집하기는 또 곤란한 일이라 부득불 고개를 끄덕이고 말았다.

그에 화달단이 또한 화여령이 말한 대로 필괴에게, 어떤 경우에도 화여령의 안전에 문제가 생기지 않도록 각별히 유념하고 경호에 만전을 기하라고 다시 한 번 강조의 말을 하는 것을 잊지 않았다.

화달단과 노일 등이 저택을 나가고 난 뒤 필괴는 화여령의 근처에서 얼쩡거리고 있는 중이었다. 어색하고 불편하기 짝이 없는 노릇이었으나, 임무를 부여받았으니 어쩔 수가 없었다. 그러던 중에 화여령이 그를 가까이로 불렀다.

"반 공자와 함께 잠시 바깥에 나갔다가 오려고 하는데, 필위사가 호위를 좀 해주어야겠어요!"

필괴가 당장에 당혹스러운 기색을 비치며 사뭇 조심스럽게 입을 열었다.

"그것은. 제가 임의로. 결정할 사항이. 아닙니다."

어눌하면서도 똑똑 끊어지는 그 말투가 특이한 모습에 못지않게 다시 특이하였기에, 반서훈은 '이자가 과연 사패 중의 둘을 꺾었다는 그 필괴가 맞나?' 싶어 새삼 필괴의 아래위를 훑어보았다.

그때 빤히 필괴를 바라보던 화여령이 짜랑하니 웃음을 터뜨리며 말했다.

"호호호! 오늘에야 비로소 제대로 말을 하네요?"

필괴의 흉터 가득한 얼굴에 다시금 당혹감이 떠오르는 것을 즐기듯이 화여령이 집요하도록 필괴의 얼굴에다 시선을 머물러 둔 채로 덧붙였다.

"하지만 좀 전에 노 위사를 위시한 모두가 있는 자리에서 백부님께서 필 위사에게 분명히 말씀하시지 않았나요? 어떤 경우에도 나의 안전에 문제가 생기지 않도록 각별히 유념하고 경호에 만전을 기하라고 말이에요?"

“그것은……..”

“그럼 된 것이지, 다른 무엇이 또 필요하단 말인가요? 어쨌든 나와 반 공자는 지금 바깥으로 나갈 것이니 그리 아세요!”

화여령이 딱 잘라 말하고는 나들이 준비를 하는 체 짐짓 딴청을 피우다가, 필괴의 기색이 잔뜩 무거워진 것을 보고는 슬며시 기색을 부드럽게 바꾸었다.

“멀리까지 가진 않을게요! 금방 돌아올 것이고, 절대로 무리가 되는 일을 벌이지 않을게요!”

화여령의 나긋나긋한 목소리가 마치 애교를 부리는 듯하였다.

이어 화여령은 쌩끗 웃음을 떠올리더니 선뜻 반서훈의 손을 잡아 끌었다.

“가요!”

반서훈이 끌려가는 시늉으로 몇 걸음을 가다가 슬쩍 고개를 돌려보고는, 필괴가 묵묵히 따라오고 있는 것을 보고는 어쩔 수 없이 실소를 머금고 말았다.

그런 반서훈을 힐끗 돌아보며 화여령은 입가에 엷은 득의의 미소를 떠올렸다.

7

화여령은 사뭇 흥분이 되고 있는 중이었다.

지나는 사람들이 모두 다 그녀만 쳐다보는 것 같았다.

하긴 그럴 만도 했다.

대도성 제일의 미남자와, 또한 그녀가 아는 한 대도성 제일의 싸움꾼인 사내를 좌우에 나란히 세우고서 대로를 걷는 일이 아무에게나 가능한 일은 결코 아닐 테니 말이다.

꽤나 오래 동안 걸었다 싶은데도 화여령은 조금도 다리 아픈 줄을 몰랐다.

그런데 마침 그들의 앞쪽으로 작은 개천이 하나 나타났고, 개천을 가로지르는 자그마한 석조다리를 보고서 그녀는 퍼뜩 자신이 지금 어디까지 와 있는지를 떠올릴 수 있었다.

지난번에는 밤에 보았지만, 그 석조다리에 대한 인상이 워낙 강하게 남아 있었던지 그녀는 금방 알아볼 수 있었던 것이다.

바로 녹색지대를 벗어나 황색지대로 접어드는 경계가 되는 다리였다.

순간 크게 꺼림칙하였지만, 그럼에도 화여령은 짐짓 아무렇지도 않은 채 성큼 다리 위로 한 발을 내디뎠다.

그러나 그녀는 그대로 멈추며 힐끗 뒤돌아보았다.

필괴가 묵묵한 시선으로 그녀를 보고 있었다.

순간 그녀는 차라리 의아해지고 말았다, 아니, 그것은 참으로 이상하기까지 했다.

출발 전 저택에서는 어색한 말투로나마 곤란함을 표시하

더니, 지금 황색지대로 접어드는 경계에까지 와서는 왜 한 마디 만류의 말도 하지 않고 그저 묵묵하게만 있는 것인가?

어떻게 하여도 그녀가 하고자 하는 일을 제지하거나 뒤집어 설득할 재주를 가지고 있지 않다는데 대해, 그는 이제 차라리 그녀에게 순응하기로 한 것일까? 아니면 '될 대로 되라!'는 식으로 아예 포기를 해버린 것일까?

그때였다. 다리 아래로 흐르는 물줄기를 구경하며 혼자서 서너 걸음이나 다리 위를 걸어가던 반서훈이 그제야 화여령과 필괴가 따라오지 않는다는 것을 알아챈 듯이 멈추어 뒤돌아보았다.

"아, 참! 여기를 넘으면 위험지대라고 하던데……?"

반서훈이 가볍게 어깨를 으쓱해 보이며 말했다.

그러나 그는 이어 짐짓 호탕한 웃음으로 덧붙였다.

"하하하! 다른 사람들한테야 저 너머가 위험지대일지 모르겠으나, 소저에게야 어찌 해당이 되겠소? 그렇지 않소? 다리 너머 저쪽도 엄연히 대도성이거늘, 성주의 따님이신 소저에게야 어찌 위험지대가 될 수 있단 말이오? 설령 다소간의 위험이 있다고 쳐도 그렇지, 지금 소저의 곁에는 대도성 제일의 싸움꾼 소리를 듣는 최고의 호위가 있는 터에 무엇이 걱정이란 말이오? 그리고 나 또한, 소저가 위험지대니 뭐니 하는 따위에 신경 쓰지 않아도 될 정도의 주제는 되는 사람이오!"

화여령은 문득 안색이 밝아졌다.

아니, 순간 그녀는 오히려 위험하기를 바라는 마음이 불쑥 솟기도 했다. 평범하지 않은, 색다른 무슨 사건이라도 생겼으면 하는.

사실은 지난번에 처음으로 사내들의 피냄새 진득한 한판 싸움을 구경한 이후로 그녀는 이상하게도, 한 번 더 사내들의 그런 원초적인 싸움을 보고 싶다는 묘한 욕구가 생겨 있는 중이기도 했다.

화여령은 선뜻 걸음을 내디뎠다.

그리고 내처 서너 걸음을 간 후에 힐끗 뒤를 돌아보고 그녀는 빙그레 만족스러운 미소를 떠올렸다.

그녀의 기대대로였다. 필괴가 그녀의 뒤를 따라오고 있었다. 묵묵히.

8

화여령은 자꾸만 얼굴이 딱딱하게 굳어졌고, 이제는 걸음 걸이마저 어색해지고 있었다.

표시를 내지 않으려 했지만 점점 더 긴장이 되는 것은 어쩔 수가 없었다.

앞장선 반서훈을 무작정 따라 걷던 중에 문득 너무 깊숙이 들어왔다는 경각심이 들기에 화여령이 반서훈에게 일단 멈추라고 외치려는 순간이었다.

마치 그녀의 불안한 마음을 눈치채기라도 한 듯이 반서훈이 우뚝 멈추더니 뒤돌아서며 빙그레 웃어 보이는 것이었다.

"그것 보시오! 황색지대라고 해서 무슨 별일이 생기기는커녕, 너무 시시해서 차라리 따분하지 않소?"

그제야 화여령도 짧게 한숨을 내쉬고는 가볍게 미소를 떠올렸다. 안도였다. 그리고 뒤이어 마치 무언가 큰일을 해낸 듯이 뿌듯한 기분마저도 드는 것이었다.

"백부님께서 벌써 돌아오셨을 것이니, 우리는 이제 그만 돌아가도록 해요!"

화여령이 걱정을 섞어 말했다.

그러나 그 말에 대해 반서훈은 사뭇 아쉽다는 반응이었다.

"벌써 말이오? 그렇지만… 기왕 여기까지 온 김에 조금만 더 가보면 어떻겠소? 어쩌면 이제부터야말로 정말로 재미있는 구경거리들이 생길지도 모르는데 말이오!"

"안 돼요! 더 이상 지체했다가는 백부님께서 무슨 난리를 피우실지 몰라요!"

화여령이 강하게 고개를 가로저었다. 그러나 그녀는 한편으로는 솔깃해진 모양인지, 슬쩍 다시 묻는 것이었다.

"그런데… 정말로 재미있는 구경거리들이란 건 또 뭐죠?"

반서훈이 빙긋이 웃으며 손가락으로 가리켰다.

"바로 저 앞쪽부터가 적색지대요."

그 말만으로도 화여령이,

"아!"

하고 짧은 탄성을 발하며 당장에 확 고조되는 긴장과 흥미를 비쳤다.

"어떻소? 기왕에 여기까지 왔으면… 저곳 적색지대의 땅도 한번 밟아보고 가야 하지 않겠소?"

반서훈의 그 말에 화여령이 흘깃 필괴를 돌아보았다.

그러나 언뜻 기색이 무겁게 변한 듯도 하였지만 필괴는 여전히 묵묵하기만 하였다.

"하지만……."

화여령이 걱정과, 그에 못하지 않게 흥미가 교차하는지 사뭇 망설이는 모습인데, 반서훈이 낭랑히 웃으며 다시 말했다.

"하하하! 깊이 들어가지는 말고, 그저 초입의 땅만 한번 밟아보고 곧바로 나오면 될 것이 아니오? 그리고 무엇보다 소저에게는 지금이 아니면 이런 기회가 다시는 없을 것이란 점을 생각해 보시오!"

그 말에 화여령이 무의식적인 듯이 다시금 힐끗 필괴를 돌아보았다. 그러나 이번에 그녀는 필괴의 어떤 반응을 살피지도 않고 곧장 다시 고개를 돌려서는 선뜻 끄덕였다.

"좋아요! 그렇지만… 곧바로 돌아 나오는 거예요?"

"물론이오!"

반서훈이 짐짓 힘차게 고개를 끄덕여 보이자, 화여령은 다시 필괴를 돌아보았다.

"괜찮아요! 만약 무슨 일이 있으면 모든 책임은 내가 다 질게요! 당신은 다만 호위로서의 임무에만 충실하면 되는 거예요!"

애써 차분하려고 애쓰는 기색이 역력한 그녀의 말은 짐짓 필괴를 위안시키고자 하는 것이었으나, 정작으로는 그녀 스스로의 긴장을 조금이라도 완화시켜 보려는 것처럼 들렸다.

이어 화여령은 짐짓 경쾌한 걸음으로 두 사내의 앞으로 나섰다.

9

화여령은 한껏 들떠 있었다.

지금 그녀는 그야말로 미지의 세계로 들어서고 있는 중이었다. 대도성주인 그녀의 아버지조차도 직접 와본 적이 없다는, 대도성 최고의 위험지대, 적색지대의 안으로 말이다.

그런데 그때 화여령은 마침 맞은편에서 그녀를 향해 걸어오고 있는 한 여인을 보았다.

서로의 시선이 가볍게 마주치면서 그 여인이 가볍게 웃어 보이기 전까지만 해도, 그 여인은 다만 지나가는 행인의 한 사람이었을 뿐이었다.

화여령은 스스로의 들뜬 마음에만 취해 있느라 그 여인에 대해 주목하지 않았고, 심지어는 그 여인이 지금 적색지대 쪽에서 나오고 있다는 점에 대해서도 미처 이상하다는 느낌을 가져 보지 못했다.

다만 그 여인이 곁을 스쳐 지나갈 즈음에야 화여령은 비로소 그 여인을 보다 자세히 살펴보았는데, 순간 화여령은 저도 모르게 두 눈을 크게 뜨고 말았다.

미인이었다. 또한 미인임을 자부하는 화여령이 순간 감탄을 금하지 못했을 만큼!

여인은 그저 평이한 옷차림인데도 돋보이는 잘록한 허리와 늘씬하니 뻗은 체형이 그야말로 바람에 하늘거리는 버드나무가지 같았다.

뿐만 아니라 어깨 아래로 찰랑거리는 흑발에서는 신비롭기까지 한 윤기가 흘렀고, 초승달 같은 눈썹은 말 그대로 아미(蛾眉)였으며, 앵두처럼 붉은 입술은 무언가를 호소하는 듯하였고, 맑고도 깊은 두 눈동자는 잠시 마주치는 것만으로도 그대로 빨려들고 말 듯하여 문득 몽환적인 느낌에 빠지게 만드는 데가 있었다.

그러나 그 여인이 가볍게 미소 지었을 때 반서훈이 그대로 넋을 잃어버리고 마는 모습에서 화여령은 일순 확 치솟는 분노를 느꼈고, 참지 못하여 차갑게 외치고 말았다.

"더러운 계집! 어디서 감히 싸구려 웃음을 팔고 다니는 것이냐?"

그 앙칼진 호통은 여인으로 인해 빚어졌던 잠시간의 환상

과도 같은 감정의 혼란들을 일시에 원래대로 되돌려 놓는 데
가 있었기에, 반서훈은 흠칫 제정신을 찾았다.

　반서훈이 그럼에도 시선만큼은 여전히 그 여인으로부터
떨어지지 못하고 있었는데, 문득 여인의 입가에서 미소가 거
두어졌을 때 그는 언뜻 시리도록 차가운 느낌을 받았고, 그것
은 마치 갑자기 뇌리를 치는 충격과도 같아서 그는 다시금 멍
한 기분에 빠져 들고 말았다.

　문득 그 여인의 시선을 받았을 때, 필괴는 반사적이다시피
시선을 아래로 피해 버리고 말았다.

　물론 필괴에게도 여인의 아름다움은 환상적이었고, 눈이
부실 정도였다. 그러나 그런 아름다움은 감히 그가 마주 바라
볼 수 없는 것이라는, 어떤 반사적인 경계심, 혹은 좀 더 솔직
히는 자기비하와 같은 심정이 있었기 때문이었다.

　그러나 시선을 피했더라도 여인의 모습이 마치 잔상처럼
뇌리에 남는 것은 필괴 또한 어쩔 수가 없었다.

　여인이 잠시간 필괴에게 이채로운 느낌의 시선을 멈추고
있더니, 문득 걸음을 빨리하며 그들을 지나쳐 가버렸다.

　그런데 그때 화여령은 흠칫 놀라고 말았다. 갑자기 그녀의
귓가에 마치 누군가 바로 가까이에 입을 가져다 대고 속삭이
는 듯한 소리가 들려 온 때문이었다.

　[입 더러운 아이야! 앞으로 나와 다시 만나는 일이 없기를
빌거라! 만약 나와 다시 만나는 날에는 네 그 더러운 입을 찢

어버릴 테니까 말이다!」

　기이하도록 차가운 그 목소리는 순간 화여령의 온몸을 얼어붙게 만드는 데가 있어서, 그녀는 잠시간 그저 새파랗게 질려 있는 수밖에 없었다.

　그러나 반서훈도 필괴도 화여령이 그렇게 사색이 되어 있는 줄은 미처 알지 못하였다.

　반서훈은 여전히 멍한 시선을 멀어져 가는 여인의 뒷모습에다 고정시켜 놓고 있었고, 필괴 또한 발아래 바닥으로 시선을 떨구어 놓고 있는 중이었다.

　"저… 저……!"

　가위에 짓눌리기라도 한 듯이 꽉 눌려 있던 숨을 겨우 틔워 내며 화여령이 그런 소리라도 뱉어냈을 때, 그 여인은 이미 저만치나 멀어져 버린 뒤였다.

　"지금 도대체 무엇에다 정신을 뺏기고 있는 거예요?"

　화여령의 뒤늦은 분노가 그때까지도 멍하니 여인의 뒷모습에서 눈길을 떼지 못하고 있는 반서훈에게로 폭발하고 말았다.

　"아……! 화 소저!"

　반서훈이 그제야 퍼뜩 정신을 차리며 허둥거렸다.

　"구경이고 뭐고 다 필요 없으니 지금 당장 돌아가요!"

　화여령이 분기를 참지 못하고 표독스럽게 소리를 질러댔다.

그런데 그때였다.

"삐~ 익!"

길게 불어재끼는 휘파람 소리가 들려 돌아보니 적색지대 안쪽으로부터 사내 셋이 걸어오고 있었는데, 그중의 한 사내가 지금 이쪽을 향해 크게 손을 흔들어대고 있는 중이었다.

第十九章
적색지대

1

　팔자걸음으로 껄렁껄렁하니 걸어오는 모습들만으로도 사내들의 본색을 대강은 짐작할 만하였다.

　그러나 화여령 등이 방금 전 상황으로 인한 여러 가지의 감정들이 아직까지 제대로 추슬러지지 않은 상태인지라, 잠시 사내들이 하는 양을 그저 지켜만 보고 있었다.

　설렁설렁 다가온 사내들은 우선 반서훈과 필괴에게 힐끗 한 번씩 시선을 주더니, 별로 신경 쓸 것도 없다는 듯이 곧장 화여령에게로 눈길을 모아갔다.

　"요오~! 예쁜데?"

　몸을 아래위로 훑어보는 사내들의 노골적인 눈길에 화여

령은 마치 징그러운 송충이가 몸을 기어 다니는 듯이 소름이
쭉쭉 끼쳤다.

그러나 한편으로 사내들이 기껏해야 파락호나 불한당에
불과하다는 확신이 들고 보니, 더 이상은 감당 못할 분기가
폭발하고 마는 것이었다.

“이제는 이런 잡배들까지 나를 희롱하려 드는구나!”

차라리 독백하고 나서 화여령이 다시 앙칼지게 소리쳤다.

“뭣들 하고 있는 거예요? 언제까지 구경만 하고 있을 건가
요?”

그에 필괴가 앞으로 나서려는데, 그보다 한 발 앞서 반서훈
이 성큼 걸음을 내디뎠다.

단걸음에 사내들과의 간격을 좁힌 반서훈의 몸이 그대로
‘팩!’ 하고 바람처럼 돌아갔다.

퍽!

상대의 사내가 두 손을 들어 얼굴을 막았으나, 반서훈의 그
한 수 멋들어진 회전각에 실린 힘을 견디지 못하고 휘청휘청
뒷걸음질을 쳤다.

그러더니 사내들은, 그 한 수만으로도 반서훈이 보통 실력
자가 아님을 단박에 알아차렸는지, 돌연 몸을 돌려서는 냅다
줄행랑을 쳐 버리는 것이었다.

“에라이! 한심한 자식들아!”

반서훈이 도망치는 사내들의 뒷등에다 대고 큰소리를 한

번 치고는 화여령을 향해 짐짓 어깨를 으쓱해 보였는데, 그런 모습에 화여령도 조금은 분이 풀리는지 희미하게나마 웃음기를 떠올렸다.

그런데 그때였다.

"야, 이년아! 그리고 보니 네년은 바로 얼마 전에 이 어르신의 배 밑에 깔려서 제발 죽여 달라고 감창질을 해대던 그년이 아니더냐? 에라이! 천하에 더러운 년아! 그게 얼마나 됐다고 벌써 다른 놈에게 꼬리를 치고 있단 말이냐?"

저만치 달아나던 사내들이 멈춰 서더니, 그중의 하나가 고래고래 소리를 질러댔다.

그게 무슨 소린지 다는 알아들을 수 없었으되, 그중의 '년' 소리만으로도 화여령은 그만 하얗게 질리고 말았다.

그런데 그때 저쪽에서 다시 다른 목소리가,

"아니, 서 형! 그럼 저년이 색주가의 창녀라도 된다는 것이오?"

하고 거들었고, 이어 또 다른 목소리가 소리 높여 욕질을 해대는 것이었다.

"그랬구나! 제법 반반하다 싶더니 창녀였구나! 에라이, 더러운 창녀 년아!"

상상도 해보지 못했던 질펀한 욕질에 화여령의 얼굴이 아예 새파랗게 변하더니, 급기야 찢어지는 듯이 날카로운 소리를 질러냈다.

"잡아! 저 찢어 죽일 놈들 잡아다 내 앞에 꿇리란 말야! 지금 당장!"

그에 반서훈이 곧장 달려나갔고, 그러자 사내들은 '앗, 뜨거라!' 하며 다시 줄행랑을 쳤다.

화여령이 보고만 있지는 못하여 치맛자락을 움켜쥔 채로 따라가며 소리를 쳤다.

"잡아~! 한 놈도 놓쳐서는 안 돼~!"

필괴가 그런 그녀의 뒤를 바짝 따라붙었다.

2

금방 주위의 풍경이 변하고 있었다.

폭 좁은 거리가 하나 나타났고, 거리 양편으로는 다닥다닥 붙어 서다시피 한 가게들이 줄을 잇고 있었다.

가게들마다 즐비하게 내 걸린 깃발이며 간판들, 그리고 불 꺼진 등(灯)들이 어지럽게 매달려 을씨년스러운 풍경을 만들고 있었다.

싸구려 술집들과, 색주가들, 그리고 도박장들. 바로 적색지대의 상징과도 같은 환락가였다.

만약 밤이었다면 거리는 각양각색의 불빛들과, 끈적거리는 호객소리와, 그런 중에 제멋대로 취해 웃고 떠들고 싸우는 군상들로 넘쳐 나며 자못 흥청거렸을 것이다.

그러나 지금의 거리는 더러운 냄새와, 온갖 지저분한 잔재들과, 한낮의 따사로운 햇빛으로도 정화시키지 못한 퇴폐의 흔적들로 넘쳐 나고 있었다.

사내들을 쫓아 먼저 달려갔던 반서훈이 왼쪽으로 꺾어지는 어느 골목 앞에 멈춰 서 있었다.

"헉헉! 거기서… 뭐하고… 있어요? 그놈들은… 요? 설마…놓친 거예요?"

가쁜 숨으로 화여령이 겨우 말을 토해내면서도 그녀의 목소리에는 여전히 펄펄 살아 있는 분노가 서려 있었다.

그런데 뒤를 돌아보는 반서훈의 얼굴빛이 사뭇 심각하게 굳어 있었기에, 화여령이 필괴를 가까이 붙도록 하고는 서둘러 반서훈의 옆으로 다가갔다.

그리고 순간 화여령 또한 딱딱하게 안색을 굳히고 말았다.

골목안쪽에서 십여 명이나 되는 사내가 지금 이쪽을 노려보고 있는 중이었던 것이다. 더욱이 사내들은 저마다 도검을 지니고 있었다.

그때 사내들이 천천히 골목을 빠져나와 그들의 앞에서 반월형으로 벌려 서며 포위하려는 형세를 취했기에, 반서훈이 일단은 뒤로 물러서고자 주춤 한 걸음을 뺄 때였다.

"이자들도 아까 그놈들과 한패거리인 거죠? 그럼 이자들도 다 제압해요! 몇 놈쯤 죽여 버려도 괜찮아요! 아니, 모조리 죽여 버려도 상관없어요! 내가 다 책임질게요!"

화여령의 목소리에는 살기마저 서려 있었다.

반서훈이 주춤 서며 잠깐 주저하는 기색인 듯하더니 흘깃 화여령을 한번 돌아보고는 돌연히 검을 빼 들며 크게 호통쳤다.

"이놈들!"

그러나 사내들은 주눅 드는 모습들이 아니었다. 오히려 빙글거리더니 일제히 도검을 뽑아 드는 것이었다.

반서훈이 다시금 설핏 질리는 기색이 되는 듯했으나, 곧바로 그의 관자놀이가 한번 꿈틀하였고,

"차아~ 앗!"

우렁찬 기합 소리를 뱉으며 그는 그대로 사내들을 향해 돌진해 갔다.

챙!

채~ 앵!

반서훈이 전열(前列)의 사내 둘과 맞닥뜨리면서 검 부딪치는 소리가 격렬하게 터져 나왔고, 화여령은 저도 모르게 작은 두 주먹을 꽉 움켜쥐었다.

그런데 그때였다.

"악!"

돌연 날카로운 비명이 터져 나오더니, 반서훈이 풀썩하고 그자리에 주저앉고 마는 것이었다. 몇 번 검을 휘둘러 보지도 못하고 불의에 일검을 맞은 형국이었는데, 화여령이 펄쩍 뛰

듯이 놀라며 비명을 지르듯이 소리쳤다.

"반 공자를… 반 공자를 구해요!"

그에 필괴가 상황을 따져 볼 여지도 없이 곧장 앞으로 달려 나갔고, 상대편에서 사내 둘이 맞아 나오는 것을 검을 뽑는 탄력 그대로 종횡일관의 일초를 떨쳐 냈다.

텅!

타~ 앙!

무거운 쇳소리와 함께 사내들의 검 두 자루가 일시에 튕겨 났고, 그러고도 검에 실린 반력을 이기지 못한 사내들이 휘청거리면서 연이어 뒷걸음질을 쳤다.

그러자 상대측에서 다시 서너 명의 사내가 한꺼번에 달려 나오며 필괴를 협공했다.

채~ 챙!

채채~ 챙!

필괴의 검이 다시금 맹렬하게 떨쳐졌다. 다시 종횡일관이 펼쳐졌고, 이어 종횡역관으로 연결되는 거침없는 검세였다.

사내들이 당황해하며 주춤주춤 물러설 때, 필괴는 기세를 늦추지 않고 잇달아 종횡검을 펼치며 사내들을 몰아쳤다.

반서훈은 옆구리를 움켜잡고 바닥에 주저앉은 채로 필괴와 사내들의 일장격돌을 지켜보고 있는 중이었다.

대단했다. 이리 뛰고 저리 뛰며 사내들을 몰아치고 있는 필괴의 움직임은 비록 혼란스러워 보이기는 했지만, 그래도 사내들은 감히 그와 정면으로 부딪칠 엄두를 내지 못하고 물러서기에 급급한 모습들이었다.

필괴가 사패의 대웅과 독표를 꺾어 제법 명성을 떨쳤다고는 하지만, 그것에 대해 반서훈이 지금까지는 그렇게 대단하다는 생각은 해보지 않았었다. 사실은 그 자신도 그들 사패 중의 한 사람과 일대일로 붙는다면, 비록 잠사(潛蛇)나 교갈(狡蝎)은 아니더라도 대웅이나 독표라면 최소한 지지는 않을 자신이 있기 때문이었다. 그가 그래도 어려서부터 제법 무공을 익힌 몸인 것이다. 그러나 일대일의 싸움이 아닌, 지금 필괴처럼 단신으로 도검까지 든 자 대여섯을 한꺼번에 상대한다는 것은 또 애기가 달랐다. 무공이 일정경지에 오른 고수가 아니고서는 저런 정도의 수적 열세를 극복하는 자체가 힘들다고 해야 하기 때문이다.

거침없이 사내들을 몰아치며 어느 틈에 몇 걸음 앞에까지 거리를 좁혀온 필괴를 보며 반서훈은 언뜻 표정을 찌푸렸다. 마치 감싸 쥐고 있는 옆구리에서 통증이라도 치민 듯이.

그런데 그때였다

"아~ 악!"

그 한 소리 뾰족한 비명 소리는 화여령의 것이었다.

필괴가 황급히 뒤를 돌아보니 화여령이 어디선가 새로이 나타난 또 한 무리의 사내에게 둘러싸여 있었다.

순간 필괴는 얼어붙은 듯이 멈춰 서고 말았다.

검끝을 바닥을 향해 늘어뜨린 채 필괴는 조심스럽게 걸음을 내디뎠다. 한 걸음 한 걸음을 내디디면서 그의 온 신경은 지금 화여령의 목에 겨누어진 한 사내의 검에 집중되어 있었다.

가까워지면서 사내의 모습이 선명해졌다. 날카로운 콧날과 얇은 입술, 그리고 지나치리만치 창백한 백면(白面)은 사내를 몹시도 차갑게 인상 지어주고 있었다.

"멈춰!"

백면사내의 나직한 외침에 필괴는 주춤 섰다.

그러나 아직도 사내와는 십여 걸음이나 넘게 남았고, 그 거리에서는 아무것도 할 수 없었기에 필괴가 다시 무거운 한 걸음을 내디딜 때였다.

"악~!"

소스라치는 비명과 함께 화여령의 하얀 목덜미에 가늘지만 선명한 핏자국이 생겨났다.

"허튼 수작은 부리지 않는 게 좋아! 성주 딸년의 목이 잘리는 걸 보고 싶지 않다면 말이야!"

백면사내의 말에서는 높낮이가 거의 느껴지지 않았다.

필괴는 감히 한 발도 더 나아갈 수 없었다. 그가 한 발을 내딛는 순간 백면사내는 정말로 그가 말한 바대로 하고 말 것이라는 직감이 들었으므로.

그때 반서훈은 퍼뜩 한 인물을 떠올렸다.

아무리 적색지대라고 하지만, 성주의 딸이라는 걸 알면서도 저처럼 거침없이 목에 검을 들이대고 나아가 서슴없이 상처까지 낼 간담과 잔인성을 가진 자라면?

'설마… 잠사나 교갈? 그러나 그자들이 왜……?

그러나 반서훈은 확신할 수밖에 없었다.

백면사내에게서 우러나고 있는, 시종 조금도 흐트러지지 않은 차가움과 날카로움은 역시 아무나 보여줄 수 있는 그런 종류의 기도가 아니었으므로.

'제길! 이렇게 되면……?

반서훈의 표정이 언뜻 일그러졌다.

그때 필괴가 조심스럽게 입을 떼고 있었다.

"나는. 용호장의 필괴다. 당신은. 누구인가?"

필괴 특유의 목소리와 말투에 대해 백면사내는 잠시 흥미롭다는 듯한 표정이더니 이내 느긋하니 대답했다.

"호! 필괴라……! 얘기는 듣고 있었다만, 이런 식으로 만나게 될 줄은 미처 생각지 못했군! 흠! 내가 누구냐고? 뭐 그건 굳이 알 필요가 없겠는데?"

"원하는 것이. 무엇인가?"

"훗! 원하는 것? 그런 건 없어! 다만 난 지극히 원칙적인 사람이야! 그리고 분명한 것은 네가 감히 내 원칙을 어겼다는 것이지. 뭔 말인지 알아?”

“……?”

“여긴 내 구역이야! 사정 따위는 모르겠고, 넌 내 구역에 함부로 들어와서 멋대로 난장을 쳤으니, 그건 곧 감히 내게 싸움을 걸어왔다는 의미가 되는 것이지!”

필괴는 잠시 머뭇거렸다.

그러나 그는 이내 고개를 끄덕였는데, 그것에 대해 백면사내는 언뜻 이채를 떠올리며 천천히 물었다.

“지금 너의 그 뜻은… 네가 내게 싸움을 걸어온 것이 사실이며… 그래서 내가 싸움에 응해주기를 바란다는 것인가?”

필괴가 잠시 백면사내의 눈을 응시하고 있다가, 다시금 가만히 고개를 끄덕였다.

백면사내는 언뜻 엷은 미소를 떠올렸다.

“내가 싸움을 하는 방식은 아마도 네가 생각하는 싸움과는 많이 다를 텐데? 난 귀찮은 건 질색이라서 말이야. 아주 깔끔하게, 빠르게, 그리고 쉽게 승부를 내는 편이지!”

이어 백면사내는 문득 표정을 차갑게 만들었다.

“그래서 말인데… 안됐지만 이 싸움은 벌써 승부가 난 것 같은데? 이 계집의 목이 잘리는 걸 네가 결코 바라지 않을 것 같으니 말이야!”

파랗게 질려 숨조차 크게 쉬지 못하고 있던 화여령의 몸이 파르르 떨렸다.

"자! 그럼… 싸움에서 졌으면 대가를 지불해야겠지? 그게 이 바닥의 철칙이니까 말이야! 뭐, 그렇다고 당장 죽으라고 하는 건 아무래도 좀 과한 것 같고… 이렇게 하지! 이 바닥에서 함부로 날뛰면 어떻게 되는지 널리 경고하는 의미에서, 네 몸에 달린 팔다리 중의 하나를 이곳에 남겨 놓고 가는 걸로 말이야! 흠! 고민하지 않게 내가 정해주지! 오른팔! 어때? 하겠나? 아니면, 일단 이 계집의 목을 한 절반쯤 베고 나서 다시 이야기를 해볼까?"

백면사내의 눈가에 다시금 희미한 웃음기가 걸렸다.

필괴는 차라리 시선을 바닥으로 떨구었고, 그런 그를 백면사내가 느긋하게 지켜보았다.

4

자신의 오른팔을 내주는 것과, 화여령을 죽게 내버려 두는 것!

필괴는 정말로 치열하게 고민을 했다.

그것은 곧 그의 필생염원을 포기하거나, 아니면 용호장주의 은혜를 배신하는 둘 중의 하나를 선택해야 한다는 의미였다. 적어도 지금 필괴에게는 그랬다. 그것은 다만 백면사내에 의해 제시되었을 뿐인데, 지금 그는 그 두 가지 외의 또 다른 방향으로 생각을 바꾸거나 넓혀볼 엄두는 감히 내보지 못하고, 반드시 둘 중에서 하나를 선택해야만 한다는 생각에 스스로를 가두고 있는 것이었다. 그리고 그런 것이야말로 용호장에서 추괴로 살아온 시간이 만들어 놓은 한계일지 몰랐다. 단순함과 고지식함, 그리고 사고력의 한계!

온몸의 피가 바짝바짝 말라 가는 것 같은 극한의 갈등!

그러나 절망적이었다. 결코… 결코 어느 쪽도 선택할 수가 없었다.

필괴는 이윽고 극도의 혼란에 빠지고 말았다. 아무것도, 더 이상은 갈등조차도 일어나지 않는 무저(無低)의 암흑과도 같은 혼돈으로 빠져 들고 만 것이다.

그런데 그때였다.

까마득한 혼돈의 암흑 속에서 그는 문득 한 가닥의 빛을 보았다.

그것은 그의 마음 어딘가에서 홀연히 피어난 아주 희미한 빛이었다.

'아아!'

그는 그 빛에 대해 알고 있었다.

아니, 그 빛은 사실 그에게 너무도 익숙하였다.

그랬다.

그 옛날 그것이 아주 작은 점처럼 그의 마음속에 처음 생겨난 그때부터, 맹세하건대 그는 단 한 번도 그것의 존재를 의

심해 본 적이 없었다.

그럼으로써 그 빛은 그에게 믿음이었다.

지금 그가 기댈 수 있는, 그리고 기대지 않을 수 없는 유일한 믿음!

5

"팔을 자르는 수고쯤은 덜어줄 수도 있지!"

그때 천천히 고개를 드는 필괴를 향해 백면사내가 무심히 뱉었다.

이어 백면사내는 곁에 섰던 흑의 장한 하나에게 눈짓을 했고, 그 흑의 장한은 곧바로 도를 뽑아 들고는 필괴를 향했다.

그런데 잠시 묵묵히 보고 있던 필괴가 문득 검을 들어 흑의 장한을 향해 겨누는 것이었다. 비록 그것이 느릿한 움직임이었고, 더욱이 흑의 장한과는 아직도 예닐곱 걸음이나 떨어져 있었기에, 별다른 위협이 되지는 않아 보였지만.

그러나 바로 그 순간 흑의 장한은 주춤 멈춰 섰는데, 마치 갑자기 무슨 섬뜩한 느낌이라도 받은 듯한 기색이었다.

백면사내의 미간이 가볍게 좁혀졌다. 그러나 그는 흑의 장한을 질책하거나 혹은 필괴를 압박하지는 않았고, 대신 좀 더 빠르고 쉬운 방법을 택했다.

"꺄아~ 악!"

화여령이 화들짝 진저리를 치며 찢어지는 듯한 비명을 토해냈다.

검을 목에 댄 채로 백면사내의 다른 한 손이 그녀의 가슴속으로 파고들어 있었다.

그러나 화여령이 연신 비명을 질러대면서도 감히 백면사내의 손을 거부하거나 반항의 몸짓을 하지는 못하더니, 한순간 다급한 서슬을 담아 소리쳤다.

"이놈, 필괴야! 네놈은 지금 무얼 하고 있는 것이냐?"

손을 멈추지 않으며 백면사내가 피식 웃었다.

화여령의 호통인즉슨, '네 팔 하나를 바쳐서라도 어서 나를 구하지 않고서 지금 무얼 하고 있느냐? 는 절박한 질책이었다.

그러나 필괴는 곧바로 고개를 가로저었다. 그는 이제 확고해져 있는 중이었다. 그의 팔 하나를 자르는 것과, 화여령의 안전이 간단하게 대치(代置)될 수 있는 것이 아니란 사실에 대해.

필괴는 비로소 떠올린 것이었다. 백면사내와 같은 종류의 인간이 얼마나 잔인한지를! 그리고 어디까지 잔인해질 수 있는지를!

"필 위사! 제발……! 제발 나 좀 구해줘요!"

화여령은 이제 애걸하는 투가 되어 있었다.

"계집! 너무 시끄럽게 구는구나!"

백면사내가 차갑게 뇌까리며 검을 화여령의 뺨으로 옮겨
서는 가볍게 그어 내렸다.

그러자 화여령의 하얀 뺨에는 대번에 상처가 생기며 붉은
피가 스멀스멀 배어 나왔다.

화여령이 얼굴의 따끔한 통증에 이어 뺨을 타고 뭔가 주르
륵 흘러내리는 느낌에,

"꺄~ 악!"

하고 소스라치더니 그대로 축 늘어져 버리고 말았다.

무너져 내리는 화여령의 몸을 부축해 안으면서 백면사내
가 차가운 조소를 떠올렸고, 필괴는 직감했다. 더 이상은 시
간이 없다는 것을.

필괴는 앞을 향해 겨누고 있던 검을 아래로 늘어뜨렸다.

그의 그런 모습은 그가 이제 완전히 저항을 포기한다는 뜻
으로 보였기에, 백면사내는 조소를 거두는 대신 흐릿한 만족
감을 떠올렸다.

그때 반서훈은 슬금슬금 뒷걸음질을 치고 있었다. 그의 몸
놀림은 좀 전까지 옆구리를 움켜잡고 주저앉아 있던 사람답
지 않게 재빠르고도 은밀했고, 이내 사라져 보이지 않았다.

6

필괴는 자신의 몸이 가늘게 떨린다고 생각했다.

그것은 막상 느껴보기는 어려울 만큼의 잘디잔 떨림이었으나, 이내 그의 온몸을 가득 채우는 것이었다.

그러나 숨이 막힐 듯한 긴장 같은 것은 아니었다.

두려움 따위는 더더욱 아니었다.

이상하게도 마음은 오히려 차분하게 가라앉아 있었다.

그에게는 이미 한 가닥의 의지가 생겨 있었다.

그의 마음속에 홀연히 생겨난 한 점 빛으로부터 비롯된 의지였다.

그리고 그것은 지금 도저히 헤쳐 나갈 길 없는 이 암담한 현실에서, 그것 외에는 그 무엇에도 기대볼 수 없는, 절대의 믿음이었다.

어느 순간 그의 마음속에서 무언가가 조금씩 형체를 갖추어 나갔고, 아아! 그것은 마침내 작고 희미한 한 자루 검이 되었다.

영원히 암흑 속으로 묻혀 버린 줄로만 알았던 그 한 톨의 씨앗처럼 작고 희미한 검 한 자루가, 지금 다시 그의 마음속에 돌아와 있었다. 예전보다 조금쯤 더 선명한 형상으로.

그때 필괴와 두 걸음 거리까지 접근한 흑의 장한은 도를 높이 치켜 올리며 힐끗 백면사내 쪽을 바라보았다.

필괴는 차라리 검을 든 팔의 힘을 빼 버렸다.

틱!

필괴의 검극이 땅에 닿으며 작고 불투명한 소리를 낼 때,

백면사내는 흑의 장한에게 느긋한 눈짓을 주었다.

'베어라!'

흑의 장한은 지체없이 도를 내려쳤다.

그런데 그 순간 필괴의 몸이 순간 '빙글!' 하고 회전을 했고, 흑의 장한은 순간적으로 멈칫거렸다.

그러나 흑의 장한은 곧바로 도에 가속을 붙였는데, 그 찰나의 순간 여전히 늘어뜨려져 있던 필괴의 검이 돌연 검극을 치켜들며 앞으로 쏘아 나갔다.

백면사내는 흠칫 당황했다.

필괴가 그 상황에서, 더욱이 그런 식으로 검을 던져 낼 것이라곤 미처 생각지 못한 일이었다.

그러나 백면사내는 안고 있던 화여령의 몸을 밀어 버리는 동시에 팔방풍우의 일초로 맹렬히 검을 떨쳐 냈다.

아니, 백면사내의 그러한 대응은 다만 그의 머릿속에서만 이루어졌을 뿐, 막상 어떤 실제적인 행위로 이어지진 못했다.

사실은, 백면사내가 경각심을 가질 즈음에 필괴가 쏘아 낸 그 한 자루의 검이 날아오는 속도는 갑자기 빨라졌고, 다시 다음 한순간에는 너무도 쾌속하여 그야말로 빛살처럼 공간을 단축해 와서는 이미 백면사내의 목에 다다른 것이었다.

필괴도 보고 있었다.

아니, 느끼고 있었다.

그가 던져 낸 그 한 자루 검이 날아가는 궤적은 그에게 너무도 선명했다.

마치 검에 그의 마음이 그대로 연결되어 있는 듯했다. 지금 그의 마음속에서 희미하게 빛나고 있는 바로 그 한 자루의 작은 검과 말이다.

검은 그가 원하는 만큼 빠르게, 그리고 한 치의 어긋남도 없이 정확하게 목표물에 당도했다.

다만 검이 마침내 목표물을 관통할 그 마지막 찰나에 필괴는 찰나의 갈등을 일으켰다.

'죽일 것인가?'

그러나 그것은 소용없는 갈등이었다. 검은 이미 백면사내의 목을 꿰뚫어 버렸으니까.

"큭!"

"윽!"

두 마디의 비명이 동시에 터졌다.

백면사내는 자신의 목을 관통한 한 자루 검을 두 손으로 움켜잡은 채 두 눈을 부릅뜨고 있었다. 믿지 못하겠다는 듯이. 이어 그는 그대로 비칠비칠 세 걸음을 물러선 뒤에 그대로 바닥으로 무너져 내렸다.

필괴는 흑의 장한의 도에 어깨를 크게 베었다. 다만 와중에도 그가 순간적으로 몸을 회전시킨 덕분으로 흑의 장한의 겨냥이 조금은 틀어졌기에 그나마 빗겨 베인 것이 다행이라면 다행이었다. 그렇더라도 그의 어깨 상처는 꽤나 깊어서 뭉클

뭉클 피가 솟구치고 있었다.

그러나 지금 오히려 크게 당황한 모습이 되어 있는 것은 흑의 장한이었다. 그가 도를 내려치는 순간에 상대가 갑자기 몸을 회전시키는 바람에 도가 약간 빗겨 맞는다는 감은 있었지만, 그렇더라도 상대의 어깨를 잘라낼 수 있다는 확신에는 변함이 없었다. 그리고 그의 도는 상대의 어깨에 힘껏 박혀 들었는데, 바로 그 순간에 그는 어떤 반발력 같은 것을 느꼈고, 그 반발력이 곧바로 기이한 진동으로 증폭되는 듯하더니 도를 든 그의 팔 전체를 저릿하니 마비시켜 버린 것이었다.

퍽!

흑의 장한의 몸이 일순 허공으로 붕 떠오르더니 그대로 바닥에 처박혔다. 필괴가 몸을 던지다시피 하며 어깨로 그의 가슴을 들이받아 버린 것이었다.

흑의 장한이 놓친 도를 낚아채며, 필괴는 곧장 앞으로 돌진해 나갔다.

그때 화여령의 주변에는 지금 근 십여 명의 사내가 몰려 있었다.

그러나 그들은 방금 벌어진 돌연한 상황들에 대한 경악과 당황을 미처 추스르지 못했는지, 필괴의 돌진에 대해 제대로 대응하지를 못했다.

필괴는 거침없이 도를 휘둘렀다.

윙!

공기를 가르는 살벌한 파공성에 이어 도는 그대로 사내 하나의 왼 어깨에서 오른쪽 옆구리를 베고 지나갔다.

"으악~!"

참담한 비명이 터져 나왔고, 사내에게서 뿜어져 나온 피가 필괴의 얼굴과 몸으로 튀었다.

다른 사내들이 화들짝 놀라 급급히 뒤로 물러서는 틈을 타, 필괴는 신속하게 화여령의 곁을 점했다.

그러나 필괴는 여전히 다급했다. 혼절해 쓰러져 있는 화여령을 데리고 이곳을 탈출해야만 하는 것이다.

그때 사내들은 어느 정도 당황과 혼란을 수습한 듯이 필괴와 화여령의 주변을 포위해 들었는데, 어디선가 다시 새로운 패거리들이 나타나 합류하면서 그 수가 삽시간에 사오십여 명으로 늘어나고 있었다.

필괴는 화여령을 안아 들려던 것을 포기하고, 그대로 바닥에 눕혀둔 채로 그 곁에 우뚝 버티고 섰다.

7

다급한 중에도 필괴는 스스로의 내부로 집중해 들고자 했다.

다시 한 번 구현해 볼 참이었다.

좀 전 그의 온몸을 가득 채우던 그 잘디잔 떨림을!

그리고 마침내 빛을 발하던 그 한 자루의 작은 검을!

그러나 그것들은 다시 그에게서 멀어지고 만 것 같았다.

다시 끝없는 침묵과 암흑 속으로 돌아가고 만 것 같았다.

'아아!'

필괴는 절망하고 말았다.

아니, 그는 차라리 막막한 공허함 속으로 빠져 들고 말았다.

그때였다.

"필괴~!"

"우리가 왔다~!"

우렁찬 두 마디의 외침이 그를 다시 건져 냈다.

멀리서 두 사람이 질풍처럼 달려오고 있었다. 바로 장삼과 노일이었다.

장삼과 노일은 맹렬한 기세로 달려와 곧장 사내들의 포위 일각을 뚫어냈다.

그것은 한편으로 두 사람이 스스로 포위망 안으로 갇히는 형국이기도 했지만, 어쨌든 노일은 우선 쓰러져 있는 화여령의 상태를 살폈고, 장삼은 한눈에 필괴의 상처를 훑고는 빠른 손놀림으로 지혈 조치부터 했다.

이어 세 사람이 가운데다 화여령을 두고서 자연스럽게 품자형(品字形)으로 벌려 선 가운데, 노일은 차분하게 사방의 형세를 살폈다.

사정은 결코 간단해 보이지가 않았다. 적어도 그와 장삼이 합류했다고 해서 사정이 나아진 것은 없었다.

주위를 포위하고 있는 무리의 수는 못 잡아도 오십은 넘어 보이는데, 어디선가 새로운 무리들이 계속적으로 합류하면서 전체 무리의 수는 빠르게 늘어나고 있는 중이었다.

노일은 내심 혀를 찼다.

'쯧! 지원군이 조금이라도 빨리 도착하기를 비는 수밖에 없겠군!'

사실은 노일이 다급한 소식을 접하고 장삼과 함께 이곳으로 달려오는 동안 비상 연락 수단을 발동해 반회당에 긴급 구원을 요청해 두었던 것이다.

문제는 지원군이 올 때까지 그들 셋으로 버텨낼 수 있느냐 하는 것인데, 그러나 다른 방법은 없었다. 어쨌든 버텨 보는 수밖에는.

장삼은 문득 필괴가 도를 들고 있다는 데 대해 주목했다. 그리고 주위를 둘러보던 중에 근처에 쓰러져 있는 한 사내의 목에 꽂혀 있는 검이 바로 필괴의 것임을 알아보았는데, 그 검이 필괴를 위해 그가 제법 성의를 들여서 구해준 바 있는 물건이었기 때문이다.

장삼이 돌연 품자(品字)의 진형(陣形)을 흩뜨리면서 성큼 앞으로 걸어 나간 데 이어, 땅바닥에 쓰러져 있는 한 사내의 목에 꽂힌 검의 손잡이를 거침없이 잡아가는 걸 보고 노일이 급하게 소리를 쳤다.

"잠깐! 그걸 뽑으면 그잔 죽어!"

그러나 장삼도 이미 알고 있었다.

검이 사내의 목을 정통으로 관통한 것이 아니라, 처음 찌를 때는 목의 정중앙에서부터 시작했으되, 찰나간에 방향을 틀기라도 한 것처럼 막상은 반 뼘 정도를 이동하여 오른쪽 쇄골 후방 쪽으로 뚫고 나갔다는 것을. 그리하여 사내가 지금 꼼짝도 하지 못하고 있지만, 죽지는 않았다는 것을.

힐끗 돌아보며 가볍게 미간을 찌푸리는 장삼의 표정에서 설핏 못마땅하다는 기색이 비치는 걸 보고, 노일이 얼른 다시 말을 보탰다.

"여기는 적색지대야! 가능하면 저자들을 자극하지 않는 게 좋아!"

그러나 장삼은 기어이 그 검을 뽑고야 말았다.

"끄~ 으~ 으~ 윽!"

검신(劍身)이 빠져 나오는 동안 사내는 앓는 듯이 가냘픈 신음을 흘렸고, 검신이 다 빠져나간 자리에서는 세찬 핏줄기가 터져 나왔다.

순간 장삼의 손이 분주하게 움직이는 걸 보고 노일은 언뜻 이채를 떠올렸다. 사내의 상처 주변 혈도들을 짚으며 지혈 조치를 하는 것이었는데, 그 재빠르고도 능숙함이 결코 예사로운 솜씨가 아니었기 때문이다.

그러나 잠깐 만에 조치를 끝내고 다시 원래의 자리로 돌아오는 장삼의 눈빛은 무심하기만 했다.

그런데 그 잠깐 동안에 주변에 몰려든 자들의 수는 이미 백여 명 가까이로 불어나 있었다.

비록 그들 중의 절반 정도는 짐짓 구경꾼인 듯이 멀찍이들 서 있었지만, 그들 또한 언제 태도를 돌변해 포위망으로 합류할지 모르는 일이었으니, 노일은 언뜻 타는 듯한 갈증을 느끼며 혀로 입술을 축였다.

그러나 다음 순간, 노일의 얼굴은 대번에 환하게 밝아졌다.

저쪽에서 삼십여 명쯤 되는 무사들이 대오를 갖춘 채 빠르게 달려오고 있었는데, 바로 반회당의 무조(務組)였던 것이다.

척! 척! 척! 척!

무조가 일사불란하게 내는 발걸음 소리만으로도 포위망의 한쪽이 주춤주춤 열렸고, 그 사이를 거침없이 통과한 무조는 신속하게 노일 등을 중심에다 놓는 방어 진형을 구축했다.

그때 화여령이 언뜻 정신을 차리고 있었는데, 공포에 젖은 눈으로 빠르게 주변을 둘러보고 나더니 그제야 상황을 짐작한 듯이 그녀는 길게 안도의 한숨을 내쉬었다.

힐끗 화여령을 보던 장삼은 가만히 미간을 좁혔다.

그때 필괴에게로 향하는 그녀의 시선이 언뜻 표독스럽게 변한 때문이었다.

그러나 화여령의 시선은 이내 필괴를 떠나 다시 몇 걸음 밖
의 바닥에 누워 있는 백면사내에게로 향했는데, 순간 그자와
눈빛이라도 마주친 것일까? 그녀가 진저리를 치듯이 몸을 떨
며 갈라진 목소리로 부르짖었다.

"저자… 저자가…!

노일이 그녀를 진정시키며 차분하게 말해주었다.

"저자는 중상을 당해서 움직이지 못하는 상태입니다."

그러자 화여령은 곧바로 표독스럽게 변하며 앙칼지게 외
쳤다.

"그럼 당장 죽여 버려요!"

노일이 설핏 놀란 기색으로 되었으나, 다시금 신중한 빛으
로 돌아오며 말했다.

"지금 상황이 좋지 못합니다. 우리는 지금 적색지대의 한
가운데에 들어와 있는 중인데, 함부로 사람을 죽였다가는 자
칫 이곳 전체를 도발하는 결과가 될 수 있습니다. 그렇게 되
면 소저와 우리 모두의 안전을 보장할 수 없게 됩니다."

화여령이 그제야 흘깃 시선을 돌려 사방을 둘러싸고 있는
무리들을 보고는 문득 목소리를 낮췄다.

"저자가 내게 무슨 짓을 했는지 알기나 해요?"

그런 그녀의 눈빛에 타는 듯한 독기가 서려 있기에 노일이
선뜻 대답을 하지 못하는데, 화여령이 더욱 낮은 목소리로,
그러나 얼음처럼 차갑게 뱉었다.

"저자만큼은 반드시 데리고 가야만 해요. 산 채로 데려갈 수 없다면, 죽여서 그 목이라도! 만약… 그렇게 하지 못한다면 당신들은 물론, 나아가 용호장까지도 결코… 결코 용서하지 않을 거예요. 알겠어요?"

노일이 하릴없이 어깨를 한번 추스르고는, 그녀의 시선을 피하듯이 힐끗 옆을 돌아보았다. 마침 장삼이 무심한 눈길로 그를 보고 있다가는, 슬쩍 시선을 흐렸다.

8

노일은 무조의 무사 하나에게 백면사내를 업도록 하였다.

그런데 그 순간 돌연 사방의 곳곳에서 살기가 일기 시작하더니 이내 하나의 기세로 되어 일행을 압박해 드는 것이었다.

노일은 몹시 당혹스러워지고 말았다. 어느 정도의 반응이 있으리라고 예측은 했지만, 이런 정도로 거친 반발이 일어나리라고는 미처 상상하지 못했던 일이었다.

"이자가 도대체 누구이기에……?"

노일의 그 중얼거림이 자신을 보고 묻는 것처럼 들렸기에, 필괴는 가만히 고개를 저었다. 사실은 그 역시도 아직껏 백면사내의 정체에 대해서는 전혀 아는 바가 없는 것이다.

노일은 다시금 갈등을 해보지 않을 수 없었다. 백면사내를 놓아두고 갈 것인지, 아니면 끝내 데리고 갈 것인지에 대해.

그러나 그의 답은 이미 정해진 것이나 마찬가지였다. 기왕에 압송하기로 행동을 취한 이상, 이제 와서 태도를 바꾼다는 것은 용호장의 명예와 위신과도 관계가 되는 일이니 말이다.

"철수한다! 이동 진형을 짜라!"

노일의 단호한 명령에 무조는 신속하게 방어 대형을 풀고 화살촉 형태의 이동 대형으로 진형을 다시 짰다.

노일이 선두로 나서면서 대형을 이끌었다.

무리들이 직접적으로 앞을 가로막지는 않았다. 그러나 그들은 크게 반월형의 모양새를 이루며 무조가 짜고 있는 대형의 후미를 감싸듯이 하며 길게 따라붙었다.

양측간의 긴장과 살기는 점점 더 고조되어 갔고, 저만치쯤에 적색지대와 황색지대의 경계 지점이 보일 즈음이 되자 이윽고는 촉발지세로 극렬해졌다.

기필코 한 차례 피바람이 불 것만 같은 바로 그때였다.

괭~!

괘앵~!

멀리서 징 소리가 울렸다.

순간 노일은 대형의 전진을 멈추게 했다.

그리고 양측 간의 긴장과 살기 역시 약속이라도 한 듯이 일시간 보류되는 듯하였다.

괭~!

괘앵~!

징소리가 점점 가까워지더니, 잠시 후 이윽고 한 무리의 군사가 모습을 나타냈다.

그 오십여 명의 군사는 대형을 갖춘 채 속보로 행진해 오고 있었다.

사실은 징 소리로부터 이미 짐작하고 있었을 터이지만, 막상 군사들의 모습을 보자 적색지대의 무리들은 크게 흔들리고 마는 모습이었다.

"진(進)~!"

노일이 외치는 소리에 무조의 대형은 다시 움직이기 시작했다.

그러나 적색지대의 무리는 감히 더 이상 무조의 대형을 따라오지 못했다.

역시 기껏 오십에 불과하더라도 군사들이 가지는 상징성 때문이리라.

마침내 적색지대의 경계를 넘어 황색지대로 들어섰을 때 무조 무사들의 얼굴은 온통 땀투성이였는데, 실제의 전투는 없었더라도 그들의 긴장이 어떠했었는지를 여실히 보여주는 듯했다.

第二十章
증오

1

무조가 압송해 온 사내를 심문한 끝에, 놀랍게도 사내의 정체는 사패 중의 교갈(狡蝎)로 밝혀졌다.

그런데 교갈이 홀로 움직이는 자가 아니라, 적색지대 중의 비밀 청부 조직에 속해 있다는 것은 제법 널리 알려진 소문이었고, 뿐만 아니라 관청의 기찰부에서도 정보 수집과 분석을 통해 익히 인지하고 있는 사실이었기에, 곧바로 사건의 배경과, 또 어떤 배후와 음모가 있는지에 대한 심층 조사가 진행되었다.

그러나 거듭되는 신문(訊問)에도 교갈은, 다만 우발적으로 벌어진 사건이었을 뿐 무슨 배후나 음모 같은 건 없다고 일관

되게 진술했고, 나중에는 아예 입을 닫아 버렸다.

그렇다고 계속해서 가혹한 고문을 가할 수도 없는 일이었다.

긴급한 치료는 되었다고 해도 교갈이 입은 상처가 결코 가벼운 것이 아니어서, 치료와 조사를 병행하고 있는 실정이었기 때문이다.

그렇게 사건의 조사는 정체에 빠지고 마는 듯했다.

2

"아~ 악!"

화여령은 비명을 지르며 잠에서 깨어났다.

벌써 며칠째 꾸고 있는 악몽이었다.

그녀는 침상에서 일어나 화장대 앞에 앉았다.

동경에 비치는 얼굴은 누구보다도 아름답고 완전하다고 그녀가 자부했던 얼굴이었다.

그런데 지금 그 뽀얀 피부에는 한 줄기 상처 자국이 길게 그어져 있었다.

불을 밝히지 않고 창을 통해 스며 들어오는 어스름달빛만으로도 상처 자국은 선명하기만 했다.

의원은 깊은 상처가 아니어서 시간이 지나면 자국이 옅어질 것이라 말했지만, 그녀는 알았다.

의원의 그 말이 곧, 아무리 시간이 지나도 얼마간의 흉터는 영원히 남는다는 의미라는 걸.

한순간 그녀는 부르르 몸을 떨고 말았다.

그 지독했던 공포와 분노, 그리고 참담함 따위가 새삼 스멀거리며 온몸의 맨 살 위로 기어 다니는 것만 같았다.

"교갈이라는 놈! 그놈을 판결에만 맡겨 놓을 수는 없어! 무슨 수를 써서라도 내가 직접, 세상에서 가장 잔인한 방법으로 죽여 버리겠어!"

그녀는 이를 갈며 소리쳤다.

그리고 다시 표독스럽게 중얼거렸다.

"또 한 놈! 필괴! 이 모든 게 결국은 다 그놈으로 인해 생긴 일이다! 절대 용서 못해! 반드시 죽여 버리고 말겠어!"

필괴마저 죽이고 나야만 그녀가 경험했던 그 모든 공포와 참담함, 그리고 시간이 지날수록 커져만 가는 분노와 모욕감을 깨끗이 떨쳐 버릴 수 있을 것 같았다.

그리고 나서야 다시 예전의 고귀하고 당당했던 그녀로 돌아갈 수 있을 것만 같았다.

사실 그녀는 이미, 필괴에 대해서도 그 죄를 엄히 물어야 한다는 주장을 강력하게 하고 있는 중이었다.

그녀는 서슴없이 일부의 사실을 왜곡시키기도 했다.

즉, 필괴가 여러 차례나 그녀를 구할 기회가 있었음에도 불구하고 제 일신의 안위부터 지키려고 내내 뒤로 빠져 있다가 나중에야 마지못해 나섰다고 했고, 아무 소용도 없이 상처를 입은 것도 나중의 책임을 면하기 위한 궁여지책일 뿐이라고 증언을 한 것이다.

반대로 반서훈에 대해서는 좋게 바꾸어서 대변을 해주었다. 반서훈이 그녀를 구하기 위해서 처음부터 몸을 사리지 않았으며, 나중에 현장에서 사라진 것은 빠르게 시세를 판단하고 구원을 요청하러 갔던 것이라고.

그녀의 요구가 집요했던 데다, 그녀와 필괴를 빼고 나면 유일하게 상황을 목격한 반서훈이 또한 그녀의 주장을 뒷받침하는 증언과 진정을 서면으로 보내왔기에, 대도성주는 이윽고 용호장에다 필괴의 소환을 명령하였고, 소환된 다음에는 일단 투옥한 상태에서 조사를 진행할 방침이었다.

3

"그럴 수는 없습니다. 아무리 성주의 명령이라고 해도 저는 따를 수 없습니다."

비조 조장 사공승이 사뭇 단호한 데 대해, 반회당주 육도반은 짐짓 안색을 굳혔다.

"허! 성주의 명령을 따르지 않겠다고? 그러나… 장주께서도 이미 결정을 내리신 일이라면 또 어쩔 것인가?"

"제가 장주님을 직접 찾아 뵙겠습니다."

"그래서? 장주께 따지고 대들기라도 하겠다는 건가?"

사공승이 다시금 울컥하다가는 문득 묘한 얼굴이 되고 말았다. 육도반의 얼굴에 한 가닥의 여유가 서려 있다는 것을 그제야 알아챈 것이다.

사실 그가 아는 당주는 수하가 아무 잘못도 없이 억울한 옥살이를 하게 된 마당에 이처럼 마치 남의 일인 양 무덤덤할 수 있는 사람이 결코 아니기도 했다.

그에 육도반이 빙그레 미소를 떠올리며 말했다.

"사실은 성주 쪽에서 미리 사람을 보내 장주께 양해를 구해왔었네!"

"양해를 구하다니요? 뭐라고 말입니까?"

"관부에서도 이미 여러 경로를 통해 이번 사건의 진상을 파악한 바가 있는데, 필괴가 최선을 다해 화여령 소저를 보호했다는 정황은 충분한 것으로 조사되었다고 말일세!"

"그렇다면… 필괴를 옥에 가두겠다는 건 도대체 무슨 소립니까?"

"음! 그게 아마 성주에게 좀 복잡한 사정이 있는 모양일세! 우선은 그 화 소저가 아직도 당시의 충격에서 벗어나지 못하고 있는 상태인데, 어찌 된 일인지 그녀의 증오가 교갈은 물론이고 필괴에게로도 향해 있다는 게야!"

"허! 엉덩이에 뿔난 망아지처럼 제멋대로 적색지대에 들어간 게 누군데… 그리고 필괴가 제 몸을 사리지 않고 죽을 각

오로 목숨을 구해줬으면 일생의 은혜로 여겨야 할 일이지, 그
러지는 못할망정 어떻게 오히려 원수로 갚으려 한다는 말입
니까?"

"허허! 그러게 말일세! 그러나 성주도 짐작 못한다는 그녀
의 심사를 누군들 알겠는가? 어찌 되었든 무남독녀 귀한 여식
이 자신의 말을 들어주지 않으면 죽어버리겠다고까지 위협을
하는 지경이라고 하니, 성주도 결국은 한 사람의 아비로서 궁
여지책이라고는 해도 일단은 그녀를 진정시키고 볼 궁리를
한 것 아니겠나?"

"나, 참! 아무리 세상물정 모르고 자라나 천방지축으로 날
뛰는 계집애라고 해도 그렇지, 어떻게 그처럼 고약할 수가 있
단 말입니까?"

"어허! 이 사람? 말을 가려서 하게!"

"아니, 제가 어디 틀린 말을 했습니까? 계집애의 심보가 참
으로 독랄하지 않습니까?"

"어허, 거!"

육도반이 질책의 뜻을 담아 탄식했으나, 이내 고개를 끄덕
이고는 말했다.

"어쨌든 사정이 그리되었고, 또 옥에 갇힌다고는 해도 막
상 고생을 할 일은 없으니, 필괴에게도 대강의 사정을 이해시
키고 내일 아침에 관청의 옥사(獄舍)로 데려가도록 하게!"

그에 사공승이 썩 내키지는 않는다는 얼굴로나마 순순히

복명했다.
"알겠습니다!"

4

필괴는 옥사의 첫 번째 방에 수감되었다.

교갈이 가장 안쪽의 방에 갇혀 있었으니, 혹시 신경이 쓰이지 않도록 배려를 해주었다고 할까?

역시나 미리 얘기가 되어 있었던지 당직간수들은 표시가 나도록 필괴에게 친절을 베풀었다.

용호장에서 조치를 했겠지만 필괴에게는 매끼니 사식이 들어왔는데, 그 양이 두 사람이 먹기에도 충분한지라 식사 때마다 당직간수가 아예 필괴 방의 철문을 열고 들어와서는 함께 푸짐한 식사를 즐기곤 하였다.

그런 덕에 필괴는 옥내의 사정들, 특히 교갈에 대한 얘기를 비교적 자세한 것까지 들을 수가 있었다.

교갈은 여전히 몸을 거의 움직이지 못하는 상태인데, 그의 상태를 확인한 의원의 말로는 목에서 사지로 내려가는 무슨 신경인가 하는 것이 심각한 손상을 입은 때문이라고 했다.

그런데 교갈이 그처럼 불편한 몸인데도, 수감자들에게 배급되는 거친 음식을 매 끼니마다 근 한 시진에 걸쳐 깨끗이 먹어 치우는 것에서, 역시 살수로서의 면모가 보이는 것 같다는 평가들이며, 그런 때문인지 간수들조차도 교갈의 방을 둘러볼 때는 왠지 모를 섬뜩함을 느끼곤 한다고도 했다.

그리고 얼마 전부터 교갈은 의원이 자신의 상세를 살피는 것을 거부하고 스스로 상처를 치료하겠다며 몇 가지의 약재들을 넣어달라고 요구했는데, 그의 태도가 너무도 완강하였고 의원의 판단으로도 어차피 단기간에 상세가 호전되리라는 기대는 어려운데 어쨌든 요구한 약재들이 치료에 도움이 되는 것들이라고 해서, 결국은 요구를 들어주었다고 했다.

5

간수들은 하루 삼교대로 네 시진마다 당직을 교대했다.

간수들을 모두 합치면 예닐곱이나 되었지만, 지난 며칠 동안 얼굴을 익힌 덕에 필괴가 이제는 간수들을 다 알게 된 것은 물론이고, 목소리만으로도 대강은 누구인지 구분할 수 있을 정도가 되었다.

그런데 오늘 저녁시간에 당직을 들어온 간수는 영 낯설게 구는 데가 있었다.

여느 때처럼 그의 방 철문을 열고 아는 척을 하지도 않았고, 무슨 기분 나쁜 일이라도 있는지 유별나게 딱딱거리는 것 같았다.

"배식(配食)!"

외치는 그 목소리마저 낯설었는데, 어쨌든 간수의 외침에 따라 각 방에서는 철문 하단에 난 작은 배식구(配食口)로 식기(食器)를 밖으로 내놓았다.

이제 간수가 음식을 담은 수레를 밀고 각 방을 돌면서 각자의 식기에다 밥과 국, 그리고 반찬 한 가지씩을 퍼줄 것이었다.

그때였다.

탕!

제일 첫 번째인 필괴의 방 철문이 쩌렁하니 울렸다.

아마도 간수가 국자로 후려친 모양인데, 이어 퉁명스러운 외침이 들렸다.

"식기!"

이상한 일이었다.

필괴가 옥에 들어온 뒤로 식기를 바깥으로 내놓아 본 일은 한 번도 없었으니 말이다.

그렇더라도 필괴가 얼른 살펴보니 철문 옆쪽의 구석에 식기가 하나 놓여 있기에 재빨리 배식구 밖으로 내놓았다.

6

교갈은 언뜻 긴장하였다.

본능적인 경계였다.

철문을 사이에 두고 있지만, 냄새와 기척만으로도 간수는 낯선 자였다.

잘 움직이지 못하는 그를 배려하여 그의 식기에는 가느다 란 막대기가 끈으로 묶여 있었다. 배식 때마다 몸을 움직일 필요 없이 그 막대기로 식기를 배식구로 내고, 또 들이면 되 는 것이었다.

그런데 지금 간수는 식기를 지금까지의 다른 간수들이 하 던 것보다 훨씬 더 깊숙하게 안으로 넣어주고 있었다.

'좋지 않다!'

마치 먹기를 강요하는 느낌이었다.

그럼으로써 그것은 뭔가 안 좋은 느낌이었다. 직감적으로.

수레 구르는 소리가 나지 않았다.

간수는 철문 앞에 그대로 멈춰 있었다.

교갈은 식기를 발 앞으로 당겨 놓은 채 가만히 기다렸다. 어느 쪽으로든 상황이 진전되기를.

그때 배식구로 눈 하나가 불쑥 나타나더니 차가운 시선을 부딪쳐 왔다.

"찬이 하나 빠졌다. 식기를 다시 내보내라!"

어색한 말투였다.

교갈은 순간적으로 시선을 식기로 향했다가 급하게 다시 배식구의 그 눈을 찾았다.

그러나 배식구에 예의 그 눈은 사라지고 없었고, 대신 짧은 대롱 하나가 불쑥 모습을 드러내는 것이었다.

'아차!

교갈은 극렬하게 위험을 감지했다.

그러나 완전치 못한 그의 몸은 본능이 보내는 위험 신호에 제대로 반응하지를 못했다.

핏!

미약하게 공기를 가르는 소리가 났고, 순간 교갈의 목 옆쪽에는 은빛의 가느다란 침 하나가 꽂혔다.

"이……!"

교갈이 고함치고자 했으나 소리는 그의 입 밖으로도 나오지 못했고, 그 사이에 목에 꽂힌 그 은빛의 미세한 침은 마치 저절로 살 속으로 파고드는 듯이, 혹은 녹아 드는 듯이 금세 사라지고 말았다.

"끅… 끄… 윽……!"

교갈은 두 손으로 목을 움켜잡았다. 그리고 잠시간 고통스러워하며 버둥거리더니 이윽고는 두 눈을 까뒤집고 축 늘어져 버렸다.

배식구에 다시 나타난 눈 하나가 교갈이 죽어가는 광경을 차분히 지켜보았고, 다시 한동안이나 사체가 차갑게 굳어가는 과정을 확인하고 나서야 사라졌다.

잠시 후.

예의 그 눈은 필괴의 방 배식구에 나타났다.

필괴는 모로 누운 채 꼼짝도 하지 않고 있었다.

그의 옆에 놓인 식기가 깨끗하게 비워져 있는 것을 본 그 눈은 언뜻 만족스러운 빛이 되더니 사라졌고, 이내 배식구에는 짧은 대롱 하나가 나타났다.

그때였다.

"침입자다~!"

"당직간수가 살해당했다~!"

옥사 바깥쪽에서 급하게 외치는 소리들이 들려왔다.

핏!

바깥의 소란에도 불구하고 가늘게 바람 가르는 소리가 났고, 배식구에 다시 나타난 눈은 필괴의 목 옆쪽에 꽂힌 은빛의 가느다란 침 하나와, 그것이 이내 사라지는 것을 확인하고 나서야 차분히 사라졌다.

7

옥사에 변고가 생겼다.

당직간수가 살해당한 채로 발견되었고, 수감되어 있던 교갈 또한 시신으로 발견된 것이다.

관청이 발칵 뒤집혔고, 즉시 성내의 주요한 길목들이 차단된 채 엄격한 검문검색이 이루어졌다.

노일과 장삼이 연락을 받고 급하게 옥사에 도착했을 때, 필괴는 의식이 없는 상태였다.

　얼굴과 온몸이 거무스름하게 변한 것으로 보아서 필괴는 중독된 것임에 틀림이 없었는데, 그가 갇혀 있던 방 구석의 변기 속에는 일부러 버린 것으로 보이는 한 무더기의 음식물이 있었다.

　의원이 시침(試鍼)을 찔러 본 결과 그 음식물에는 독이 풀어져 있는 것으로 나타났고, 그것은 교갈의 방에 있던 식기의 음식물에서도 마찬가지였다.

　그런데 교갈과 필괴 모두 음식물을 섭취하지는 않은 것 같음에도, 둘 다 중독된 양상을 보이고 있는 것이었다.

　특히 교갈의 시신은 참혹했다. 몸통과 구분이 안 될 정도로 목과 얼굴이 크게 부풀어 오른 채였고, 목에는 마지막 순간에 고통에 몸부림치며 쥐어뜯은 흔적이 고스란히 남아 있었다.

　그러나 답답하게도 의원은 음식물에 풀어져 있는 독의 종류를 대강 추정할 뿐, 막상 두 사람이 당한 독에 대해서는 그 실체를 도무지 짐작조차 할 수가 없다고 했다.

　장삼은 다급해졌다. 의식을 되찾지 못하고 있는 필괴가 언제 교갈과 같은 꼴이 될지 알 수 없는 일이었다.

　그러나 당장에 필괴가 당한 독의 종류는 고사하고 어떤 경위로 독에 당했는지조차 정확히 파악을 못하고 있으니, 장삼과 노일이 발을 동동 구르는 중에도 막막하기만 했다.

　다급한 김에 장삼이 필괴를 들쳐 업었다. 절차고 뭐고 간에 일단은 필괴를 옥 바깥으로 데리고 나가려는 작정이었다.

그런데 그때였다.

"으~ 음!"

필괴가 미약한 신음 소리를 내는 것이었다.

"정신이 들어?"

장삼이 환호하기보다는 차라리 울먹이듯이 묻고는, 얼른 등에서 필괴를 내려 바닥에 눕히고는 온몸을 주물렀다.

한참을 그러고 있는데, 곁에서 지켜보고 있던 의원이 문득 놀란 목소리로 말했다.

"아! 해독이 되고 있는 것 같소이다!"

장삼이 얼른 살펴보니 필괴의 얼굴색이 확연히 원래의 제 색깔로 돌아가고 있는 중이었다.

장삼이 크게 안도하며 다시금 필괴의 몸을 주무를 때였다.

문득 필괴가 두 눈을 뜨더니 가만히 장삼의 손을 잡으며 고개를 끄덕였는데, 그 눈빛이 이제는 괜찮다는 뜻을 전하는 것을 보고는 장삼이 와락 화가 치밀어 오르는 것이었다.

"이 미련한 인간아!"

장삼의 그 소리가 저를 보고 하는 소린 줄 알고 의원이 흠 칫 놀라는 모습이 되고 말았다.

장삼이 주먹을 들어 한 대 후려갈길 듯이 시늉을 하며 필괴에게 다시 거친 소리를 쏟아부었다.

"어떻게 옥에 갇혀서도 또다시 살수를 당하고 있냐?"

필괴가 언뜻 엷은 웃음기를 떠올렸고, 그 모습에 장삼이 잔뜩 이마를 찡그렸다가는 차라리 어이없어 하며 피식 실소하고 말았다.

8

'잠사(潛蛇)가 교갈을 굳이 독살할 것까지야 있었을까?'

그런 것을 포함한 몇 가지의 의혹이 있음에도 불구하고, 교갈의 독살은 잠사에 의해 행해진 것으로 잠정 결론지어지고 있었다. 교갈의 입을 막음으로써 그들이 속한 비밀 청부 조직의 기밀사항이 관부로 유출되는 것을 막으려 했으리라는 추정이 설득력을 얻었기 때문이었다.

그러나 장삼은 그런 결론에 대해, 필시 더 이상의 혼란으로 확대되는 것을 막으려는 관부의 의도가 반영되었을 것이라는 추정을 더해보았다.

어쨌든 옥사 내에서 벌어진 독살사건으로 인해 외부인의 관청 출입은 크게 까다로워졌고, 그런 까닭에 용호장에서도 필괴를 면회하는 일이 쉽지 않아졌으니 끼니마다 사식을 넣어주는 등의 자잘한 편의 제공은 더욱이 중단될 수밖에 없었다.

9

화여령은 동경 앞에 앉아 있었다.

"한 놈은 죽였다!"

동경 속 그녀의 얼굴이 희미하게 웃었다.

그러나 그녀의 얼굴은 이내 차갑게 굳어졌다.

섬세한 손길로 얼굴의 상처 자국을 천천히 어루만지며 그녀는 다시 중얼거렸다.

"나머지 한 놈! 염라대왕의 생사부를 고쳐서라도 기필코 그놈마저 죽이고야 말리라!"

동경 속 얼굴의 두 눈이 섬뜩하게 빛났다.

그러나 다음 순간 그 얼굴은 딱딱하게 굳고 말았다.

그녀는 느낄 수 있었다.

갑자기 방 안의 공기가 달라졌다는 것을.

그리고 누군가 지금 이 공간에 그녀와 함께 숨 쉬고 있다는 사실을.

그러나 그녀는 감히 뒤돌아볼 수 없었다.

뒤돌아보는 순간 세상에서 가장 끔찍한 일을 당하고 말 것이란 공포가 이미 그녀의 몸을 칭칭 옭아매고 있는 중이었다.

"독한 계집!"

귓가에다 차갑게 속삭이는 듯한 그 목소리는 화여령의 온몸에 화들짝 소름을 돋게 만들었다.

그러나 그녀는 여전히 꼼짝도 하지 못하였다.

그때 동경 속에는 그녀 외에 또 다른 누군가가 모습을 드러
내고 있었다.

검은 복면을 한 자였다.

"누… 누구……?"

그녀는 혼신을 다해 외쳤다. 부디 그녀의 처소 주변을 지키
고 있는 군사들에게 들리기를 절박하게 갈망하며.

그러나 그녀의 그 외침은 겨우 쥐어 짜내는 듯이 다만 희미
한 소리로 겨우 새어 나왔을 뿐이었다.

이어 목 아래와 뒷부분이 뜨끔하더니 그녀는 아무 소리도
낼 수 없게 되어버렸고, 다시 등줄기를 타고 찌릿한 느낌이
온몸으로 번지더니 그대로 온몸이 마비가 되며 정말로 꼼짝
도 할 수가 없게 되었다.

동경 속에서 복면인이 가볍게 손짓을 하고 있었다.

그런데 그 손짓에 따라 그녀는 얼굴에서 불에 덴 듯한 화끈
한 고통을 느꼈다.

그녀의 얼굴이 붉게 물들고 있었다. 아니, 숫제 붉게 타 들
어가고 있었다.

그러나 그녀는 다만 두 눈을 부릅뜬 채 입을 딱딱 벌리는
것 외에는 달리 그 지독한 고통과 공포를 표시할 방법이 없었
다.

복면인의 손짓은 계속되었고, 얼굴에 이어 이윽고는 그녀
의 온몸으로 불이 붙는 듯한 화끈한 고통이 번져 갔다.

시녀가 화여령을 발견했을 때, 그녀는 방바닥에 쓰러진 채로 힘겨운 신음과 무언지 알아들을 수 없는 중얼거림을 계속해서 뱉어내고 있었다.

화여령의 얼굴과 몸에는 피가 낭자했다.

이마와 뺨, 그리고 팔과 어깨, 등과 가슴, 심지어는 허벅지와 종아리까지 거의 온몸에 상처가 난 것이었다.

그런데 상처 부위에 따라 옷이 함께 베어진 곳이 많았는데, 깨끗하게 옷을 베어내는 동시에 다시 선명하게 상처를 낸 솜씨는 차라리 놀랍다고 해야 할 정도였다.

상처가 그다지 깊지는 않았다. 그러나 치료하여 낫는다고 해도 그자국은 평생 남을 것이라는 점에서 그 상처들은 결코 가벼울 수가 없었다. 더욱이 혼인도 하지 않은 처녀의 얼굴과 온몸이 난자되다시피 한 것이니, 그야말로 순결을 잃은 것과 다름없는 횡액이라고 할 일이었다.

긴급히 의원을 불러 응급치료를 하고 안정제를 먹인 후에도 화여령은 여전히 충격에서 깨어나지 못하고 괜히 깜짝깜짝 놀라거나 멍하니 무언가를 중얼거리는 모습이 마치 실성한 듯이 보였다.

범인에 대해서는 여러 가지의 추측이 난무했지만, 이내 교갈의 죽음에 대한 잠사의 보복이라는 결론으로 치달았다. 그것이 교갈을 독살한 범인이 잠사라는, 바로 직전의 판단과 배치되는 측면이 있음에도 불구하고.

대도성주의 분노는 하늘에 닿을 정도였다.

"당장에 잠사를 잡아들여라! 나아가 적색지대에 기생하며 성민들의 고혈을 빨고 있는 자들을 차제에 모조리 소탕하라!"

그러나 분노에 찬 성주의 명령은 이내 현실적 제약에 부딪치고 말았다.

대도성주의 휘하에는 삼천 명의 군사가 있긴 했으나, 성주가 당장에 동원할 수 있는 군사는 성내 치안을 맡고 있는 일백여 명의 치안군이 전부였다.

나머지 병력은 정규군으로 성밖 오십 리 떨어진 부성(副城)에 주둔하고 있거니와, 치안보다는 전시(戰時)에 대비해 성주와 병마절도사(兵馬節度使)가 지휘 권한을 나누어 가지고 있었다.

즉, 정규군을 동원하려면 엄격한 절차를 거쳐 병마절도사의 동의를 받아야 했으니, 곧 성주로서는 자신의 사정을 중앙 관부에까지 공공연히 하소연하는 격이 되는 것이었고, 그러고도 자칫 사적인 목적으로 정규군을 동원하려 한다는 비난에 직면할 우려가 컸다.

결국 성주는 치안군만으로 토벌대를 꾸릴 수밖에 없었는

데, 그런 중에 다시 관청과 성문의 경비 등에 소요되는 필수 병력 사십을 빼고 나니 가용군사의 수는 육십에 불과한 실정이었다.

그러나 육십의 토벌대로는 드넓은 적색지대 중에서 기껏 색주가와 도방 등이 밀집한 유흥지대에 대해서만 수색과 순찰을 몇 차례 할 수 있었을 뿐이었고, 그나마도 업주들과 주민들의 노골적인 비협조 행위들로 인해 적도들에 대한 색출이나 검거 등의 실질적인 전과는 거의 거두지를 못하였다.

오히려 그러던 중에 적도들로 추정되는 자들이 대거 적색지대의 배후를 이루는 일천오백 호(戶) 규모의 대단위 빈민가로 숨어들었다는 신빙성있는 첩보까지 확보되고 보니, 기껏 육십의 치안군으로는 더 이상 어떻게 해볼 수 있는 일이 없게 된 셈이었다.

11

성주가 고민 끝에 짜낸 안은, 성내 상단들이 보유하고 있는 무력을 동원하는 것이었다.

성주인 그가 협조를 요청한다면 상단들로서는 감히 거절하지 못할 것이고, 더욱이 향후 어떤 식으로든 그 보상을 할 것이기에 장기적으로는 그들로서도 결코 손해가 되지는 않을 일이었다. 다만 성주 자신이 직접 나서서 상단들에게 협조를 청한다면 그 모양새와 명분이 좋지 않을 것이기에, 일단은 대표상단 한 곳에다 협조를 구하고, 그다음의 일은 상단들이 자발적으로 나서는 모양새를 만들기로 했다.

용호장과 장복방을 두고서 성주는 다시 잠깐의 고민이 있었다.

우선 용호장으로 낙점하는 데 있어서의 우려사항은, 용호장이 최근 경호 사업 분야에서 독점적으로 세를 키워 가는 중에 다른 상단들에게는 공공의 적이 되어 집중적으로 견제를 받고 있는 분위기인지라, 주도적 역할을 하는 데는 아무래도 문제가 있으리라는 것이었다.

반면에 장복방은 상대적으로 무난했다. 장복방이 나선다면 용호장을 제외한 다른 상단들은 능히 움직일 수 있을 것이고, 그런 데 대해 만약에 용호장이 불편해한다고 해도 그때는 성주 자신이 용호장주를 따로 불러서 협조할 것을 청한다면, 특히 이번 사건과 밀접한 연관이 있다고도 할 수 있는 용호장으로서는 감히 거절하지 못하리라는 계산이 서는 것이었다.

12

"영식의 상처는 좀 어떻소?"

성주가 장복방주 반위천을 불러놓고 첫마디로 반서훈의 안위부터 물은 것은, 우선 동병상련의 공감을 상기시켜 보고

자 한 의도였다.

"상처가 생각 외로 깊은지라, 아직까지도 제대로 운신을 못하고 있습니다."

반위천이 어두운 얼굴인 데 대해 공감과 위로를 표하고 난 다음에야 성주는 다시 신중하게 말을 꺼냈다.

"알다시피 본 성주는 차제에 그간 성의 우환거리였던 적색지대 내의 무뢰배들을 일거에 소탕하려 하고 있소! 그러나 일차적으로 성내의 치안군을 투입했지만… 아무래도 병력이 턱없이 부족한 터라 솔직히 일시의 곤란을 겪고 있는 중이오. 물론 부성에 주둔 중인 삼천의 정규군을 동원한다면 단숨에 해결될 문제이긴 하나, 그 일은 절차가 간단치 않아 제법 시일이 소요가 되니 작금의 사태가 이미 상처가 곪다 못해 터져 버린 지경인데 저 무도한 자들의 척결을 한시라도 미룰 수는 없는 일이 아니겠소? 하여 방주에게 긴요한 도움을 청하고자 이렇게 모신 것이오!"

그런데 반위천은 미리 예측이라도 하고 있었다는 듯이 그다지 놀라거나 당황한 기색이 아니었다.

"일개 장사치에 불과한 제게 무슨 힘이 있어서 성주께 도움을 드릴 수 있겠습니까?"

성주가 얼른 고개를 저으며 말했다.

"아니오! 아니오! 장복방은 우리 성 제일의 상단이 아니오? 하니 방주가 나서 준다면 능히 성내 상단들의 뜻을 하나로 모

을 수 있을 것이고, 그리된다면 적색지대의 무뢰배들쯤 단숨
에 소탕하고도 남을 무력을 응집시키는 것도 어려운 일은 아
닐 것이오!"

"그것은 심히 부당하신 말씀입니다!"

반위천이 문득 표정을 굳히며 하는 말에, 성주가 또한 언뜻
안색을 굳히며 반문했다.

"부당하다……?"

"그렇습니다. 단적으로 말씀드려서 이번 사건은 결국 용
호장으로 인해 발단이 되었다고 해도 과히 틀린 말은 아닐
것입니다. 그렇다면 당연히 그 책임 또한 용호장이 져야 마
땅한 것일진대… 안 그래도 성내의 상단들 모두가 용호장으
로 인해 큰 손해를 보고 있는 터에 만약 애꿎게도 용호장이
벌려 놓은 일의 뒷수습을 대신하라고 한다면 어느 상단이 그
명에 따르려고 하겠습니까? 필시 모두가 크게 반발할 것입니
다."

반위천이 이처럼 단호하게까지 반대를 표하고 나설 줄은
성주로서도 미처 생각하지 못한 일이었으니, 성주가 당황한
중에 짐짓 자세를 낮추었다.

"허허! 그러니… 이처럼 간곡하게 방주의 도움을 구하고
있는 것이 아니겠소?"

그러나 반위천은 표정을 풀지 않았다.

"솔직히 저 개인적으로도 용호장과는 그리 좋은 관계가 아

니었었는데, 더욱이 이번 사건으로 인해 하나뿐인 자식 놈이
험한 꼴까지 당하고 보니, 당장의 분기를 참고 있는 것만도
버거울 지경입니다.”
“으음!”
성주가 저도 모르게 억눌린 침음성을 뱉고야 말았다.
‘이자가 감히……?’
당장에 분노가 치밀어 오르는 것을 누르며 성주가 애써 차
분하게 물었다.
“방주의 그런 말씀은 협조할 의사가 조금도 없다는 것으로
들리니… 그렇다면 결국 앞으로 나와는 등을 돌리겠다는 뜻
이오?”
말끝에 성주는 내심 ‘이런 정도까지 말했으니, 감히 굽혀
들지 않을 수는 없을 것이다!’ 라고 기대를 했다. 그러나 반위
천은 그의 그런 기대마저도 간단히 꺾어버리는 것이었다.
“성주께서 기왕에 그리 말씀을 하시니… 사실 먼저 등을
돌린 것은 바로 성주이셨습니다.”
이제는 거리낄 바가 없다는 듯한 반위천의 태도에, 성주는
순간 차라리 덤덤해지고 말았다.
“내가 먼저 등을 돌렸다? 그것은 또 무얼 말함이오?”
“우선 형님되시는 화 대인의 호위는 처음에 저희 장복방에
서 무상으로 편의를 제공해 드렸던 것인데, 어찌하여 사전에
한마디 양해도 없이 하루아침에 용호장으로 바꿔 버릴 수가

있었단 말입니까? 더욱이 용호장에는 경호 비용까지 후하게 치러 가면서 말입니다.”

“그것이야… 가형(家兄)께서 알아서 처리하신 일이거늘, 어찌 나와 관련을 짓는단 말이오?”

“그리고 바로 엊그제의 일조차 벌써 잊으셨습니까?”

“허! 엊그제의 일이라니? 그것은 또 무엇을 말함이오?”

“용호장의 지나친 독점 행위로 인해 성내의 상계 전체가 큰 혼란과 어려움을 겪고 있는 실정을 말씀드리면서, 성주께서 살피신 연후에 상계의 건전한 경쟁 질서 유지를 위해서 합당한 조치를 취해주시기를 호소드리지 않았습니까? 한데도 성주께서는 관심을 보여주시지는 못할망정, 오히려 성가셔하시며 제게 축객령을 내리지 않으셨습니까?”

반위천이 격동된 심중을 추스르는 듯이 잠시 호흡을 고르더니, 한결 차분한 목소리로 다시 말을 이었다.

“성주께 감히 묻고 싶습니다. 그동안 저희 장복방에서 성주께 보인 성의들이 그처럼 하잘것없는 것들이었습니까?”

성주의 얼굴이 벌겋게 달아올랐다. 그렇더라도 그는 애써 당황과 노기를 누르는 듯이 천천한 투로 말을 뱉었다.

“오늘 그대의 언행은 지금까지와는 사뭇 다르군! 필시… 어디 믿을 만한 뒷배라도 구한 것인가?”

반위천이 또한 담담하게 받았다.

“저에게 어디 그만한 재주가 있겠습니까? 다만……”

“다만?”

“성주께서 아무리 핍박을 하신다고 하더라도, 이곳을 대대 손손의 터전으로 삼고 있는 저의 처지에서야 그저 버티며 견딜 수밖에 없는 노릇이지요.”

성주가 이윽고는 버럭 호통을 치고 말았다.

“진정… 내게 그대 하나를 어떻게 할 수단이 없다고 여기는가?”

반위천이 잠시간 성주의 노려보는 두 눈을 마주하고 있더니, 이내 담담한 안색으로 돌아가며 대답했다.

“감히 성주를 노엽게 했으니 저로서는 그저 성주의 넓은 아량을 바라며 이 말씀을 드리는 수밖에 없겠습니다. 궁서설묘(窮鼠齧猫)요, 교토삼굴(狡兔三窟)이라! 쥐도 궁지에 몰리면 고양이를 무는 법이며, 토끼도 죽음을 면하기 위해 굴을 세 개쯤은 파 두는 법이라고 하더군요!”

이어 반위천은 깊숙이 허리를 숙였다.

“그럼 저는 이만 물러가겠습니다!”

성큼성큼 걸어 나가는 반위천을 보며 성주의 와락 말아 쥔 주먹이 부르르 떨리고 있었다.

13

용호장주 서량을 부른 성주는 그 어느 때보다도 진솔하게 자신의 입장을 설명하고, 다시 진중하게 협조를 요청했다.

남은 선택이 용호장뿐이기도 했지만, 용호장주의 입장에서도 흔쾌하게 협조하겠다고 하기는 어려우리라는 것을 익히 알고 있는 까닭이었다. 설령 용호장주에게 적극적으로 협조할 마음이 있다고 하더라도 다른 상단들의 협조를 이끌어내기란 난망하니, 결국은 용호장 단독으로 이 일을 감당해 보라는 얘기가 될 수도 있는 일이었다.

한동안 신중하게 성주가 하는 말을 듣고만 있더니, 서량이 이윽고 담담하게 입을 열었다.

"작금의 상황은 제법 복잡하게 얽힌 듯하지만, 한편으로는 지극히 단순하다고도 할 수 있을 것입니다."

미처 생각지 못했던 대답이라, 성주가 크게 의아해하며 곧바로 물었다.

"그게 무슨 의미요? 상황이 어떻게 단순하다는 것이오?'"

"상계에 몸담은 이들이 추구하는 것은 결국 이득입니다. 곧, 분명하고도 충분한 이득을 제시한다면 누구라도, 또한 여하한 상황과 명분에 처해 있을지라도 결국에는 취하고야 말 것이기 때문입니다."

성주가 이번에도 고개를 갸웃하였으나, 서량의 태도가 공손한 중에도 굳건하다는 것에 일말의 기대를 걸고 천천히 고개를 끄덕였다.

"장주의 고견을 청하는 바이오!"

"저 또한 이득을 추구하는 일개 상인일 뿐인데, 무슨 고견이랄 것이야 있겠습니까?"

서량이 겸양하고 나서 다시 차분하게 말을 이었다.

"요(要)는 각 상단들에 대해 이번 대사(大事)의 기여도에 따라 획기적이라 할 만큼의 이권을 보장해 주는 것입니다. 이를테면, 가장 기여도가 큰 상단에 대해서는 관부와 관련된 상권의 최대 이 할 정도를 관장하도록 보장해 주겠다고 제시를 하는 것이지요. 그들이 기존에 일정 부분의 상권을 가지고 있다면, 그것에 추가해서 말입니다."

"어떻게 그럴 수야 있겠소?"

성주가 깜짝 놀라 물은 데는 이유가 있었다. 관부와 관련된 상권이야말로 대도성 전체의 상권을 좌지우지한다고 해도 크게 과언은 아닌 것이다. 즉, 대도성 내 주요 상단들의 경우에 관부와의 직접적으로 관련된 사업이 전체 사업 규모의 절반이 넘고, 거기에 나머지 사업들의 대부분도 이런저런 연관으로 관의 영향력을 받지 않을 수는 없었으니, 사실은 관부에서 마음만 먹는다면 상단들의 거의 모든 사업을 좌지우지할 수도 있다는 의미였다.

"그리고 성주께서는 장복방주를 다시 불러 언질을 주시면 될 것입니다. 장복방에서 대사에 참여하여 성공만 한다면 장복방의 기여도를 최상으로 평가해 주겠다고 말입니다."

서량이 이어 하는 말에 성주는 이윽고 와락 인상을 쓰고 말았다. 현재 관부와 관련된 상권의 점유율은 용호장과 장복방이 각각 삼 할 정도씩을, 그리고 나머지 사 할을 중소 규모의 다른 상단들에서 나누어 차지하고 있는 실정이었다. 그런데 만약 장복방에서 이 할의 상권을 추가로 가져간다면 결국 오 할의 상권을 점유하게 되는 것이고, 더욱이 용호장으로서는 반대로 기존 점유율의 일정 부분을 각출해 내야 하는 셈이니, 결과적으로 향후 대도성의 상권 판도는 장복방에서 절대우위를 차지하게 된다는 의미인 것이다. 그러니 현재 대도성의 상단 서열 수위를 차지하고 있는 용호장의 장주로서 서량이 그렇게까지 해야 할 이유가 무엇인지, 도무지 납득이 되지 않는 노릇이었다.

"관부와 상계 간에 엄연한 경계가 존재하는 터에, 아무리 내가 성주라 하여도 어떻게 그런 식의 직접적인 간섭과 보장까지를 해줄 수 있단 말이오?"

성주의 그 물음은 차라리 불신에서 나온 것이었다.

"그것도 그리 어려운 문제는 아닐 것입니다. 즉, 상권 분할에 대해 먼저 상단들끼리 자율적인 약속을 정하고, 연후에 성주께서 그 약속에 대해 증인이 되어주시는 형식을 취하면 될 일입니다."

서량이 담담히 웃으며 대답하는 데 대해 성주는 결국 묻지 않을 수 없었다.

"장주의 저의가 도대체 무엇이오? 어찌하여 그처럼 일방적이고도 막대한 손해를 감수하겠다는 것이오? 그것도 자청해서 말이오?"

서량이 가만히 정색을 했다.

"이 일이 당장에는 손해가 될지라도, 나중에는 커다란 이익으로 되돌아올 수도 있는 일 아니겠습니까?"

"음! 나중의 이익이라……?"

"성주님과의 인연을 오래도록 이어 가고자 합니다. 성주님께서 이 대도성을 떠나신 뒤 십 년, 이십 년, 그 이후까지라도 말입니다."

서량이 빙그레 웃는 얼굴로 하는 말에, 성주는 언뜻 정색을 하고 말았다.

"이제 보니 장주는 참으로 계산이 큰 사람이구려!"

말끝에 성주가 천천히 정색을 풀더니, 또한 담담한 미소를 떠올렸다.

그에 서량이 가볍게 고개를 숙였다.

"과찬의 말씀이십니다."

"허허허! 아니오! 내 감히 장담하건대 장주는 향후 천하에 이름을 떨치는 대상(大商)이 될 것이오!"

성주는 진심이었다. 적어도 이 순간만큼은.

그날 서량이 관청을 나가고 나서, 옥사에 있던 필괴가 석방되었다.

아주 조용한 석방이었다.

14

　성주는 장복방주 반위천을 다시 불러들였다.

　성주가 짐짓 심중의 감정을 이미 다 털어냈다는 듯이 하는데다, 더욱이 귀에 솔깃한 제안까지 내놓은 데 대해 반위천은 차라리 당황스러운 심정이었다. 그러나 그는 누구 못지않게 계산이 빠른 사람이었다. 성주가 그렇게 나오는 데야 굳이 마다할 이유는 조금도 없었다.

　사실은 성주로서도 자신에 대한 안 좋은 감정을 쉽게 버릴 수는 없을 것이었다. 그러나 일이 끝나고 난 뒤에 성주가 쉽게는 태도를 바꾸지 못하리라는 것을 반위천은 단정할 수 있었다. 성주의 그 솔깃한 제안을 별개로 둔다 치더라도 말이다. 그가 이미 경고한 바도 있지만, 성주가 기껏 상단 하나를 몰락시키려고 자신의 이력에 커다란 흠을 만들지는 않을 것이기 때문이다. 어쩌면 그 흠이 치명적인 것이 될지도 모르는 터에 말이다.

　그리고 미처 계산하지 못했던 상황에 처하게 된다고 하더라도, 어쨌든 길게 잡아 몇 년만 견디면 될 일인 것이다. 성주는 결국 기간이 되면 대도성을 떠나 다른 임지로 가게 되어 있는 것이고, 그는 새로 부임하는 성주와 다시 관계를 쌓으면 그뿐이었다. 그런 것이야말로 상단과 관부가 맺는 관계의 속성이자 본질인 것이다.

성주의 언질을 받고 난 후, 반위천은 발 빠르게 움직였다.

용호장에는 이미 성주가 거부할 수 없는 압박을 주었다고 하니, 나머지 중소 상단들을 설득하여 끌어들이는 것이야 크게 어려울 것이 없는 일이었다.

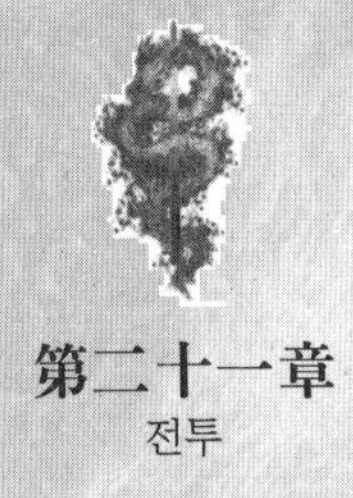

第二十一章
전투

1

"비상!"

나지막하나 긴박함을 담은 소리가 자시 초입의 고요한 어둠을 화들짝 깨웠다.

선잠에서 깨어난 장삼과 필괴가 무슨 일인지, 또 뭘 어찌해야 되는지를 몰라 서로의 얼굴만 쳐다보며 멀뚱히들 있는데, 방문이 벌컥 열리더니 노일이 급하게 서둘렀다.

"뭣들 하고 있어? 당장 튀어나오지 않고?"

비조(備組) 전원에 대한 불시비상소집이라고 했다.

장삼과 필괴가 황망히 옷을 꿰어 입고 노일을 따라 마당으로 나서니, 어둠 속 곳곳에서 희끄무레한 그림자들이 바쁘게 움직이고 있었다. 그러나 누가 누구인지 알 수는 없었고, 몇 명이나 되는지조차도 짐작하기 어려웠다.

그러고 보니 장삼과 필괴는 아직 비조의 조원이 총 몇 명인지조차 알지 못하고 있었다. 아니, 그 전에 조장과 노일을 제외하고는 다른 조원들을 본 적조차 없었다. 다만 비조의 모든 것이 비밀이며, 때가 되면 자연히 알게 될 것이란 말만 몇 차례나 들었을 뿐이다.

노일은 곧장 두 사람을 용호장 바깥으로 이끌었는데, 깊은 어둠에 묻힌 대로(大路)에는 그들 외에도 서너 명씩 뭉친 두어 무리가 은밀하고도 민첩하게 움직이고 있는 중이었다.

밤길을 한참이나 달린 끝에 지형이 문득 험해졌다. 어두운 데다 횃불마저 밝히지 않고 어슴푸레한 달빛에만 의존해 가자니 어디가 어딘지 분간하기는 어려웠지만, 시가를 한참 벗어나 어디 산자락으로 접어들고 있는 것 같았다.

그리고 예의 그 서너 명씩의 무리도 대여섯 개로 늘어나서 앞서거니 뒤서거니 하고 있었다.

지형은 점점 더 험해졌다. 산중으로 들어가고 있음이 확실했다.

"제기랄! 야밤에 이게 대체 뭐하는 짓거리야?"

장삼이 근처의 다른 무리들에게 들릴라 필괴의 귀에다 대고 속삭이듯이 투덜거렸다.

그런 장삼에게 노일이 슬쩍 눈총을 주었다. 그러나 노일로

서도 뜬금없다 싶기는 했다. 지금 대도성 전체가 적색지대의
무뢰배들에 대한 대대적인 소탕을 앞두고 사뭇 치열하고도
비장한 전운에 휩싸여 있는 판에, 무슨 불시 비상 소집이니
하여 이 한밤중에 사람들을 산속으로 불러 모으다니 말이다.

2

"이게 다야?"

장삼은 차라리 실망스럽다는 듯이 중얼거렸다. 모인 사람
들의 수가 기껏 스물 몇에 불과하다는 것에 대해서였다.

정확하게는 스물넷이었다. 조장 사공승까지 포함해서 말
이다.

아니었다. 장삼 자신과 필괴, 그리고 노일도 포함해야 하니
총 스물일곱이었다.

어쨌든 전원 소집이니 비조의 전 인원이 다 모였다는 것인
데, 기껏 스물일곱이라니…….

소집에 대한 별다른 설명은 없었다.

대신 곧바로 훈련이 시작되었다.

진형(陣形)을 짜고 운용하는 것에 훈련이었다.

그러나 다른 이들은 익숙한 듯이 곧장 훈련에 돌입하였지
만, 장삼과 필괴 그리고 노일로서는 그런 진형을 대하는 것
자체가 처음이라 얼떨떨하니 한쪽으로 비켜서 있을 수밖에

없었다.

"개(開)!"

"전(展)!"

"확(擴)!"

"축(縮)!"

사공승은 나직한 명령으로 이리저리 진형을 바꾸고 운용하는 데만 집중할 뿐, 장삼 등을 위한 어떤 별도의 지시도 하지 않았다. 아예 시선조차 주지 않는 것으로 보아 당연히 열외 조치라고 처음부터 생각을 하고 있었던 모양이었다.

장삼이야 그런 열외가 주는 기대치 못했던 휴식에 대해 오히려 느긋해했지만, 노일과 필괴는 다른 조원들이 펼쳐 보이는 진형의 변화를 내내 주시했다. 특히 필괴는 난생 처음으로 접하는 검진(劍陣)이란 것의 사뭇 현란하기까지 한 변화를 구경하는 데 푹 빠져 들고 말았다.

"합(合)!"

"이(離)!"

"산(散)!"

"폐(閉)!"

사공승의 호령이 연신 이어졌다. 그런 한편으로 사공승 자신 또한 수시로 검진의 구성원이 되기도 했다.

진형은 네 명으로 이루어진 분대(分隊) 단위를 기반으로 하고 있었다. 즉, 스물네 명, 여섯 개의 분대였는데, 그것만으로도 참으로 다양한 형태의 진형들을 쉴 틈 없이 펼쳐지고 있었다.

더욱이 희미한 달빛에만 의존하면서도 얼마나 빠르게 움직이고 뒤섞여 도는지 한참 보다 보면 저절로 눈이 어지러울 지경이었다.

잠시간의 휴식도 없이 사뭇 맹렬하게 이어지던 훈련은, 천지간의 어둠이 조금씩 물러나며 서서히 사방의 광경이 드러날 즈음이 되어서야 이윽고 끝이 났다.

눈 아래로 멀리 대도성의 시가가 펼쳐지고 있었다. 그제야 장삼은 짐작해 볼 수 있었다. 지금 그들이 있는 곳이 대도성의 배후를 이루는 첨두산(尖頭山)의 중턱 즈음이란 것을.

그리고 다시 얼마 지나지 않아 멀리 동쪽 하늘이 천천히 밝아올 무렵, 비조는 올 때처럼 각 분대별로 산개하여 은밀하게 용호장으로 돌아갔다.

3

대도성의 각 상단들이 한시적으로 연합 조직을 구축하기로 했고, 그 연합 조직은 정화단(淨化団)이라 명명되었다.

정화단주에는 장복방주 반위천이 단독으로 추대되었는데, 반위천이 처음에는 겸양하였으나 상단주(商団主)들이 만장일치로 재추대하여 결국은 수락하였다.

반위천은 정화단주로서의 첫 권한 행사로 용호장주 서량에게 정화단의 전위대장의 직을 부여했다. 그것이 결코 감투가 아니란 것을 모르는 사람은 없었지만 용호장주 서량은 군말없이 받아들였는데, 그것에 대해 반위천은 서량이 성주에게 단단히 어떤 빌미를 잡힌 것이리라고 짐작했다.

사실은 반위천도, 그리고 다른 상단주들도 적색지대의 무뢰배들, 구체적으로는 잠사가 이끈다는 비밀 청부 조직이 정말로 존재한다고 하더라도, 그들의 무력에 대해서 그다지 위협적으로는 보지 않고 있었다.

이를테면, 그들의 무력을 크게 쳐준다고 해도 용호장이나 장복방 중 하나가 전력을 다한다면 충분히 부술 수 있다는 정도의 평가였다.

그런 점에서 반위천이 서량에게 전위대장 직을 부여한 것은 최상의 선택이었다.

서량이 일단 전위대장의 감투를 쓴 이상에는 원하든 원하지 않든 전투의 선두에 나서지 않을 수는 없게 된 노릇이고, 그렇다면 이번 기회에 용호장의 전력을 상당 부분 소진시킬 수 있다는 계산이 가능하니 말이다. 동패구상으로 아예 회복이 불가능할 정도로 무너져 버린다면 더 바랄 나위가 없을 터이고.

4

대도성은 성의 앞쪽으로는 넓은 평원지대가 펼쳐지며 곡창지대를 이루고 있지만, 그 배후와 왼쪽으로는 험산(險山)인 첨두산의 아홉 봉우리가 둘러싸고, 다시 오른쪽으로는 동강(東江)의 물줄기가 성곽을 끼고 흐르면서 그야말로 천연의 요새를 이루는 전략적 요충지였다.

그중 적색지대는 대도성의 중심에서 동떨어져 가장 안쪽이면서도 또한 우측 외곽으로 달라붙는 위치였으니, 높은 곳에서 보면 그 삼면(三面)이 첨두산과 동강에 갇힌 채 앞쪽으로만 트인, 마치 항아리처럼 생긴 모양새였다. 그리하여 예로부터 성내의 척박한 오지로 여겨져 빈한하고 배척받는 천민과 혹은 외부로부터 흘러든 난민들이 고단한 생활의 터전으로 자리를 잡게 된 것일 터였다.

그러나 비록 항아리형의 지세라고는 하지만 그것이야 첨두산에 올라서 내려다보아야 확연히 볼 수 있는 모양이고, 그냥 적색지대로 들어서는 경계 지점에 서서는 파악하기가 어려웠으니, 적색지대로 들어가는 진입로부터가 실제로는 상당히 넓은 지역이었다.

그런데 지금 그 진입로는 완전히 봉쇄되어 있었다.

넓게 포진하여 능히 일대를 봉쇄하고 있는 무리는 사백 여에 이르는 대규모의 무사들이었는데, 바로 정화단이었다.

정화단이 적색지대로 들어가는 진입로 일대를 봉쇄하고

있는 것은 벌써 며칠째였다.

더불어 치안군들이 수시로 안으로 들어가 '성주님의 명이시다! 선량한 주민들은 적색지대를 나오라! 그렇지 않으면 적도들로 간주하고 무차별로 토벌하겠다!' 는 경고를 외쳐 댔으니, 무지막지한 진압작전이 임박했음을 실감한 주민들의 대부분이 이미 적색지대를 벗어난 상황이었다.

적색지대를 벗어난 주민들에 대해서는 격리된 임시의 보호지역에 거주케 하면서 다시 그 신원에 대한 철저한 검증이 이루어졌으니, 최소한 관청에서 관리하고 있는 호부(戶簿)에 등재된 주민들은 거의 소개(疏開)되었음이 이미 확인이 된 후였다.

그럼으로써 만약 아직까지도 남아 있는 자들이 있다면 그들이야말로 적도들이라고 간주해도 무방하다는 판단이 또한 섰으니, 이제야말로 본격적인 토벌을 단행할 시점이 된 것이었다.

5

용호장의 무사들은 전위대로서 본진과 조금 떨어져 앞쪽에 도열하고 있었다.

'과연 무엇일까?'

반위천은 가만히 이마를 찌푸렸다.

　백여 명에 이르는 그들의 수는 장복방을 위시한 어느 상단보다도 많았고, 특히 장주인 서량과 반회당주 육도반, 그리고 호경단주 윤걸 등의 주축들이 직접 무사들을 이끌고 있는 모습에서 용호장은 이번에 정말로 가용전력의 대부분을 동원한 것임에 틀림이 없어 보였다.

　그런 점에서 반위천은 새삼 궁금해지는 것이었다.

　'서량이 성주에게 꼼짝없이 잡혀 버린, 이렇게까지 해야 할 만큼의 빌미란 게 대체 무엇일까?

　사시 말(巳時末).

　건너편으로 보이는 적색지대의 풍경이 여전히 한산하기만 한 중에, 돌연 전위대의 위쪽으로 하얀 연기 한 줄기가 하늘 높이 치솟았다.

　신호탄이었다.

　그러나 반위천은 전위대가 쏘아 올린 그 신호탄의 의미가 무엇인지 알지 못했는데, 바로 그때 전위대가 천천히 적색지대 안으로 진입하고 있었다.

　"골고루 하는군!"

　반위천이 조금은 신경질적으로 뱉었다.

　진입 명령은 진작에 내려놓은 것이지만, 이런저런 이유를 들어 미루고 있더니, 이제 신호탄까지 쏘아 가면서 진입을 시작하는 까닭은 또 무엇인지 도무지 이해할 수가 없는 노릇이었다. 마치 이제부터 쳐들어간다고 적도들에게 미리 알리는 격이 아닌가?

그리고 전위대가 이동하는 모습 또한 영 마음에 들지 않기는 매한가지였다. 기왕에 진입을 하는 것이라면, 함성이라도 질러 기세를 돋우며 맹렬히 돌진을 해 들어가는 것이 전위대다운 모습이지, 마치 후방의 본진에다 시위라도 하듯이 느릿느릿 걸어 들어가고 있는 것은 또 뭐란 말인가?

그러나 어쨌든 반위천은 좀 더 참고 지켜보기로 했다.

6.

비조는 지난 며칠간 밤마다 첨두산에서 훈련을 하고 새벽녘에 다시 용호장으로 돌아오는 과정을 반복했다.

그동안 장삼과 필괴, 그리고 노일도 계속 열외로 있을 수는 없었기에 그들끼리 하나의 분대를 이루어 기초적인 진형 연습을 시작했다. 그러나 다만 며칠간의 훈련으로 다른 분대와 진형을 맞추고 조화를 이루기란 애초부터 불가능한 일이었고, 기껏해야 그들만의 독자적인 검진을 한번 시도해 보는 정도였다.

사실은 그나마도 필괴가 검진의 변화에 적응하는 것이 영 느렸기에, 장삼과 노일만으로 이인일조(二人一組)의 검진을 이루며 모양만 그럴듯하게 형태를 갖춰 보는 중이었다.

그런데 오늘은 다른 날의 일정과는 달랐다. 새벽이 환히 밝아오고 나서도 용호장으로 귀환을 하지 않고 있는 것이었다.

하긴 다른 날과 다른 점은 또 있었다. 그동안에는 쓰지 않던 장비들이 지급되었던 것이다.

방호갑(防護甲) 종류였다. 분리형으로 된 그것들은 가슴과 어깨, 양팔과 양다리에 각각 착용하도록 되어 있었는데, 부피가 작고 가벼우면서도 튼튼해 보였다.

장삼이나 필괴에게 그런 물건들은 낯설고 어색했지만, 노일이 하는 모양을 보면서 주섬주섬 몸에다 걸치긴 했다.

해가 뜨기 전에 조원들은, 그동안에는 한 번도 다니지 않았던 쪽으로 급경사의 산비탈을 타고 첨두산을 내려왔다.

지금 그들이 있는 곳은 본래 습지였던 듯이 누렇게 빛이 바랜 수풀이 우거진 지대였는데, 바로 앞쪽으로는 그다지 높지 않은 구릉 하나가 거대한 벽처럼 그들을 막아서 있었다.

"오늘은 훈련의 마지막 날이다! 그리고 오늘 훈련은 앞쪽의 구릉 너머에서 이루어질 것이다!"

한 마디의 설명도 없던 사공승이 비로소 오늘의 일정에 대해 입을 열었다.

"구릉 너머가 혹시 어디입니까?"

마침 사공승의 바로 옆에 있었던 터라 장삼이 괜한 질문을 던졌다. 아마도 그냥 황무지가 펼쳐져 있을 거라고 미리 예상을 하면서.

사공승이 시선도 주지 않은 채로 나직이 대답했다.

"구릉 너머는 적색지대의 가장 깊숙한 안쪽이다!"

순간 장삼이 정말로 놀라고 당황하여 다시 물었다.

"아니, 그게 무슨 말씀입니까? 그럼 훈련이 아니라… 설마 지금 우리가 적색지대를 공격하기라도 한다는 겁니까? 우리 비조 단독으로 말입니까?"

미리 강한 부정을 담고 하는 물음이었지만, 사공승은 간단히 고개를 끄덕였다.

"그렇다!"

짧고 단호한 사공승의 대답에 장삼은 차라리 얼떨떨해하며 주변을 둘러보았다.

그러나 조원들은 모두 묵묵하기만 했다. 마치 누구도 당황스럽거나, 더욱이 이의가 있지는 않다는 듯이.

심지어는 노일과 필괴마저도 묵묵하기만 하다는 데 대해, 장삼을 새삼 당혹스러워지고 말았다. 그러나 그를 제외한 모두가 빠르게 어떤 단호함과 각오를 공유해 가는 듯한 분위기인지라, 다시 묻거나 말을 보텔 엄두는 감히 내지 못하였다.

다만 그럼에도 도무지 수긍이 되지 않아서 장삼이 저도 모르게 투덜거림을 뱉고 말았다.

"제기랄! 왜? 도대체 왜 그래야 하는 건데……?"

그러나 그것은 다만 장삼의 입속에서만 웅얼거리는 소리일 뿐이었다.

시각은 어느 새 사시 말(巳時末)로 치닫고 있었다.

해는 이미 중천에 거의 다다라 있었고, 비조가 숲속에 잠복하고 있은 지도 세 시진이 다 되어가는 중이었다.

잔뜩 품고 있던 긴장감마저 느슨해질 무렵. 돌연 구릉 너머로부터 한 줄기 흰 연기가 꼬리를 달고 하늘로 솟구치고 있었다.

"출정이다!"

조장 사공승의 나직한 외침이 있었고, 조원들은 일제히 숲을 뛰쳐 나가 단숨에 구릉을 뛰어 올랐다.

구릉 아래쪽으로 펼쳐진 촌락이 보였다. 무수히 많은 집들이 다닥다닥 무질서하게 밀집해 있고, 그 속으로 좁고 구불구불한 골목길들이 거미줄처럼 복잡하게 이어진 광경이었다. 그러나 그 끝을 보기 위해서는 한참이나 눈을 들어야 할 정도로 촌락의 규모는 컸다.

조장으로부터 별다른 지침이 없었지만 조원들은 은밀하게, 그리고 최대한 빠르게 구릉을 달려 내려갔다.

가까이에서 보는 집들의 모양은 또 달랐다. 불과 서너 평도 되지 않을 크기에, 지붕은 대부분 나무껍질과 마른 풀 등으로 이어져 있고, 그나마 거적을 이어 붙인 움막 형태도 많이 보이고 있었다.

벽과 담들은 대개 검붉은 색인데, 여기저기 허물어진 곳들에서는 붉은 속살 같은 흙더미가 내려앉고 있는 중이었다.

토담 아래로는 시커먼 물이 흐르는 작은 도랑이 파여 있었는데, 중간 중간에 생긴 웅덩이에서는 분뇨와 생활하수가 뒤섞인 채로 썩어가고 있는 중이었다.

앞선 조원들이 지독한 냄새를 풍기는 도랑 쪽으로 붙어 서서 최대한의 정숙과 기민성을 유지하며 전진 중이었지만, 장삼은 그만 참지 못하고 잔뜩 인상을 쓰고 말았다.

그런데 그때였다.

"적이다!"

조원들의 앞쪽으로부터 날카로운 경고음이 있더니, 갑자기 골목 안쪽으로부터 일단의 시커먼 형상들이 달려나왔다.

흑의에 검은 복면을 한 다섯 명이었다.

두 개의 분대가 즉각 반월형의 대형을 만들고는 그대로 속력을 붙여 복면인들을 맞아 나갔다.

파앗!

"악!"

서걱!

"크윽!"

대번에 골육이 베어지는 섬뜩한 소리와 절박한 비명들이 뒤섞였고, 붉은 피가 사방으로 흩뿌려졌다.

거침없이 다섯 명의 적을 베어버린 비조는 계속 안쪽으로 진입해 들어갔다.

순간순간 골목이 갈라졌지만 그때마다 사공승은 즉각적으로 방향을 지정해 주며 좀 더 속도를 높이라고 조원들을 독려하였다.

그때문에 맨 뒤로 처지다시피 한 필괴와 장삼은 앞쪽의 조원들을 따라잡기 위해 정신없이 달려야만 했다.

8

전위대는 이제 본격적으로 적색지대의 깊은 곳으로 진입하고 있는 중이었다.

텅텅 비다시피 한 환락가는 벌써 통과를 한 뒤였는데, 전위대의 전진속도가 느려서인지 아직까지는 어떤 저항의 기미조차도 없었다.

곧 이어 앞쪽으로 다닥다닥 붙어 선 작고 볼품없는 집들의 군락이 시작되고 있었다. 그곳이야말로 일천 오백 여 호(戶)에 달하는 성내 최대의 빈민촌이자, 또한 적색지대의 본거지로 알려져 있는 곳이기도 했다.

"일단 정지!"

선두에 섰던 육도반이 문득 걸음을 늦추며 나직이 외쳤다.

그러자 곧장,

"일단 정지!"

“일단 정지!”

하고 후방으로 명령들이 전달되었고, 대열은 곧바로 전진을 멈췄다.

눈앞에 펼쳐진 빈민촌은 마치 거대한 벌집 같았다. 군데군데에 작은 구멍처럼 뚫린 숱한 골목들이 있었는데, 그 골목들은 빈민촌 안을 마치 미로처럼 복잡하게 얽어 놓고 있을 것이니 섣불리 병력을 진입시켰다가는 큰 낭패를 당하기 십상일 터였다. 그 골목들을 손바닥처럼 꿰뚫고 있을 적도들이 요소마다 매복을 치고 그들이 진입해 들기만을 기다리고 있을 테니 말이다.

그러나 육도반이 정지를 명한 것은, 이제 와서 새삼 대책을 고민하기 위함은 아니었다.

다만 기다리기 위해서였다.

9

정화단의 본진은 여유있게 대략 이백 보의 거리를 두고 전위대를 따라 이동하는 중이었다.

그런데 지금 앞쪽에서 전위대가 별다른 이유도 없이 갑자기 전진을 멈추자, 본진은 점차로 술렁였다. 이어 곳곳에서 흐트러지는 분위기이더니, 이윽고 소란스러울 정도가 되었다.

그에 반위천은 다시 본진의 전진을 명했다.

그리하여 전위대의 후방 오십 보쯤의 거리에까지 근접시킨 후에 다시 본진을 멈추게 하고 진형을 수습하려 했지만, 한번 해이해진 분위기는 좀처럼 다잡아지질 않았다.

10

'이럴 줄 알았으면……!'

대도성 내 상단 서열 삼 위로 꼽히는 영상회(英商會)의 회주인 연기평(淵期平)은 지금 약간의 후회와 갈등을 떠올리고 있는 중이었다.

예상했던 것보다는 일이 너무 쉽게 풀려 간다는 생각을 해 보지 않을 수 없는 상황이었다.

따지고 보면 적색지대의 적도들, 즉 잠사가 이끌고 있다는 그 비밀 청부 조직이란 것은 어쩌면 그저 낭설에 불과할 수도 있었다. 교갈이니 잠사니 하여 그 조직의 핵심이라는 자들이 그동안에 무슨 대단한 인물들인 것처럼 사뭇 거창하게 포장이 되어왔으나, 그 실상을 보면 교갈은 기껏 용호장의 잡부 출신 일개무사에게 잡혀서 결국은 죽어버렸고, 또한 잠사란 자는 실존 여부 자체가 여전히 불투명한 채로 어쨌든 상황이 이렇게 된 지금까지도 감히 모습을 드러내지도 못하고서 꽁무니를 감추고 있는 꼬락서니이지 않은가?

그리고 설령 잠사와 비밀 청부 조직이란 것이 실재한다고 하더라도 그랬다. 자그마치 사백에 이르는 대규모의 정화단이 며칠 전부터 적색지대를 봉쇄한 상태에서 이미 주민들을 대거 소개(疏開)시킨 뒤인데, 달걀로 바위 치기도 정도가 있는 것이지 놈들이 감히 지금까지도 저 궁색한 빈민촌 안에서 버티고 있을 까닭이 대체 무엇이란 말인가? 놈들은 벌써 다 도망치고 없음에 분명했다. 비록 적색지대가 봉쇄되고 치안군들에 의해 성내의 주요 길목들이 차단되었다지만, 원래 숨고 도망치고 하는 것이야말로 놈들다운 재주가 아니겠는가?

사실 그런 측면에서 보자면 용호장주 서량이 보이고 있는 일련의 행동들도 이해가 되는 것이었다. 서량이 어떤 인물인데 사전에 치밀한 분석과 계산 없이 기꺼이 정화단의 전위대장 직을 덥석 맡았겠는가? 벌써부터 이런저런 계산이 다 섰을 터였다.

'그렇다면?'

이대로라면 역시나 용호장과 장복방 두 곳의 잔치가 될 뿐이었다. 안 그래도 대도성의 상권을 양분하다시피 하고 있는 두 곳인데, 이번 일에 대한 논공행상에서 그 과실이 다시 두 곳으로만 편중된다면, 향후로는 상단서열 삼 위란 위치도 아무런 의미가 없어질 것은 뻔한 노릇이었다.

늦게나마 계산이 섰다면 즉시 움직여야만 했다. 그래야만 조금 남은 기회나마 선점할 수 있을 테니까.

11

“와아~!”

갑작스럽게 터져 나온 함성에 반위천은 순간 당황하고 말았다.

그의 본진에서 사십여 명에 이르는 한 무리가 돌연 앞으로 달려나가고 있었다.

“저들은 누구인가? 어느 상단인가?”

반위천이 놀라 묻는 소리에 곁에 섰던 순찰당주 금사덕이 재빨리 상황을 파악하여 보고했다.

“영상회입니다.”

“영상회……? 연기평 그자가 왜……?”

그 물음에는 금사덕이 당장에 대답할 말이 없는데, 반위천이 버럭 호통을 쳤다.

“즉시 가서 내 명을 전해! 즉시 돌아오라고 말이야!”

“예! 방주!”

그런데 금사덕이 급히 달려나가려 할 때였다.

“와~!”

다시 한 무리의 함성이 일더니, 이번에는 삼십여 명의 무사가 우르르 본진을 이탈하여 달려나가고 있었다.

그뿐만이 아니었다.

무슨 연쇄작용이라도 일어나는 듯이,

"와아~!"

하고 또 다시 한 무리 삼십여 명이 달려나가는 것이었다.

"이게 대체 무슨 일이란 말인가?"

순식간에 백여 명의 병력이 본진을 이탈하는 광경에 반위천이 차라리 망연한 기색으로 중얼거렸다.

12

뒷쪽의 본진에서 돌연히 백여 명에 달하는 무사가 함성을 지르며 달려나오는 광경에 서량은 잠시 당황했다. 그러나 그는 이내 차분한 기색으로 되며 반회당주 육도반에게 고개를 가로저어 보였다.

그에 육도반이 전위대로 하여금 한쪽으로 비켜서도록 명을 내렸고, 덕분에 그 백여 명의 무사는 기세를 늦추지 않은 채로 촌락을 향해 거침없이 돌진해 나갔다.

"와~!"

"와아~!"

마치 서로 경쟁이라도 벌이듯이 함성들이 우렁찬 가운데, 무사들은 소속 상단 별로 나뉜 채 곧장 골목들 안으로 진입해 들어갔다.

뒤에서 그 광경을 지켜보고 있는 육도반의 얼굴이 잔뜩 굳어 있었다.

골목들이 삼켜 버린 듯이 무사들의 모습은 금세 사라졌고,
함성 소리 또한 차츰 멀어져 갔다.

그리고 잠시 후, 멀어지던 함성들이 아예 사라지더니, 다시
한순간 돌연한 비명 소리들이 들려오기 시작했다.

"악~!"

"으악~!"

잇따라서 다급한 고함 소리들이 터져 나왔다.

"후퇴하라~!"

"모두 후퇴하라~!"

그리고 잠시 비명과 고함이 난무하더니, 이윽고 골목들에
서는 황급히 무사들이 뛰쳐 나왔다. 좀 전에 안으로 진입해
들어갔던 무사들이었다. 그런데 그들의 뒤로는 화살과 암기
들이 소나기처럼 날아들고 있었으니, 쓰러지고 주저앉는 자
들이 속출하고 있는 중이었다.

그때 다시 골목들로부터는 무사들을 뒤쫓는 자들이 모습
을 드러내고 있었다. 흑의무복에 검은 복면을 쓴 자들이었다.

"방패수(防牌手) 앞으로!"

육도반이 서량에게 허락을 받을 겨를도 없이 급하게 명령
부터 내렸다.

즉시 전위대 중에서 이십여 명이 전열로 나섰는데, 그들은
곧장 허리춤에 두르고 있던 무언가를 풀어 펼쳤다.

검은색의 얇은 막 같은 것이었다. 가죽재질로 보이는 그것들을 넓게 펼쳐서 서로 잇대니 금세 하나의 검은 벽 같은 것이 형성되었다.

"사수(射手) 준비!"

욱도반의 이어진 명령에 다시 이십여 명이 방금의 방패수들 뒤로 늘어섰는데, 그들은 어느 틈에 꺼내든 작은 활들에 일제히 화살을 매겼다.

"발사!"

쉬~ 쉿!

쉬쉬~ 싯!

이십여 발의 화살이 포물선을 그리며 정화단 무사들의 머리 위를 넘어 복면인들에게로 날아갔다.

복면인들이 급하게 막고 피하며 흩어졌으나, 그중에 서너 명은 화살에 맞았는지 비틀거리고 절뚝거리는 모습이었다.

그때였다.

삑!

짧고 날카로운 호각 소리같은 것이 울렸고, 순간 복면인들은 즉시 방향을 바꾸어 골목 안쪽으로 사라져 갔다. 화살에 맞은 듯이 보였던 자들마저 함께 사라져 버렸으므로, 골목 주변에는 쓰러져 있거나 절뚝이며 도망쳐 나오는 정화단 무사들과 바닥에 떨어지고 골목의 흙벽 여기저기에 꽂힌 화살과 암기의 잔해들만이 방금의 다급하고도 격렬했던 상황을 말해

줄 뿐이었다.

전위대의 엄호 속에서 연기평 등이 수하의 무사들을 겨우 수습하여 허겁지겁 본진으로 돌아갔는데, 그 잠깐의 격돌에서 발생한 사상자가 이십여 명이 넘었다.

본진에 남아 있던 이백여 무사의 충격도 컸다. 그제야 그들은 자신들이 지금 생사를 가르는 실전에 투입된 상황이며, 더욱이 그들의 적이 얼마나 위험한 자들인지를 새삼 실감하게 된 것이다.

반위천은 본진을 다시 오십여 보 뒤로 물리도록 했다. 본진 전체에 긴장을 넘어 두려움이 번져 가는 분위기여서, 일단 추슬러 안정을 되찾기 위함이었다.

그러던 중에 반위천이 언뜻 전방을 보았는데, 전위대가 예의 그 검은색 방어벽으로 저지선을 구축한 채로 여전히 원래의 위치를 지키고만 있는 중이었다.

울컥 치미는 화를 참지 못한 반위천이 거칠게 고함을 질렀다.

"수십 명의 형제가 죽고 다쳤는데, 용호장은 무엇을 기다리고 있는 것인가? 그대들이 전위대임을 잊은 것인가?"

그러나 전위대는 꿈쩍도 하지 않았다.

그들은 여전히 기다리고 있는 중이었다.

13

골목어귀를 돌 때마다 무너진 담벼락 사이에서, 혹은 지붕 위에서 적들은 예고없이 기습을 가해왔다.

서걱!

"큭!"

빠각!

"윽!"

검이 바람을 가르는 소리와 골육이 베이고 절단되는 섬뜩한 소음이 계속해서 생겨나고 있었다. 그러나 비명마저도 이 악물고 뱉어내는 것처럼 나직했고, 그 외에는 호통 소리나 기합 소리조차도 없었다.

싸움은 그처럼 차라리 은밀하였다. 그러나 그 어떤 싸움보다도 격렬하고 치열한 싸움이었다.

비조의 각 분대는 번갈아서 선두를 맡는 방식으로 체력을 안배하며, 거침없이 적지를 돌파해 나가고 있는 중이었다.

여전히 맨 후방에서 쫓아가며 장삼은 현재의 위치를 가늠하기조차 힘들었다. 촌락에 진입한지 이미 한참이나 지났고 계속해서 빠르게 돌파를 해 나가고 있는 중이지만, 눈앞에 보이는 것이라고는 거기가 거기 같은 골목의 풍경들뿐인지라 과연 얼마나 깊이 들어온 것인지, 혹은 과연 앞으로 전진하기나 하고 있는 것인지조차 확신할 수가 없었다.

그렇더라도 장삼은 눈 한번 깜빡이지 않은 채로 싸움의 장면 장면을 지켜보았다. 지금 조원들 개개인의 능력은 그가 지난 며칠 동안 함께 훈련하며 평가했던 것과는 또 달랐다. 사실은 지금 그들이 거침없이 격파해 나가고 있는 적들이 일반의 무사들이 아닌 전문살수들이라는 점만으로도 평가는 확연히 달라져야만 하는 것이었다.

특히 조원들의 역량은 그들이 시종 운용해 가고 있는 검진으로부터 배가된다고 할 수 있었다. 조원들은 그때그때의 상황과 형편에 따라 이인일조(二人一組), 삼인일조(三人一組), 사인일조(四人一組), 드물게는 순간적으로 팔인일조(八人一組)의 형태까지 수시로 변화를 보였는데, 그 변화가 워낙 익숙하고도 자연스러워서 모르는 사람이 보기에는 특별히 검진을 운용하는지 알기 어려울 정도였다.

그러나 훈련 때에 비해 조원들이 가장 크게 달라진 점은 바로 비정함이었다. 그들은 이제 적을 베는 데 있어서 추호의 거리낌이나 망설임도 보이지 않고 있었다. 스스로도 웬만큼은 냉정한 편이라고 생각하는 장삼이었지만, 그들의 그처럼 가차없는 모습에는 저도 모르게 몸을 움찔거리곤 할 정도였다.

"악!"

"크윽!"

적과 조우하는 빈도가 점점 더 늘어나고 있었다.

그런 데서 장삼은 이제 적의 주력과 가까워지고 있는 것이리라고 잔뜩 긴장된 짐작을 해보았다.

14

사공승의 얼굴에 긴박함이 가득했다. 비조의 임무는 적진을 교란시키는 데 있었다. 정화단이 정면에서 적들을 압박하는 중에, 비조가 적의 후방을 기습함으로써 적들을 혼란시키고 전력을 흩뜨려 놓는다는 계책이었다. 지금까지는 성공적이라고 할 수 있었다.

그러나 그들은 이제 한계에 봉착하고 있는 중이었다. 기습의 효과는 이미 다해서 적들의 대응은 확연히 조직적이면서도 강력해지고 있었다. 더욱이 지쳐 버린 조원들 중에서는 부상자들이 속출하고 있는 실정이었다.

무엇보다 이제쯤에는 후방의 상황을 심각하게 여기게 되었을 적의 수뇌부가 가장 강력한 수단을 동원할 것을 예상해야만 했다. 물론 지금쯤은 대규모의 정화단과 정면으로 대치해 있는 형국일 테니 다수의 병력을 뒤로 돌릴 수는 없을 것이지만, 그렇더라도 소수의 최강정예를 보내 최단시간 내에 후방의 위험 요소를 제거하려 할 공산이 컸다.

사실은 그런 것이야말로 사공승이 가장 바라는 상황이었다. 적의 최강정예가 후방으로 돌려지는 순간이 곧, 전방의 장주와 육도반 당주가 전면공격을 개시하는 시점이 될 것이었다. 더불어 그때야말로 또한 비조가 퇴각을 하는 시점이 될 것이었다. 물론 그 시점을 조금이라도 잘못 판단한다면, 그만큼 무사히 빠져나갈 수 있는 가능성이 희박해질 것이지만.

'아직은 아니다! 조금 더 버텨야만 한다!'

사공승의 입안이 바짝 타들어갔다.

그때였다.

차창!

차차창!

전방, 골목이 왼쪽으로 꺾어든 안쪽에서 돌연 도검 부딪치는 소리가 폭죽 터지듯이 울리더니 뒤이어 답답하게 뱉는 비명들이 한꺼번에 들려왔다.

"윽!"

"으윽!"

눈으로 확인해 보지 않아도 비명 소리는 조원들의 것이었다.

사공승은 즉시 입술을 좁게 모았다.

삐이이~!

심후한 내력이 담긴 휘파람 소리가 길게 울려 퍼졌다. 이어 사공승은 노일을 향해 급하게 명령을 내렸다.

"너희들도 즉시 퇴각하여 구릉 너머 처음의 잠복장소로 가도록! 단, 상황에 따라서는 곧장 장으로 복귀해도 좋다!"

그리고 사공승은 곧장 전방을 향해 신형을 쏘아 나갔다.

마침 그때 앞쪽에서는 크게 낭패한 모습으로 후퇴하고 있는 조원들이 나타났고, 바로 뒤이어 일단의 복면인이 모습을 드러내고 있었다.

그 다섯 명의 복면인은 신랄하게 조원들을 몰아치고 있었는데, 무수한 검영(劍影)을 만들어 내며 단숨에 공간을 점해 버리는 놀라운 검술만으로도 그들은 지금까지의 적들과는 확연히 다른 자들이었다.

채챙!

채채챙!

조원들이 만들고 있는 팔인일조의 검진 두 개가 급박하게 밀리며 금세라도 와해되고 말 듯이 위태로워 보였다. 그러나 와중에도 조원들은 신속하게 퇴보를 밟지는 못하고 있었다. 바로 검진 속에 부상자들을 보호하고 있는 때문이었다.

달리는 중에 사공승은 전력을 끌어올렸다.

"갈!"

한 소리 벽력같은 호통을 터뜨리며 도약해 오른 사공승의 신형이 단숨에 조원들의 검진 위를 뛰어넘으며 복면인들에게로 부딪쳐 갔다.

탕~!

타~ 탕!

심후한 내력이 가미된 검의 격돌에서는 폭발음이 났다. 격돌 직후 사공승은 밀려나는 몸을 멈춰 세우기 위해 천근추의 수법을 써야만 했다.

쿵!

쿵!

쿵!

마른 땅바닥에 뚜렷이 세 개의 족인을 남긴 후에야 멈춰 서서 급하게 전방의 상황을 살핀 사공승의 얼굴이 언뜻 창백하게 변했다. 방금 그와 격돌한 두 명의 복면인이 또한 각기 세 걸음씩을 밀려난 다음에 신형을 추스르고 있는 중이었다.

사공승은 이를 악물었다. 그리고 돌아보지 않은 채로 나직이 호통쳤다.

"즉시 퇴각하라 했거늘, 감히 내 명을 거역할 참이냐?"

주춤 걸음을 멈추고 있던 조원들이 즉시 검진을 풀며 달리기 시작했다. 부상자들을 부축하고, 혹은 들쳐 업은 채였다.

다섯 명의 복면인이 또한 일제히 몸을 날렸다. 그들은 곧바로 두 무리로 나뉘어 좀 전의 두 명은 그대로 사공승을 향해 덮쳐 들었고, 나머지 세 명은 골목에 잇닿은 지붕으로 도약해 올라서는 곧장 조원들을 추격해 갔다.

사공승의 눈빛에 다급함이 스쳤다. 그러나 그는 감히 주의를 분산할 수가 없었다. 지금 그를 향해 덮쳐 들고 있는 두 명만도, 그가 혼자서 능히 감당하리라고 방심할 수는 없는 고수급들이었다.

웅~!

사공승의 검이 부르르 진동하며 나직한 울음을 토해냈고,
곧장 두 복면인과 격렬하게 어우러졌다.

15

필괴가 돌연 앞으로 달려나갈 때, 이심전심으로 장삼과 노
일 또한 몸을 날렸다. 부상자들을 업고 부축한 채 필사적으로
도망쳐 오고 있는 동료들과, 세 명의 복면인이 바로 지척에서
그들을 뒤쫓아 오고 있는 광경을 보고도 그렇게 하지 않을 수
는 없었다.

필괴가 곧장 조원들의 한가운데를 가르듯이 달려나갈 때,
복면인들은 지붕에서 골목으로 뛰어내리며 그대로 치달아왔
다.

캉!

필괴가 복면인들 중의 하나와 격돌했고, 바로 뒤이어,

챙!

채~ 앵!

그새 필괴를 따라잡은 장삼과 노일이 또한 각기 한 명의 복
면인과 일 합씩을 나눴다.

"음?"

필괴와 일격을 나눈 복면인이 나직한 소리를 흘려냈는데,
거기에는 약간의 놀람이 담긴 듯했다.

그때 노일과 장삼은 동시이다시피 뒤로 튕겨나고 있었는데, 복면인들이 내처 검을 찔러 왔으므로 두 사람은 눈을 맞출 새도 없이 곧장 이인검진(二人劍陣)을 이루며 합격(合擊)으로 적들을 맞았다.

그럼으로써 판세는 자연스럽게 일대일(一對一)과 이대이(二對二)의 형태로 바뀌었다.

장삼과 노일의 합세는 처음에는 사뭇 어설펐으나, 그래도 지난 며칠간 건성이나마 검진을 연습한 덕분인지 이내 제법 조화를 이루어가고 있었다.

그런데 그 두 명의 복면인과 겨우 형세의 균형을 맞추어지자 장삼은 간발의 여유를 내어 힐끗 필괴 쪽부터 살폈다.

필괴의 검이 맹렬하게 떨쳐지고 있었다. 종횡일관과 종횡역관이 번갈아 펼쳐지며 검의 궤적들을 중첩시켜 가고 있었다.

한 번!

두 번!

필괴가 펼쳐 내는 일련의 궤적들은 반복의 횟수를 더해가면서 점점 관성을 붙여 나갔다.

"종횡천하!"

장삼이 저도 모르게 중얼거렸다.

종횡천하가 아주 제대로 펼쳐지고 있는 중이었다.

점점 속도와 강력함을 더해가는 필괴의 검세에 상대의 복면인은 이윽고 당황하고 마는 기색이 역력했다.

"좋구나!"

장삼이 다시금 탄성을 뱉는 순간이었다.

"무슨 짓이야?"

노일이 다급하게 외쳤고, 장삼이 그제야 '아차!' 싶어 황급히 주의를 되돌렸으나, 그때는 이미 적의 검이 그의 목과 가슴을 동시에 찔러오고 있는 중이었다.

"갈!"

일성벽력 같은 호통이 터져 나오면서 순간 노일의 검세가 크게 일어났다.

차차~ 창!

일단의 날카로운 쇳소리가 잇달아 터지면서 복면인들의 검세가 일순 주춤거렸고, 그 틈에 장삼이 또한 전력을 다해 검세를 일으켜 냈다.

겨우 위기를 모면하고 장삼이 짧게 안도의 숨을 돌릴 때, 노일의 시선이 강한 질책의 빛으로 쏘아보고는 빠르게 스쳐 갔다.

그런 노일에게서 언뜻 거칠어진 숨이 느껴졌으므로, 장삼은 새삼 미안한 심정으로 되었다. 노일이 방금 무리하게 진력을 운용하느라 호흡이 크게 흐트러지고 말았음을 아는 때문이었다.

16

삐이이~!

촌락의 깊은 곳 어디에선가 길게 휘파람 소리가 울렸다.

심후한 내력이 담긴 그 휘파람 소리는 서량과 육도반이 내내 기다리고 있던 것이었다. 바로 사공승이 보내는 신호였다.

"공격~!"

육도반의 대갈일성에 용호장의 일백 무사가 화살촉 형태의 돌격 진형을 만들며 일제히 달려나가서는 그대로 촌락 안으로 진입해 들어갔다.

피~ 핏!

쉬쉬~ 쉿!

골목 안쪽과 담장 너머, 그리고 사방의 지붕 위로부터 화살과 각종의 암기들이 쏟아졌다.

그러나 무사들은 가죽방패를 머리 위로 잇대어 들고 화살과 암기들을 막으면서 계속 돌진해 나갔고, 이내 적들과 조우했다.

챙!

채챙!

"악!"

"으악!"

격렬한 전투가 벌어졌고, 단말마의 비명들이 잇달아 터져 나왔다. 비명은 대부분 적도들의 것이었다. 서량과 육도반, 그리고 윤걸 등 용호장의 고수들이 선두에 서서 그야말로 성난 용과 호랑이의 기세로 맹렬히 몰아쳐 나가니 적들은 변변히 대항도 해보지 못하고 속속 쓰러져 나갔다.

용호장의 무사들은 거침없이 치고 나갔다. 앞을 가로막는 자들은 부수고, 피하고 숨는 자들은 굳이 쫓지 않는 채로 쾌속하게 앞으로 전진해 나갔다. 비조가 후방으로 이끌어 낸 적의 정예들이 돌아오기 전에, 최대한 깊숙이 빈민가를 관통해 나간다는 전략이었다. 그것은 또한 비조에게 피해를 최소화하면서 적지를 빠져나갈 수 있는 기회를 주는 것이기도 했다.

파죽지세였다. 전세는 순식간에 판가름 나고 마는 것 같았다. 뒷쪽에서 전황을 살피고 있던 반위천은 그제야 다급해졌다.

"전군 진격~!"

반위천의 명령이 떨어졌고, 안 그래도 조급증을 일으키고 있던 본진의 무사들이 일제히 앞으로 돌진해 나갔다.

"와아아~!"

삼백여 무사가 한꺼번에 질러대는 우렁찬 고함 소리에 일대의 공기가 '와르릉!' 하고 잔 떨림을 일으켰다.

17

　장삼과의 호흡이 이제 제법 완숙한 지경의 조화를 이루면서 적들에게 약간의 우세까지 점하고 보자, 노일은 크게 고무되어 있는 중이었다. 다만 한 가지, 잠시의 방심도 용납되지 않는 치열한 격전 중이건만 장삼이 이따금씩 한눈을 팔 때마다 노일은 가슴이 철렁하여 식은땀을 흘려야만 했다.

　장삼 역시도 스스로 경각심을 가지고 자책도 해보는 것이지만, 그럼에도 자꾸만 관심이 필괴 쪽으로 가는 것을 어떻게 하지는 못하고 있는 중이었다.

　"장삼!"

　노일이 버럭 호통을 쳐서 장삼이 퍼뜩 정신을 수습하고 다시 싸움에 집중하기를 벌써 세 번째인가 그랬다.

　"찻!"

　나직한 기합 소리에 장삼은 저도 모르게 확 고개를 돌리고 말았다. 필괴 쪽이었다. 마침 종횡천하의 초식이 크게 어지러워진 끝에 필괴는 안간힘을 다해 다시 검세를 일으키고 있는 중이었다.

　그런데 그때 필괴의 무거운 검세에 대해 상대의 복면인이 가볍게 툭 던지듯이 검을 찔러 내는 걸 보고 장삼은 흠칫 놀라고 말았다.

　칭!

　경쾌한 쇳소리였다. 그리고 종횡일관과 종횡역관을 일순하고서 막 두 번째의 종횡일관을 이어가려던 필괴의 검이 찰

나간 주춤거렸고, 그럼으로써 그가 애써 형성해 놓았던 검세
가 대번에 흐트러지고 말았다.

순간 필괴에 앞서 장삼이 먼저 크게 당황하고 말았다.

상황은 확연했다. 상대는 종횡천하의 반복적인 연결고리
가 가지는 맹점을 여지없이 찌른 것이었다. 아아! 그러나 장
삼이 처음에 종횡검에 대해 고민할 때, 필괴가 복면인과 같은
고수급과 대적할 것까지야 어떻게 고려를 할 수 있었겠는가?

결정적인 승기를 잡은 복면인의 검이 쾌속무비의 속도로
이미 흐트러져 버린 필괴의 검세를 뚫고 들어가고 있었다.

"헛!"

장삼이 이윽고는 다급한 소리를 토해내고 말았다.

그때였다.

"장삼!"

노일의 급박한 호통이 귓전에 '쨍!' 하고 부딪쳐 왔기에, 장
삼이 퍼뜩 정신을 수습하며 다급한 대로 팔방풍우의 일초를
전력으로 펼쳐 냈다.

차차~ 창!

"윽!"

격렬한 금속성이 터져 나오는 중에 묵직한 신음이 섞였다.
노일이었다. 비틀거리며 뒤로 밀려나는 그의 옆구리 부근이
붉은색으로 빠르게 젖어들고 있었다.

장삼은 와락 표정을 굳히고 말았다. 노일이 자신의 몸을 돌

보지 않고 그를 구하려다 정작으로는 자신이 상처를 입고 만 것이었다.

상황은 여전히 급박하게 이어지고 있는 중이었다. 노일의 옆구리를 벤 복면인이 기세를 놓치지 않고 계속 노일을 핍박해 가고 있는 중이었다.

"칫!"

그것은 장삼이 정말로 화가 났을 때 버릇처럼 뱉는 소리였다.

팻!

장삼의 검이 그야말로 빗살처럼 날아갔다.

"크윽!"

맹렬히 공세를 취해오던 복면인이 돌연 비명을 토하더니 그대로 굳은 듯이 멈춰 섰고, 영문 모를 갑작스러운 상황에 대해 노일은 안도하기에 앞서 차라리 멍해지고 말았다. 복면인의 왼쪽 가슴에 검극(劍極) 하나가 삐죽이 튀어나와 있었다. 등 뒤로부터 그대로 심장을 관통해 버린 것이다. 부릅뜬 두 눈으로 잠시 버티고 서 있더니 복면인은 이윽고 바닥으로 무너져 내렸다.

노일은 잔뜩 인상을 쓰고 말았다. 그제야 옆구리의 상처에서 통증이 밀려온 때문도 있지만, 그보다는 장삼 때문이었다. 어떻게 요행으로 복면인 하나를 처치하였다지만, 남은 복면인 하나와 여전히 대치하고 있는 상황이건만 장삼은 지금 다시 필괴에게로 시선을 못 박아놓고 있었다. 그런 모습에서 장삼은 어쩌면 자신이 지금 빈손이라는 사실조차도 인지하지 못하고 있는지도 몰랐다.

그러나 노일은 장삼을 탓할 여유는 감히 가지지 못하였다. 황급히 전신의 내력을 모조리 끌어올리자 옆구리의 상처가 크게 터지고 말았는지 세차게 피가 뿜어져 나왔으나 막상 노일 스스로는 알지 못했다.

그 사이 필괴는 오른 어깨와 가슴에 몇 군데의 상처를 입고 있었다. 상처 부위의 옷이 이미 흠뻑 젖었고 계속해서 핏방울이 떨어지고 있는 것으로 보아 상처들은 하나같이 깊어 보였다. 복면인의 검이 다시 필괴의 가슴을 찔러 들고 있는 중이었지만, 장삼은 차라리 두 눈을 부릅떴다. 그때 필괴가 찔러드는 복면인의 검을 차라리 자신의 왼쪽 가슴 부위로 받아들이는 것 같은 모습이었기 때문이다. 그리고 복면인의 검이 그의 왼 가슴을 깊숙하게 파고들 때 필괴는 오히려 간극을 좁히며 왼손으로 복면인의 어깨를 끌어당기면서 자신의 검으로 복면인의 왼쪽 가슴을 찌르고 있었다.

순간적으로 장삼은 차라리 멍해지고 말았다. 도무지 이해할 수 없는 상황이었다. 먼저 심장을 찔린 필괴가 뒤늦게 복면인의 심장을 찌를 수는 없어야 되는 것이었다. 그러나 결과적으로 두 사람은 서로의 심장을 찔렀다.

그리고 장삼은 문득 허둥대기 시작했다. 갑자기 혼란스러워졌다. 그제야 생각이 미친 것이다. 필괴가 심장을 찔릴 때까지 자신은 무엇을 하고 있었는지, 무슨 생각으로 구경만 하고 있었는지에 대해.

그리고 장삼은 다시 극도로 허탈해지고 말았다. 지금 이 순간 그는 숨 쉬는 것 외엔 아무런 움직임도, 아무런 생각도 할 수 없을 것만 같았다.

"엇?"

노일은 차라리 당황의 소리를 뱉고 말았다. 장삼이 아예 넋을 놓고 있는 동안 그 혼자서 위태위태하게 그야말로 사력을 다해 복면인의 공세를 받아내고 있는 중이었는데, 한순간 상대의 복면인이 돌연히 허공으로 솟구쳐 오르더니 골목의 담장과 지붕들을 밟으며 그대로 사라져 버린 때문이었다.

문득 다리가 풀려 노일이 휘청거릴 때였다.

"필괴~!"

그 소리가 마치 목 놓아 부르짖는 듯했기에 노일이 놀라며 퍼뜩 장삼 쪽으로 시선을 돌렸다.

"아!"

순간 노일은 크게 놀라며 곧장 몸을 날렸다. 장삼이 차마 달려가지는 못하고 비통히 바라만 보고 있는 쪽에 필괴가 복면인과 서로의 가슴에 검을 찌른 채로 서 있었던 것이다.

"괜찮으냐?"

노일이 가만히 안도의 숨을 내쉬며 물었다.

그리고 필괴의 머리가 미미하게 끄덕여지는 것을 보는 순
간, 장삼은 이미 필괴의 곁에 당도해 있었다.

잠시 후에는 사공승이 합류했는데, 그가 상대하던 두 명의
복면인 또한 돌연히 어디론가 사라져 버렸다고 했다.

18

장삼이 지극히 조심스럽게 가슴에 박힌 검을 뽑고, 지혈을
하고, 다시 꼼꼼히 약을 바르는 동안에 필괴는 내내 두 눈을
감고 있었다.

그는 지금 가만히 반추해 보고 있는 중이었다.

좀 전 복면인의 검이 그의 가슴을 파고드는 순간, 그의 내
부에서 격렬하게 꿈틀거리며 용솟음쳤던 존재에 대해.

그 존재의 돌연함과 그 거칠고도 장대한 기세에는 놀라지
않을 수 없었지만, 그 존재는 그에게 낯설지가 않았다.

아니, 오히려 익숙했다.

바로 그가 기억하는 어떤 존재와 동일한 존재였던 것이다.

비록 그의 기억에 있는 그 존재는 아주 작아서 겨우 꼬물거
리는 정도에 불과했지만, 그것과 그 사이에는 미약하지만 결
코 끊어질 수는 없는 교감의 끈이 이어져 있는 것인데, 방금
전의 그 거칠고도 장대한 존재 또한 같은 교감의 끈으로 그와
이어져 있었던 것이다. 그럼으로써 그 둘은 명백하게 동일한

존재였다.

그 존재는 그가 기억해 낼 여유조차도 가지지 못한 지난 몇 년의 세월 동안에 저 홀로 자라나서, 예전에 비할 수 없이 한층 더 커지고 또한 강해진 것 같았다.

필괴는 다시금 가만히 내부로 침잠해 들었다.

그리고 좀 전에 그처럼 돌연히, 마치 시위하듯이 자신의 존재감을 과시하고는, 다시 한순간에 사라져 버린 그 존재를 찾아보았다.

그러나 흔적조차 찾을 수 없었다. 마치 그 모든 것이 그의 착각이나 공상 속에서 벌어진 일이기라도 하다는 듯이.

그러나 필괴는 실망하지 않았다.

그 존재는 그의 내부 어딘가에 분명히 존재하고 있을 것이었다. 지난 번 그의 마음속 어딘 가에서 문득 희미한 빛으로 피어났다가 사라져 버린, 그 한 톨의 씨앗처럼 작고 희미한 한 자루 검과 함께 말이다.

19

"쳇!"

장삼은 괜스레 의미없는 비난을 날렸다. 필괴의 입가에 문득 엷은 웃음기가 달리는 것 같아서였다.

사공승이 언뜻 의아해하다가는 성큼 걸음을 옮겼다. 필괴의 상처는 깊기는 하지만 일단 위급한 지경은 면한 것 같았고, 장삼이 다시 노일을 위해 응급처치를 하는 데는 약간의 시간이 더 소요될 것이기에, 그동안 주변의 상황을 한번 살펴보고 올 참이었다.

노일의 응급처치를 마무리한 장삼은 문득 무슨 생각이 들었는지 필괴에게 죽은 복면인의 시신으로 다가갔다. 그리고는 시신의 손을 들어서 자세히 살피고, 또 팔목과 어깨관절을 더듬는가 싶더니, 나중에는 품속까지 뒤지는 것이었다.

노일이 가볍게 혀를 차며 고개를 저을 때였다.

시신을 내려다보며 고개를 갸웃거리던 장삼이 문득 물었다.

"이자가 혹시… 잠사가 아닐까요?"

"뭐?"

노일의 짧은 반문이 곱지는 않았다.

"아니, 이자를 자세히 살펴보니……."

장삼이 설명을 덧붙이려는 참인데, 앞쪽에서 돌연히 함성소리가 들려왔다.

"와아아~!"

제법 먼 쪽에서 들려오는 것이지만, 그 크고 우렁참으로 보아 수백 명이 한꺼번에 내지르는 함성 같았으니, 필시 정화단이 본격적인 공격을 개시한 것일 터였다.

함성이 계속되고 있는 중에 앞쪽으로 나갔던 사공승이 급히 달려오며 외쳤다.

"가자!"

노일이 혼자서 갈 수 있겠다며 먼저 걸음을 서둘렀고, 사공 승과 장삼이 양쪽에서 필괴를 부축하며 그 뒤를 따랐다.

20

전투는 일방적이다시피 끝이 났다. 적도들의 시신 사십여 구를 수습하고 나서 정화단주 반위천은 적도들이 완전히 궤멸되었음을 선포했고, 이어 정화단의 해단(解団)을 선언하였다.

다만 적도들 중에 사로잡히거나 투항을 해온 자가 한 명도 없었기에 그 우두머리인 잠사의 생사를 포함해 적도들의 전모를 밝힐 수는 없었다.

하긴 관부의 지배력이 미치는 범위야 앞으로도 어차피 제한적일 수밖에 없는 것이니, 다만 시간의 문제일 뿐, 이곳 적색지대는 다시 원래의 모습을 되돌아갈 것이었다.

第二十二章
비무대회

1

대도성주가 주최하는 대규모의 비무대회가 공표되었다.

정화단에 참여한 무사들의 공을 크게 치하하고 더불어 적색지대의 토벌로 인해 위축되고 흉흉해진 민심을 수습하고 아우르기 위한 화합의 장을 만든다는 취지였고, 그런 뜻에서 비무를 볼거리 삼아 모두가 참여하여 즐기는 잔치마당이 되도록 기획이 되었다고 했다. 또한 그런 뜻에서 무기를 사용하지 못한다는 규정 외에는 비무 참가자의 자격에 제한을 두지 않았기에, 벌써부터 인근의 성에서까지 두둑한 우승상금을 노리고 오는 자들이 있다는 소문도 있었다.

성주는 용호장에 대해서 특별한 성의를 보이기도 했다. 특히 이번 적색지대 소탕의 드러나지 않은 주역인 반회당 비조의 조장 사공승을 포함한 스물일곱 명 모두에게는 각각 비단 한 필씩을 내렸다. 물론 다른 쪽으로는 소문이 나지 않은 은밀한 포상이었다.

필괴의 상처는 이번에도 회복이 빨랐다. 금세 딱지가 앉더니, 이미 떨어지고 있는 중이었다. 장삼이 그런 것을 처음 보는 것도 아니었지만, 참으로 놀라운 필괴의 회복력이랄까, 자가치유력에 대해서는 새삼 감탄을 하는 수밖에 없었다.

2

마침내 비무대회가 열리는 날, 용호장에서는 장(莊)의 무사들이 비무에 직접 나가는 것은 일절 불허하기로 했지만, 장의 운영상 필수 인력을 제외한 나머지 인원들에 대해서는 개인 의사에 따라 참관을 해도 좋다는 지침을 내렸다. 다만 비조에 대해서는 단체로 가서 관람을 하고 오라는 지시를 내렸는데, 성주가 특별포상을 한 데 대해 감사를 표한다는 의미가 강했다.

그리하여 비조 조장 사공승이 휘하의 조원들 전부와, 그 외장내의 다른 참관 희망 인력들을 합해 총 오십여 명을 인솔하는 책임을 맡았는데, 어차피 관람만 하고 올 것이고, 또 대회장에 가면 어쨌든 기분도 내고 술도 한잔씩 하게 될 것이라,

혹시 괜한 시비가 생기지 않을까 하는 염려에 아예 모두의 병장기를 풀어놓고 가도록 조치를 하였다.

대회장에 도착한 뒤 장삼과 필괴는 용호장의 인원들이 모여 앉은 곳에서 슬쩍 빠져나와 멀찍이 떨어진 곳에다 따로 자리를 잡았다.

장삼이 발 빠르게 술 두 병과 삶은 돼지고기를 좀 챙겨왔기에, 두 사람은 오랜만에 술잔을 기울이며 얘기를 나누는 여유를 즐겼다.

비무대 위에서는 벌써부터 비무가 벌어지고 있는 중이었는데, 처음 몇 차례는 비무라고 할 것도 없는 광경들이었다. 딱히 무사라고 보기도 어려운 고만고만한 자들이 올라와서 제멋대로 한바탕 힘을 써보다가는, 또 적당한 정도에서 '아이쿠! 안되겠다!' 하고는 설렁설렁 비무대를 내려가는 식이었다.

관부에서 베푸는 형식이었지만, 속사정은 각 상단이 은자를 각출하여 제법 푸짐하게 술과 음식들을 마련했다. 그리하여 벌써부터 얼큰히 술에 취하고 고기로 배가 부른 건달 나부랭이쯤으로 보이는 자들이 술김에 한번 비무대에 올라와서 짐짓 큰소리도 한번 쳐 보고 활갯짓을 해보기도 하는 모양새들인데, 오히려 그런 것이 볼만한 구경거리가 되었는지 군중들의 호응이 꽤나 좋았다. 하긴 무사랍시고, 또는 어디서 무공 좀 익혔답시고, 비무대에 올라 마주 서서는 꼼짝도 않고 노려만 보다가 한순간 무슨 토끼 접붙듯이 '후다닥!' 붙었다가는 금세 떨어져서는, 또 뜬금없이 빙빙 돌기만 하는 그런 광경이야 군중들이 보기에는 그저 심심하기만 한 노릇일 수도 있을 것이었다.

어쨌든 비무대 위에서 이런저런 비무들이 시작되고, 또 끝나는 동안 장삼이 가져온 술 두 병이 거진 다 비어가고 있었다.

"저자는 얼마 되지도 않는 내공을 믿고 나선 모양인데, 쯧쯧! 배가 저렇게 애 밴 것만큼이나 부풀어서야 내공이 아무리 강하면 뭘 하겠어, 안 그래?"

"저치는 또 왜 나왔는지 모르겠네! 도무지 이기고자 하는 투지가 없잖아?"

장삼은 이따금씩 비무대 쪽을 보면서 안주 삼듯이 간단한 관전평들을 툭툭 던져 댔다.

그러다 간혹 군중들 속에서 '우우~!' 하는 야유가 일면 힐끗 돌아보고는,

"쳇! 승부에 꼼수가 어디 있고, 비겁이 어디 있어? 이기면 장땡이지! 안 그래?"

하기도 했다. 그러나 필괴는 장삼의 말을 거의 듣지 않고 있었다. 그저 건성으로 장삼의 말에 고개를 끄덕여 줄 뿐, 느긋하게 술잔을 비우고 또 천천히 고기를 씹는 데만 열중하고 있었다.

장삼은 이미 얼큰히 취기가 도는 중이었다. 그가 원래 주량이 센 편은 아닌데, 지금의 이 평화와 편안함이 좋아서 홀짝홀짝 잔을 비워낸 때문이었다. 다만 필괴는 역시 예전 마방의 주당답게 아직까지는 취기가 조금도 없어 보였다.

3

상자강(祥自强)은 천천히 술잔을 비워 냈다.

눌러 쓴 철립 사이로 그가 지금 보고 있는 것은, 비무대 위에서 벌어지는 승부가 아니라 군중들이었다.

고만고만한 주먹질들을 보는 것에는 진작부터 시큰둥해진 터였으니, 차라리 군중들의 이런저런 모습들을 구경하는 편이 훨씬 더 흥미로웠다.

그는 강호를 유랑하는 중이었다. 지난 이 년간의 혹독한 폐관수련을 잘 견딘 것에 대해 그가 스스로에게 주는 포상이자 위로인 셈이었다. 겸사겸사 해서 그동안에 강호의 정세가 어떻게 변했는지 실감을 해보려는 뜻도 있었고.

그가 지금 이 자리에 있게 된 것은 전혀 의도치 않은 우연이었다. 대도성 근처를 지나가던 중에 비무대회가 열린다기에 구경이나 해보자는 가벼운 생각으로 성문을 들어선 것이었다.

그런데 이름만 비무대회였지, 그가 생각했던 것과는 사뭇 다른 형태였다. 무슨 비무대회라기보다는 그저 성민들을 위무(慰撫)하기 위한 한바탕의 잔치 같은 것이었기 때문이다.

물론 처음부터 크게 기대를 했던 것이 아니기에 딱히 실망스러울 것도 없었다. 오히려 공짜 술과 음식으로 넉넉히 배를 채운 데다, 많은 사람들이 웃고 즐기는 모습에서 오랜만의 편안함과 느긋함을 만끽할 수 있어서 좋았다.

그러던 중에 그는 문득 '비무대 위에 한번 서 보면 어떨까?' 하는 생각을 뜬금없이 해보게 되었다. 갑자기 호승심이 일었거나, 혹은 상금에 욕심이 생기거나 한 것은 물론 아니었다. 엉뚱하게도 갑자기 떠오른 생각일 뿐이었다. 사실은,

'이처럼 많은 군중들의 시선을 오롯이 받는 기분이란 어떤 것일까?'

하는 정도의 사뭇 유치하기까지 한 호기심이 불쑥 생겨난 것이었다. 그런데 당장에는 유치하다 싶더니, 이내 또 그럴듯한 당위성이 만들어지기도 하는 것이었다.

'그런 것도 하나의 경험일진대, 지금이 아니면 언제 또 이런 경험을 해볼 수 있으랴?'

생각이 그렇게까지 되는 다음에야 굳이 갈등을 할 필요는 없다 싶어서 그는 자리를 털고 일어나서 성큼성큼 비무대 쪽으로 다가섰다. 충동일망정 마음이 이는 대로 해보자는 오기 같은 것이었다. 혹은 강호를 유랑 중인 자로서의 가벼운 만용쯤일 수도 있겠고.

"소생은 상모(祥某)라는 사람인데, 비무에 참여해 볼 수 있겠소?"

상자강이 비무대로 오르는 나무계단을 지키고 서 있는 두 명의 병졸(兵卒) 중 하나에게 물었다.

그랬더니 병졸은 귀찮게 별걸 다 물어본다는 듯이, 혹은 상자강의 철립이 영 못마땅한 듯이, 힐끗 한번 쏘아보고는 성의 없이 대답을 했다.

"예서 기다렸다가 다음 차례에 올라가시오!"

상자강이 기다린 지 얼마 안 돼 비무대 위에 있던 두 사람 중의 하나가 등을 돌려서는 계단으로 걸어 나왔는데, 패배를 당하고 내려오는 사람답지 않게 싱글거리는 얼굴이었다. 하긴 상자강이 잠깐 지켜본 바로도, 그 두 사람이 다 승부에는 별 관심이 없는 것처럼 보이기는 했었다. 그런 터에 과연 비무대 위로 올라갈 의미가 있는지에 대해 상자강이 새삼 갈등이 생기지 않을 수는 없었는데, 좀 전의 그 병졸이 심통을 부리듯이 툭 뱉는 것이었다.

"뭐하쇼? 얼른 올라가지 않고?"

그런 데야 꽁무니를 빼는 모습을 보일 수도 없어서 상자강이 성큼 계단으로 올라서는데, 병졸이 다시,

"잠깐!"

하고 불러 세우기에 상자강이 의아하게 돌아보았다. 그러자 병졸은 불쑥 손을 내밀었다.

"검은 맡겨 두고 가야 할 것 아니오?"

상자강은 잠깐 망설였다. 귀한 검이었다. 그러나 대회의 규정이 그런 줄은 그도 알고 있는 터이니, 간단히 검을 풀어서 병졸에게 건네주고는 성큼성큼 비무대 위로 올라섰다.

4

상자강은 벌써 세 번째 승리를 거두고 있는 중이었다.

사실은 승리라고 할 것도 없었다. 이건 술에 취한 작자들까지 올라와서 괜히 고함을 내지르며 되지도 않은 몸짓이나 하다가 제 풀에 나자빠져 놓고는 '정말 고명한 한 수였다!' 따위의 엉뚱한 대사를 외치고는 어슬렁거리며 비무대를 내려가 버리는 판국이니, 상자강이 차마 져 주지 못해서 이기는 상황이었다.

새삼 후회가 되기도 했다. 기껏 군중들의 웃음거리가 된 것밖에 없으니, 그가 경험해 보고자 한 바가 이런 것은 아니질 않는가?

그런데 상황은 더욱 낭패스럽게 되어가고 있었다. 이번에야말로 지친 척이라도 해서 적당히 물러나야겠다는 작정을 하고 있는 중인데, 아예 비무대로 올라오겠다는 자가 없는 것이었다. 상자강이 슬그머니 비무대를 내려가려는데, 그 병졸이 완강히 고개를 흔들며 도전자가 나설 때까지 반각(半刻)은 기다려야 하는 것이 규칙이라는 것이었다. 반각이 지날 때까지도 도전자가 없으면 자동으로 우승자가 된다는데, 물론 상자강이 우승자가 되고 싶은 생각은 조금도 없는 것이지만 대회의 규칙이라는데 무시하고 무작정 내려가 버리자니 이처럼 큰 잔치마당의 흥을 깨버리는 결과가 될 것만 같았다.

상자강이 하릴없이 비무대 한가운데에 혼자 우두커니 서 있자니, 점점 온몸의 터럭 하나하나가 쭈뼛거리며 일어서는 것만 같았다. 수많은 군중들이 오로지 그만 바라보고 있는 것 같아서 시선을 어디에 둘지조차 모르겠더니, 이윽고는 어질어질하니 현기증이 다 날 지경이었다.

5

장삼이 얼큰해 있는 중에 옆에서 누가 세 번이나 연승을 거두고 있다는 소리를 하기에 언뜻 비무대 쪽을 돌아보았는데, 순간 그의 눈에 반짝하고 이채가 어렸다. 그는 곧바로 짐작해 볼 수 있었다. 비무대 위에 홀로 서 있는 그 철립의 사내가 무인이라는 것을.

비록 약간 어정쩡하고 당황한 듯이 보이긴 하지만, 그러나 그런 중에도 굳건하게 버티고 선 하체와, 또 언제라도 반응할 수 있도록 자연스럽게 균형이 잡혀 있는 상체의 느낌만으로도 철립의 사내는 진짜 무인의 기도를 풍기고 있었다. 그런

기도야말로 무림의 명가(名家)에서 정통의 무공을 배우고, 다시 혹독한 수련을 거친 결과로 최소한 평범의 단계를 뛰어넘은 자만이 가질 수 있는 것이었으니, 그래서 진짜 무인이라고 하는 것이다.

그러다 장삼은 문득 미간을 모았다. 퍼뜩 이해가 되지 않았다. 그만한 자가 지금 왜 저 비무대 위에 올라가 있는지. 한눈에 보기에 그 스스로도 몹시 당혹스러워하는 기색이 되어 있으면서도 말이다.

그때 사내가 문득 철립을 벗어 들었는데, 장삼은 그것이 간단하게나마 군중들에게 예를 갖추는 것이라고 해석했다. 그런데 다음 순간 장삼은 흠칫 놀라고 말았다. 언뜻 필괴를 보고서였다. 필괴의 눈빛이 차갑게 굳어지고 있었다. 뿐만 아니라 그의 온몸마저도 딱딱하게 굳어가고 있는 듯이 보였다.

장삼은 반사적이다시피 다시 철립의 사내에게로 시선을 돌렸다. 필괴의 얼음장 같은 시선이 사내에게 못 박혀 있었기 때문이다.

사내는 잘생긴 얼굴이었다. 처음에 생각했던 것보다 젊어서 기껏 이십대 중반쯤으로 보였고, 귀공자풍의 깨끗한 이목구비였다. 그러나 짙은 눈썹과 날카로운 눈매, 붉고 얇은 입매 등에서는 다소간 오만한 기운이 비치는 중에, 다시 적절한 절제가 배어 있는 느낌이었다.

그러나 그러한 것 외에는 달리 특별한 인상이 또 있지는 않았는데, 다만 사내의 얼굴을 다시금 찬찬히 살피던 중에 장삼은 사소하나마 한 가지를 더 발견해 내기는 했다.

사내의 얼굴에는 이마 한가운데서 왼쪽 귀밑까지 길게 이어지는 흉터가 있었다. 그러나 본래의 상처는 제법 깊었을지 몰라도 지금은 그저 희미하게 남은 흉터일 뿐이었고, 오히려 사내의 야성미와 강인함을 돋보이게 해주는 느낌마저 있었다. 그리고 강호를 행도하는 무인에게 그런 정도의 흉터를 가지고 특이하다고까지 할 것은 아니었다.

그때 사내가 철립을 다시 쓰더니 천천히 걸음을 옮기기 시작했다. 그새 반각이 다 되었던지, 비무대를 내려오려는 모양이었다.

그런데 그때 필괴가 벌떡 자리를 박차고 일어섰고, 장삼이 영문은 알지 못하되 필괴의 기세가 심상치 않아 일단은 붙잡고 볼 작정으로 재빨리 따라서 일어섰다.

그러나 필괴가 곧장 비무대를 향해 걸어가는데도, 장삼은 막상 그를 붙잡지 못하고 그 자리에 엉거주춤 서고 말았다. 한순간 필괴에게서 말릴 엄두가 나지 않을 정도의 차가움과 단호한 의지 같은 것이 느껴졌기 때문이기도 했지만, 사실은 그렇지 않더라도 장삼은 이미 오래전부터, 웬만큼 무모하다고 보이는 경우라도 필괴가 스스로 하겠다고 하는 일에 대해서는 굳이 말리지 않고 지켜보기만 해오고 있는 중이기도 했다.

6

앞쪽에서 사내 하나가 빠른 걸음으로 비무대를 향해 오는 것을 보았지만, 상자강은 일부러 시선을 주지 않았다. 무시하고 곧장 비무대를 내려갈 작정이었다.

그런데 무심한 듯이 스쳐 보는 중에 괜스레 눈에 거슬리는 장면이 있었다. 그 사내를 대하는 병졸들의 태도였다. 사내가 거침없이 계단으로 진입하고 있는데도, 이전에 상자강 자신을 비롯한 다른 이들에게는 쥐꼬리만 한 권위라도 세우려는 듯이 은근한 심통을 부려대던 그 두 명의 병졸이 지금은 전혀 아무런 제지도 없이 사내를 통과시키고 있는 것이었다. 더욱이 그런 병졸들의 표정에서는 사내에 대한 짙은 관심과 흥미가 확연히 비치고 있는 중이었다.

상자강은 슬쩍 걸음을 늦추고 비로소 사내에게 제대로 된 시선을 주었다. 그리고 그는 곧바로 눈살을 찌푸리고 말았다. 사내의 얼굴이 온통 화상자국인 듯한 흉터로 뒤덮여서 사뭇 괴이한 형상을 하고 있었기 때문이다. 그러나 그것 외에는, 그저 평범한 자였다. 적어도 도전자로서는.

그러는 사이에 비무대로 올라와 서너 걸음 앞에까지 다가온 사내가 그의 앞에 우뚝 버티고 섰다.

‘음……?’

상자강은 불쑥 화가 치밀었다. 사내가 똑바로 그를 노려보고 있었는데, 그 눈빛에 노골적이다 못해 도발적이라고 해야할 적대감이 불타 오르고 있었기 때문이다.

그러나 상자강은 이내 감정을 추스르며 가볍게 고개를 숙여 보였다. 이어 크게 옆으로 한 걸음을 비켜섰다. 사내가 도전을 해온 것에 대해, 지레 패배를 선언하고 얌전히 비무대를 내려가겠다는 뜻이었다.

그런데 사내는 그의 뜻을 받아줄 생각이 조금도 없는 듯했다. 오히려 더욱 거칠게 기세를 돋우며 곧바로 그의 앞을 다시 막아서는 것이었다.

참으로 무례하고도 무지한 자였다. 상자강은 순간 그대로 도약해서 사내의 머리 위를 뛰어넘어 버릴까 하는 충동이 일었다. 상승의 신법 한 수면 사내에게는 하늘 높은 줄 알게 해줄 것이고, 또한 군중들에게는 그가 공짜로 얻어먹은 술과 음식만큼의 구경거리를 선사하는 게 되지 않을까 하는 계산도 있었다.

그런데 그때였다.

군중들 사이에서 문득 술렁임이 일더니 이내 환호로 이어지고 있었는데, 그 영문 모를 환호가 자신이 아닌 사내에게 보내는 것임을 깨닫고 상자강은 새삼 다시금 사내를 살폈다.

사내에 대한 평가는 조금도 더해질 것이 없었다. 그렇더라도 사내에게는 그가 미처 발견해 내지 못한 무엇인가가 있음은 분명해 보였다. 저처럼 군중들이 환호를 보내고 있다는 이유만으로도.

또 한 가지, 여전히 그를 쏘아보고 있는 사내의 잔뜩 독기 서린 눈빛도 평범의 범주에서는 분명 벗어나는 것일 터였다. 심지어 그가 지금 약간의 내력을 돋구어 안광을 발하고 있는데도, 사내는 여전히 정면으로 맞받고 있는 중이었다. 사내에게서는 내력을 지녔다는 어떤 기미도 보이지 않고 있었으니, 그렇다면 내력이 가미된 그의 안광을 대하고는 저절로 기세가 죽게 마련일 텐데도 말이다.

사내에 대한 상자강의 관찰은 거기까지였다. 아무런 예고도 없이 돌연 사내가 덮쳐 들고 있었다.

상자강은 살짝 옆으로 돌아 나가며 간단히 피해냈을 뿐 아니라, 그대로 반격을 가할 여지까지를 동시에 확보했다. 그러나 그는 응징을 잠시 미루기로 했다. 마침 눈에 확 들어오는 사내의 또 다른 특이함 때문이었다.

사내는 팔을 마구 휘두르며 돌진을 해왔는데, 그것이 아주 무작정인 것은 아니었다. 아무렇게나 휘둘러 대는 듯했지만, 사내의 팔은 이내 어떤 궤적이라 할 만한 형태를 만들어내고 있었고, 다시 그 궤적들은 어떤 일정한 이치에 따라 조합되고 있는 느낌이었던 것이다.

상자강은 미리보(迷離步)를 밟기 시작했다. 그러자 그의 몸은 마치 거친 물살 속에서 헤엄치는 잉어처럼 유연하게 움직였고, 그럼으로써 사내의 저돌적인 공세를 사뭇 여유있게 피해 다닐 수 있었다. 그리고 그런 중에 그는 사내의 몸짓을 좀 더 자세히 관찰하였다.

놀랍게도 그것은 검초(劍招)였다. 아니, 실로 엉뚱하게도 사내는 지금 자신의 팔을 검 삼아서 검초를 펼쳐 내고 있는 것이었다. 비록 그가 만드는 궤적의 종류가 다만 몇 개에 불과했고, 그것들이 순(順)과 역(逆)의 이치로만 단순 반복되고 있었으나, 그래도 거기에는 강약과 완급의 기본이치가 녹아 있었고, 또한 간단한 형태의 보법이 가미되었으며, 다시 관성력으로 위력을 배가시켜 나가는 제법 고급의 이치까지 시도되고 있었다.

크게 흥미로웠지만, 그러나 그것이 결국은 단순하고 기초적인 범주를 벗어나지는 못한다는 점에서는 역시 부족했다. 더욱이 실제의 검이었다면 의당히 발휘되었을 날카로움의 이(利)까지 얻지 못하고 있는 다음에야.

상자강은 한순간 사내와의 간격을 좁혔고, 동시에 중지(中指)를 살짝 튕겨 내 사내의 오른쪽 팔꿈치 아래의 곡지혈(曲池穴)을 가볍게 찍었다.

순간 사뭇 맹렬하게 돌아가던 사내의 움직임이 여지없이 흐트러졌다.

7

필괴는 꼼짝도 하지 못한 채로 서 있었다. 상대는 전력을 다한 자신의 공격에 대해 시종 여유있게 피해 다니며 구경하 듯 하더니 한순간 불쑥 가볍게 튕겨낸 손짓 한 번으로, 그의 종횡천하를 여지없이 깨뜨리고, 나아가 오른쪽 팔과 어깨 전 체를 일시 마비시켜 버린 것이었다.

상대는 전날 적색지대에서 부딪쳤던 복면인과는 또 다른 능력의 소유자였다. 그리고 그가 펼쳐 낼 수 있는 최고의 수 단인 종횡천하를 간단히 무용지물로 만들었으니, 그로서는 도저히 이길 수 없는 상대였다.

그러나… 이길 수 없다는 것과 죽일 수 없다는 것은 달랐 다. 이길 수 없어도 죽여야만 했다.

그것은 그에게 주어진 사명이었다. 아니, 그들이 심어준 피 의 숙명이었다.

죽인다!

죽이고야 만다!

어떻게 해서라도!

반드시!

필괴는 천천히 한 발을 내디뎠다.

8

'또 무엇을 하자는 것인가?'

상자강은 의아했다.

잠시 꼼짝도 않고 서 있던 사내가, 그러나 치열하리만치 살벌하게 노려보고 있던 사내가 다시금 그를 향해 다가서고 있었다.

양팔을 축 늘어뜨린 것으로 보아 그 엉뚱한 검초는 더 이상 펼치지 않기로 한 모양이었다. 그렇더라도 온몸을 활짝 열어 놓다시피 한 무방비였다. 무작정으로 덤벼들겠다는 것인가? 도대체 왜?

사내가 다가서는 만큼 뒤로 물러서면서, 상자강은 차라리 희미한 미소를 떠올렸다. 상대에 대한 조소는 아니었다. 지금의 상황에 대해 새삼 흥미가 생긴 때문이었다. 저 엉뚱하고도 기묘한 사내가 이제 또 다른 무엇을 보여줄지에 대한 궁금함이자 호기심 같은 것이었다.

그때였다.

"와~!"

"와아~!"

군중들 속에서 환호가 일고 있었다.

심지어 환호 중에는,

"필괴!"

"필괴!"

하고 연호하는 소리도 섞여 나오고 있었다. 덕분에 상자강은 사내의 이름이 필괴임을 짐작할 수 있었다. 외모나 행동만

큼이나 괴이한 이름이었고, 그로서는 당연히 처음으로 들어
보는 이름이었다.
　군중들의 연호는 이윽고,
　"싸워라!"
　"싸워라!"
　하는 것으로 더욱 커져 가고 있었다. 상자강은 물러서기를
멈추었다. 그리고 우뚝 버티어 섰다.
　"와아아~"
　사방이 떠나갈 듯이 군중들의 환호가 우렁찼다. 상자강으
로서는 난생 처음으로 받아보는 환호였다. 문득 그의 내부에
서 뜨거운 무언가가 끓어오르기 시작하는 것만 같았다. 군중
들이 한결같이 원하고 있는 것이 무엇인지는 분명했다.

9

　사내, 필괴는 그야말로 마구잡이로 덤벼들고 있었다. 권법
도 아니었고, 유술도 아니었다. 다만 내력의 기미가 전혀 없
는데도, 그 완력만큼은 제법 대단하다고 할 만했다. 그러나
무엇보다 대단한 것은 역시 그의 근성 내지는 독기라고 할 것
이었다.
　'이런 자를 두고 독종이라고 하는구나!'
　그런 실감이 절로 날 정도였다. 상자강으로서는 여태껏 한

번도 경험해 본 적 없지만, 저잣거리 부랑배들의 밑바닥 진흙
탕 싸움에서나 나올 법한 비열하고 치사한 수법들까지 마구
섞여 나왔다. 낭심을 차올리고, 눈을 찌르고, 할퀴고… 수단
과 방법을 가리지 않고 날뛰는 모습이 마치 한 마리 흉포한
악귀를 보는 것 같기도 했다.

그럴수록 군중들의 환호는 커져만 갔다. 그리고 그런 환호
에 호응하기 위해서라도 상자강은 경쾌하고도 멋들어진 보법
에다 금나수와 체술(體術)까지 섞어가며 시종 여유있게 필괴
의 공세를 피하고 되치고 젖혀 내고 있는 중이었다.

그러나 세상에 끝나지 않는 잔치는 없는 법이니, 상자강은
흥미롭지만 다분히 엉뚱한 이 한판의 놀음을 이제 그만 끝내
야겠다고 생각했다. 갑자기 우뚝 멈춰 서는 그에게서 어떤 결
단의 조짐을 읽었던지, 군중들은 열광하기 시작했다.

"와아아~!"

상자강은 사방의 군중들을 가볍게 한번 둘러보았다.

"와아아아~!"

거대한 환호 소리가 그의 가슴을 가득 채우고 있었다. 그리
고 그는 잠시간 군중들과 일체가 되는 느낌을 누려볼 수 있었
다.

그런데 그때였다. 어느 틈에 달라붙었던지 필괴의 두 팔이
그의 몸을 끌어안아 오고 있었다. 순간 상자강은 자책했다.
물론 아무리 긴장할 필요가 없는 상황이라고는 해도 잠깐의

방심을 한데 대한 자책이었고, 당황하거나 새삼 긴장할 것까지는 아니었다.

그러나 상자강은 곧바로 크게 당황하고 말았다. 그가 내력을 끌어올려 필괴의 두 팔을 풀어내려 하는데 대해, 필괴가 사뭇 완강하게 버텨 내고 있는 때문이었다. 필괴의 완력은 갑자기 크게 달라진 듯했다. 그가 다시금 내력을 증강시켰음에도, 가슴을 조여들고 있는 필괴의 팔을 좀처럼 풀어낼 수가 없었다.

게다가 이어지는 필괴의 마구잡이식 공격은 상자강을 더욱 낭패스러운 지경으로 몰고 가기에 충분했다. 필괴는 머리를 마구 찧으며 박치기를 시도해 왔고, 그것에 대해 상자강이 좁은 공간에서 겨우 손을 빼 그 머리를 막자, 필괴가 이번에는 그의 손을 마구 물어뜯으려고 드는 것이었다.

상자강이 낭패스러움을 넘어서 이윽고 절박해지기 시작했는데, 그가 지금 전력을 다 끌어올린 상태임에도 상대의 압박에서 여전히 벗어나지 못하고 있다는 점 때문이었다. 도저히 납득이 안 되는 상황이어서, 상자강은 지금 마치 한바탕의 악몽을 꾸고 있는 것만 같았다.

그런 중에도 필괴는 연신 몸을 뒤틀고 머리를 들이밀어 댔는데, 어떻게 감당이 안 되는 그 포악함에 결국은 두 사람의 얼굴이 맞대어지고 말았다. 그러자 필괴는 곧장 상자강의 코며 입을 물어뜯으려 들었는데, 지옥에 산다는 아귀가 정말로 있다면 바로 그런 형상일 듯싶었다.

그처럼 절박한 지경에 처하고 보자, 상자강은 마지막 비장의 한 수를 동원하지 않을 수 없었다. 그 비장의 수를 이럴 때 쓰리라고는 꿈에도 생각해 보지 못했던 것이지만, 지금의 상황에서 그가 이것저것 가릴 수 있는 처지는 못 되었다.

팅!

왼손을 가볍게 비틀자 팔목에 차고 있던 토시에 설치된 특수장치의 안전장치가 풀렸고, 순간 상자강은 한 자루의 작은 비수를 손아귀에 쥘 수 있었다. 이어 상자강은 지체없이 필괴의 옆구리에다 비수를 찔러 넣었다.

그러나 상자강의 그 시도는 성공하지 못했다. 그 순간에 필괴가 한 손으로 비수를 잡아버린 것이었다. 그런데 필괴가 움켜잡은 것은 비수의 날이었으니, 상자강은 침착하게 비수를 비틀었다. 금세 비수의 손잡이를 타고 따뜻한 액체가 흘러내려 그의 손을 흥건히 적셔 들었다.

그러나 이내 다시 상자강은 비수를 통제할 수 없게 되었다. 비수의 날을 잡고 있는 필괴의 손아귀가 돌연 엄청난 악력을 발휘하며 비수의 끝을 반대방향으로 돌려놓기 시작한 것이다. 가히 불가항력이었다. 필괴의 그 엄청난 힘은 상자강이 도저히 감당할 수 없는 것이었다.

상자강은 온몸으로 번져 나가는 절망과 공포를 절감하고 있었다. 그리고 다시 어느 순간부터는 역설적이게도 모든 것이 너무도 선명하게 느껴지는 것이었다. 주변의 모든 소리들과, 그 소리들의 주체들이 어떤 모습들인지, 어떤 표정들인지까지도 바로 눈앞에서 보는 듯이 생생하게 그려지는 것만 같았다. 그는 이제 곧 생사가 뒤바뀔 절체절명의 순간을 맞이하고 있는데, 군중들은 여전히 환호하고 있었고, 그들의 다른 한쪽에서는 비무대 위의 상황과, 또한 주변의 환호에는 전혀 관심 없이 먹고 마시고 웃고 떠들며 모처럼 만의 풍성한 잔치를 즐기기에 여념이 없는 모습들도 있었다.

이윽고 비수의 끝이 완전히 그에게로 돌려졌다. 그리고 다시 위로 들어 올려져서 그의 왼쪽 가슴을 뾰족하게 압박해 들기 시작했을 때, 상자강은 새삼 상대의 치열한 살의를 확연하게 느껴볼 수 있었다.

'왜? 도대체 왜 나를?

그러나 의문을 가질 여유는 길게 주어지지 않았다. 지독한 통증이 확연히 시작되고 있었다.

10

"말하라!"

"크~ 윽! 무엇을……?"

"오 년 전 황촌마을. 용건을 한 다섯 놈. 너는 흑룡건. 다른 네 놈은 누구냐?"

심장이 서서히 관통당하는 처절한 고통 중에서 상자강은 치열하게 기억을 헤집었다.

"그날 네놈들이. 내 아버지를 죽였다."

순간 상자강의 머랏속에서 일단의 기억조각들이 빠르게 아귀를 맞추어 갔다. 어느 깊은 산촌. 사냥꾼. 유황동굴. 사지를 모두 잘린 채 어린 아들의 품에서 휘뿌연 김을 뿜어 올리는 유황연으로 추락해 가던 짤막한 동체 하나. 그리고 다시 동체에서 분리되던 수급……

"아아~!"

상자강은 신음처럼 소리를 뱉었다. 고통과는 또 다른 깊은 탄식이었다. 그러나 상자강은 곧바로 사력을 다해 고개를 저었다.

"무슨 소리를 하는 것이냐? 나는 네 말에 대해 전혀 알지 못하니… 너는 필시 사람을 잘못 본 것이다."

절박한 부정이었다. 그러나,

"네 얼굴의 흉터."

차갑게 뱉어진 그 말에 상자강은 저도 모르게 온 신경이 얼굴로 쏠렸다. 손을 가져다 댈 수는 없으되, 마치 손으로 쓰다듬는 듯이 흉터의 미세한 촉감까지가 고스란히 느껴졌다. 더하여 화살이 이마를 지나 귀밑까지 찢고 지나가는 그날의 그 섬뜩했던 고통마저도 생생히 되살아나는 것만 같았다. 그러나 그는 더욱 강력하게 부정했다. 아니, 절박하게 호소했다.

"오래되어서… 겨우 흔적만 남은 흉터이다. 한데 그것을 가지고… 도대체 무엇을 어떻게 분별할 수 있단 말이냐?"

"그 상처가. 어디에서 시작되었고. 어떤 각도와 깊이로. 어느 부위를 어떻게 지나서. 다시 어디에서 끝이 나는지. 그때 나는. 모든 것을 기억했다. 필사적으로."

잠시 틈을 두더니 목소리는 소름 끼치는 증오를 담고 다시 이어졌다.

"그동안 나는. 수없이 상상하고. 또 상상해 왔다. 세월이 지나 아물면. 그 상처가 어떤 형상으로. 어떤 흔적으로. 남게 될지에 대해. 그러나 그것이. 그리고 너희들이. 어떻게 변했다 한들. 설령 죽어서 백골이 되었다 하더라도. 나는. 알아볼 수 있다! 그때 너희들의 모든 것이. 내 가슴 속에. 내 영혼에. 처절하게 새겨져 있으므로."

순간 상자강은 입을 딱 벌리고 말았다. 연이어 그의 온몸은 격렬하게 경련하며 자지러졌다. 비수가 불쑥 심장을 파고들면서 비명조차 토해내지 못할 정도의 끔찍한 고통이 엄습해 든 때문이었다. 한바탕의 소리없는 아우성이 지나간 후, 상자강은 마치 지옥을 경험하고 온 것처럼 두 눈이 잿빛으로 퀭해진 채 겨우 흘러나오는 소리로 더듬더듬 말을 뱉었다.

"제발……! 그때 우리는 모두 인피면구를… 각자의 아래 서열만 알 수 있었을 뿐… 난… 제일 아래 서열이라 아무것도… 모두의 실체를 아는 사람은… 대형(大兄)과 이형(二兄)

뿐……."

그러나 비수는 멈추지 않았다. 조금씩 조금씩 더 깊이 심장을 찔러 들었다.

파르르!

상자강의 온몸이 다시금 제멋대로 전율을 일으키고 있었다. 그리고 상자강은 직감하였다. 이제야말로 자신이 죽음의 마지막 문턱에 닿아 있음을.

"용… 종… 지… 희! 제발… 살려……."

마지막으로 호소했지만, 필괴의 눈빛은 차가운 채로 차라리 담담하게 가라앉아 있었다. 그럼으로써 너무도 선명한 살의(殺意)를 비치고 있었다.

"나를… 죽이면… 너… 또한… 결코……."

그러나 순간 상자강은 두 눈을 부릅떴다.

"허~ 으~ 으~ 읍!"

비수가 천천히 그의 몸을 빠져나가고 있었다. 그에 따라 상자강의 마지막 생명의 빛도 서서히 꺼져 갔다.

11

"피다~!"

비무대에서 가까운 쪽에 있던 군중들 쪽에서 누군가 놀라 소리쳤다. 서로 끌어안듯이 밀착해 있던 두 사람의 몸이 조금

떨어지면서 고여 있던 피가 주르륵 바닥으로 쏟아져 내렸기 때문이었다.

흑룡건의 눈빛에서 급격히 생기가 꺼져 가고 있는 것을 보며, 필괴는 비수를 완전히 뽑아냈다.

촤~ 악!

비수가 뽑힌 자리에서 세차게 핏줄기가 뿜어졌고, 흑룡건은 천천히 바닥으로 무너져 내렸다.

"너는 아직. 죽지 못한다!"

나직이 뱉으며 필괴는 쓰러진 흑룡건의 옆으로 무릎을 꿇듯이 하며 그대로 비수를 내려찍었다. 비수가 골반 아래 왼쪽 허벅지에 손잡이만 남기고 끝까지 박혀 들었다. 순간 흑룡건의 차마 감지 못하고 있던 두 눈이 미미하게 흔들렸다. 아마도 마지막 한 가닥의 고통이 새겨지는 것이리라.

놀라고 당황한 군중들의 웅성거림이 커지는 중에, 필괴는 차라리 비명처럼 부르짖었다.

"으와아~ 앗!"

비수의 날이 거칠게 뼈를 끊어내고, 힘줄을 잘라내고, 남은 살점과 마지막의 살갖마저도 완전히 베고 지나갔지만, 흑룡건은 이미 아무런 반응도 없었다.

죽은 자의 몸통에서 분리된 다리 한 짝이 푸들푸들 떨며 피를 뿜어내는 광경은 참혹하다 못해 혐오스러웠다. 군중들은 차마 비무대 위의 광경을 지켜보지 못하여 눈을 돌리고 말았

고, 그때까지도 먹고 마시는 데만 정신이 빠져 있던 일부는
주변의 질린 듯한 분위기에 그제야 비무대 위의 광경을 보고
서 곧장 토악질을 해댔다.

"이렇게 해야. 공평하지 않겠느냐?"

필괴가 죽은 자를 내려다보며 차갑게 뱉었다. 질펀한 핏속
에서.

12

장삼이 급히 비무대로 뛰어 올라갔을 때, 필괴는 여전히 죽
은 자를 내려다보고 있는 중이었다. 그러나 장삼은 곧바로 알
수 있었다. 필괴의 시선이 막상 어디에도 초점을 맞추지 못하
고서 그저 망연히 허공을 응시하고 있다는 것을. 그는 마치
혼자만의 생각 속에 갇혀 버린 듯했다.

장삼이 필괴의 손에서 가만히 비수를 빼앗으려 하자, 필괴
가 흠칫 놀라더니 이내 그를 알아보았는지 순순히 검을 넘겼
다.

그러더니 필괴는 갑자기 떨기 시작했다. 그의 그런 모습이
몹시도 이중적이라는 생각을 장삼은 언뜻 해보았다. 방금 전
에는 그처럼 엽기적이리만치 포악하고 잔혹하더니, 지금은
또 이렇게 여린 모습이라니 말이다.

장삼이 묵묵히 필괴의 어깨를 다독여 주자 필괴는 온몸의

힘이 빠지는 듯이 어깨를 기대어 왔다. 장삼이 묵묵히 지탱해 주자 그 빠르게 안정을 되찾아 가는 느낌이었다.

필괴가 문득 좀 전의 비수를 다시 달라고 하였는데, 장삼이 굳이 안 된다고 할 이유도 없기에 선선히 내어주자 그는 피가 묻은 그대로 비수를 자신의 품속에다 갈무리했다. 그런 필괴의 모습은 차라리 무심해 보이는 데가 있어서 장삼은 새삼 낯선 느낌이었다.

그런데 그제야 미처 살피지 못하고 있던 것들이 눈에 들어왔기에 장삼은 다시 당황스러워졌다. 필괴의 손바닥이 뼈가 보일 정도로 크게 베어진 채로 피를 떨구고 있었고, 사방의 군중들 사이에서는 필괴의 잔혹한 행위에 대해 비난하는 소리들이 높아져 가고 있는 중이었다.

장삼이 급한 대로 자신의 옷자락을 찢어 필괴의 손을 싸매고 있는 중에, 노일을 위시한 반회당의 무사 십여 명이 비무대 위로 뛰어 올라왔고, 그들의 보호 속에 장삼과 필괴는 급히 비무대를 내려왔다.

第二十三章
떠나다!

1

"어떻게 된 일이냐? 도대체 무슨 연유로 그런 참혹한 짓을 벌인 것이냐?"

필괴가 비무대 위에서 잔혹한 살인행각을 저질렀다는 보고를 받은 서량은 크게 노하여, 필괴 등이 복귀하자마자 즉시 반회당주 육도반과 함께 불러서 사건의 전말에 대해 추궁하는 중이었다.

그러나 서량이 필괴에게서 직접 대답을 들을 것이라고는 기대하지 못하였으니, 육도반을 향해 그간 확인된 내용이 있느냐고 눈짓을 줄 때였다.

"송구합니다. 그러나 저는. 아비를 죽인 원수를. 처단한 것입니다."

떨리는 목소리는 필괴의 것이었다. 서량이 필괴가 그런 정도로 말을 할 줄 안다는 사실에 대해 우선 놀라면서도, 사안이 사안인지라 다시 채근했다.

"자세한 얘기를 해보거라!"

필괴가 어눌한 말투로 힘겹게 말을 시작했다. 그리고 그의 얘기를 듣는 중에 서량과 육도반은 이내 표정이 무겁게 변하고 말았다. 참으로 처절하고도 안타까운 얘기였다.

특히 서량은 송장이나 다름없던 필괴의 생명을 직접 구하다시피 하였고, 또 지난 오 년여 간 식솔로 거느려 오고 있는 입장으로서, 필괴가 그처럼 처절한 원한을 가슴에 품은 채 홀로 감당해 왔다는 데 대해 진한 연민의 마음이 생기지 않을 수 없었다.

그때 필괴가 할 얘기를 다한 듯이 입을 다물자, 참지 못하겠다는 듯이 육도반이 불쑥하고 나섰다.

"그러니까 어쨌든 네가 그자에게서 알아낸 것이라곤 기껏, 그자가 제일 아래 서열이어서 다른 자들의 정체를 전혀 알지 못한다는 사실과, 뜻도 모를 '용종지회'라는 말뿐이다? 그리고는 그자의 정체도 확인하지 않은 채, 하다못해 이름조차도 물어보지 않고서 그냥 죽여 버렸다? 어허! 참으로 답답한 노릇이로구나! 그자 하나로 네 복수를 끝낼 것이 아니라면, 일단 살려서 무슨 단서 하나라도 더 캐냈어야지… 그처럼 경솔하게 덜컥 죽여 버리고 말았으니, 이제 너의 나머지 원수들은 또 어떻게 찾을 셈이냐? 이 광대한 천하를 샅샅이 다 뒤질 수도 없는 노릇이 아니더냐?”

필괴가 침울하게 고개를 떨구었기에, 서량이 가볍게 육도반을 질책했다.

“지금 그런 얘기가 당장에 급한 것은 아니질 않소?”

그러나 답답한 심정이기는 마찬가지였기에 서량이 가만히 한숨을 내쉬고는 필괴를 보며 말했다.

“갑자기 원수를 발견했을 때 너의 심정이 어떠했으리라는 것을 짐작 못할 바는 아니다만, 그래도 오늘 너의 행동은 너무 성급하고도 경솔했다. 그런 일이 있었다면 일단은 그자의 행적을 확보해 두는 정도에서 그치고 침착히 나중을 도모했어야지, 순간의 격정 따위를 이기지 못해 그처럼 수많은 눈들이 지켜보는 자리에서 공공연히 살인을 저지른 결과가 되고 말았으니… 당장에 관청에서도 너를 잡아들이지 않을 수는 없게 되지를 않았느냐?”

더욱 깊숙이 고개를 숙이고만 있는 필괴를 잠시 바라보다가, 서량은 문득 서두르는 투가 되었다.

“음! 어쨌든 일이 더 커지기 전에 일단은 성주부터 만나보아야겠다. 성주에게 네 딱한 사정을 설명하고, 선처를 호소해 보는 수밖에!”

그런데 그때 육도반이 조심스럽게 다시금 말을 꺼내는 것이었다.

"그런데… 용종지회라고 하면 강호상의 방파 이름 같기도 한데, 장주께서는 천하의 각파와 방회(幇會)에 대해 두루 해박하시니 혹시 비슷한 이름이라도 들어보신 적이 없으신지요?"

서량이 힐끗 육도반을 흘겨보며 가늘게 미간을 좁혔다. 그러나 곧바로 곰곰이 생각에 잠기는 모습으로 되더니, 이내 다시 고개를 가로저었다.

"글쎄! 지금으로서는 딱히 떠오르는 곳이 없구려!"

서량이 이어 필괴를 보며 덧붙였다.

"그러나 너무 절망할 것은 없다. 하늘의 섭리는 늘 엄정하니, 네 의지가 간절하다면 언젠가는 네 나머지 원수들을 찾을 수 있을 것이다!"

"세상 끝까지 가서라도. 반드시. 놈들을 처단할 것입니다!"

필괴가 가만히 중얼거린 데 대해, 서량은 묵묵히 고개만 끄덕여 주었다.

2

그날 저녁, 서량은 곧장 관청으로 들어갔다.

서량이 왜 급하게 찾아왔는지 짐작 못할 리 없는 성주의 안

색은 지레 무거웠다.

서량이 우선은 거느리고 있는 식솔이 뜻밖의 사건을 저질러 대회의 취지를 크게 훼손시킨 점에 대해 거듭 사죄하고, 이어 필괴의 안타까운 사정을 소상히 말한 다음에, 다시 조심스럽게 입을 뗐다.

"강호에서는 부모를 죽인 원수를 처단하는 것은 정당한 복수로 여겨 그 죄를 묻지 않는다고 합니다."

"강호의 법과 관부의 법이 어찌 같을 수 있겠소?"

성주가 사뭇 무겁게 받았기에, 서량이 공손히 허리를 숙여 보인 다음에 다시 신중하게 말을 이어갔다.

"물론 강호와 관부의 법은 엄연히 다르다고 할 것입니다. 그러나… 어쨌든 비무대회 중에 벌어진 일이 아니겠습니까? 무사들의 세계에는 '검에는 원래 눈이 없고, 무사의 승부에는 늘 죽음이 따라다닌다!'는 격언도 있습니다만, 승부를 겨루는 비무대 위에서 벌어진 사건이니만큼 참작의 여지를 좀 두어주십사 호소를 드리는 것입니다."

"어허! 수하를 변호하려는 장주의 심정은 알겠으나, 그런 말씀은 다분히 억지스럽소이다! 어쨌든 간에 수많은 군중들이 지켜보는 가운데서 그처럼 잔혹하기 이를 데 없는 살인사건이 벌어졌거늘, 만약 성주인 내가 적법하고도 엄정한 조치를 취하지 않는다면 성민들이 어찌 수긍을 하겠소?"

그에 서량이 더는 말을 꺼내지 못하고, 자리에서 일어나 깊

숙이 허리를 숙였다. 그런데 그가 계속 허리를 펴지 않은 채
로 있었으니, 성주가 곤혹스럽다는 기색으로 잠시간 지켜보
고 있더니 결국은 쓰게 웃으며 서량을 만류하였다.

"허허! 이것 참! 장주의 뜻이야 충분히 알고도 남음이 있으
니, 그만 자리에 앉으시오!"

서량이 조심스럽게 자리에 앉자, 성주는 오히려 달래는 듯
한 투로 되었다.

"어쨌든 명백한 살인범이니 당장에 잡아들이지 않을 수는
없는 노릇이고… 음! 이렇게 하는 걸로 하면 어떻겠소? 일단
은 투옥을 시킨 다음에, 한 몇 달간이라도 성내의 민심이 안
돈되고 난 다음에 다시 무슨 방법을 강구해 보는 것으
로……!"

그러자 서량이 선뜻 받아서,

"그보다는……."

하고는 뒷말을 줄였는데, 그 표정에서 막상 깊게 생각하는
기미가 비치지 않는다는 것을 알아채고 성주가 언뜻 이마를
찌푸렸다.

"이제 보니… 장주는 이미 다른 복안을 가지고 있었구려!"

그에 서량이 얼른 고개부터 숙였다.

"송구합니다."

힐끗 쏘아보는 성주의 눈빛에 언뜻 노기와 질책의 빛이
담기는 것 같았다. 그러나 성주는 이내 가만히 한숨을 내쉬

었다.

“그래, 장주의 복안이 무엇인지 한번 들어나 봅시다!”

서량이 얼른 대답했다.

“저희 용호장 자체적으로 필괴의 죄를 물은 다음에, 용호장에서 퇴출시키고 대도성을 떠나게 하는 것입니다.”

“그 말은 결국 죄인을 사사로이 도망시키겠다는 것 아니오? 그런 연후에 나더러 얼렁뚱땅 뒷수습이나 하라는 뜻이오?”

성주가 당장에 호통이라도 치려는 기세였지만, 서량은 더욱 차분한 기색이 되었다.

“지난번 정화단의 결성을 의논할 때 제가 성주님께 드린 말씀을 기억하십니까?”

“……?”

“그때 저는 당장의 손해를 감수하고라도, 나중의 더 큰 이익을 취하겠다고 말씀을 드렸습니다.”

“음……! 그 말이야 내 어찌 잊었겠소? 나와의 인연을 오래도록 이어가고 싶다고 하지 않았소? 내가 이 대도성을 떠난 뒤라도, 십 년, 이십 년, 그 이후까지라도 말이오!”

“저는 이제 그 나중의 이익마저도 감히 포기하겠습니다. 대신 이번 사건이 부디 원만히 수습될 수 있도록 선처해 주시기를 다시 한 번 간곡히 청하겠습니다.”

성주가 차라리 이채롭다는 듯이 잠시 서량을 보고 있더니,

문득 탄식을 뱉으며 말했다.

"허! 솔직히 나는 장주를 이해하기가 어렵소이다. 진정으로 수하의 무사 하나를 살리겠다고, 지금 그런 말까지를 하는 것이오?"

"비록 중대한 잘못을 범하긴 했으나, 어쨌든 제가 거느리고 있는 식솔이니 할 수 있는 한도 내에서는 책임을 져 주고 싶은 것입니다."

"음!"

잠시간 생각을 정리해 보는 듯하더니 성주가 이윽고는 천천히 고개를 끄덕였다.

"장주가 그렇게까지 생각을 하고 있다니… 어쨌든 한번 해 보는 걸로 합시다!"

서량이 얼른 자리에서 일어서며 깊이 허리를 숙였다.

"성주님의 은혜에 감사드립니다!"

"허허허! 새삼 느끼는 바이지만, 장주는 참으로 계산이 큰 사람임에 분명하오. 솔직히 그런 계산법에 대해서는 잘 이해가 되지 않지만 말이오! 그리고… 장주의 그 나중의 이익은 포기하지 마시오! 장주와의 인연을 십 년, 이십 년 후까지 지속해 가는 것은 나 또한 원하는 바이니 말이오!"

서량이 다시금 깊이 읍했다.

"감읍할 따름입니다!"

"너는 어찌 그러고 있느냐?"

얼굴을 들지 못하고 있는 필괴에게 서량이 온화한 목소리로 물었다.

"장주님의 은혜. 만분지일도 갚지 못하고. 또 다시 막대한. 심려를 끼쳐 드렸기에."

어눌한 말투이나마 그 진정을 읽을 수 있었기에 서량은 오히려 얼굴빛이 무거워졌다.

"네가 그리 말을 하니, 내가 오히려 미안하구나!"

필괴가 마음이 급하였던지 급하게 고개부터 가로저었다. 그에 서량이 가만히 고개를 끄덕이며 다시 말했다.

"자세한 사정 얘기는 하지 않기로 하마! 다만… 아무래도 네가 떠나는 수밖에 없을 듯하구나!"

"아……!"

필괴가 탄식처럼 나직이 뱉었다. 그러나 그는 이내 서량을 향해 깊숙이 허리를 숙여 보이고는 차분한 기색으로 입을 열었다.

"그렇지 않아도. 원수들을 찾아. 강호로 나갈 생각을 하고. 장주님께 허락을. 구하려던 참이었습니다."

서량이 담담히 물었다.

"강호는 도산검림(刀山劍林)이라고 불릴 만큼 험난하고 온갖 위험이 도사린 곳이다. 너는 능히 헤쳐 나갈 수 있겠느냐?"

필괴가 대답 대신 묵묵히 허리를 숙였다. 그런 필괴를 잠시 바라보고 있다가, 서량이 또한 묵묵히 고개를 끄덕여 주었다.

4

"나는. 오늘 밤. 용호장을 떠날 것이다."

필괴의 말에 장삼은 벌컥 화부터 냈다.

"장주가 그리하라고 하더냐?"

필괴가 대번에 정색으로 되었다.

"함부로. 말하지 마라. 오히려 내가. 강호로 나가겠다고. 간청을 한 것이다."

장삼이 '흥!' 하고 나직이 코웃음을 쳤으나, 이내 고개를 주억거렸다.

"좋다! 나 또한 더는 이곳에 미련이 없으니, 네가 떠나겠다면 나도 따라가겠다."

"그건. 안 된다."

"어째서?"

"너까지. 위험에 빠뜨리고. 싶지는 않다."

장삼이 씩 웃으며 짐짓 장난스레 받았다.

"뭐, 좋다! 나도 싫다는 놈 억지로 따라다닐 생각은 없다.

그럼 넌 네 갈 길로 가고, 난 내 갈 길로 가면 될 것 아니냐?"

그러자 필괴가 잠시 장삼을 바라보고 있더니 천천히 입을 열었다.

"장삼! 그동안. 정말 고마웠다. 네게 많은 도움을. 받았다. 결코 잊지. 않으마!"

장삼이 이번에도 가볍게 웃어 넘겼다.

"간지러우니 괜한 말일랑 하지 마라! 어쨌든 우리의 인연이 남았다면 언젠가는 다시 만날 수도 있을 것이다. 아니, 우리는 반드시 다시 만날 것이다! 우리는 친구니까! 안 그러냐?"

필괴가 새삼 뭉클해지는데, 장삼은 문득 진지한 눈빛이 되어 있었다.

"강호에 나가서는 누구도 믿지 마라! 마지막까지 믿을 건 오로지 너 자신뿐이란 걸 늘 명심해라!"

"음!"

"다만 한 사람은 끝까지 믿어도 좋다. 바로… 나!"

그 말에는 필괴가 어쩔 수 없이 피식 웃고 마는데, 장삼이 짐짓 서두르며 말을 이었다.

"나 또한 신변 정리할 것들이 좀 있으니, 그것들을 처리하는 대로 너를 찾아가마!"

필괴가 다시금 피식 웃고 말자, 장삼이 설핏 미간을 찌푸리며 물었다.

"왜? 드넓은 강호에서, 네가 어디에 있을지 어떻게 알고 찾아가겠느냐고?"

그러나 장삼은 가볍게 웃으며 스스로 답을 내놓았다.

"하하하! 그런 걱정은 하지 않아도 좋다. 내가 다른 건 몰라도 사람 찾는 재주 하나는 천하제일인 사람이니 말이다."

이어 장삼은 덥석 필괴의 손을 잡았다.

"자! 이별은 빠를수록 좋다고 하는 말도 있거니와, 나야 뭐 챙길 것이 딱히 있지도 않으니 나부터 먼저 떠나겠다! 한 번 더 당부하건대, 다시 만날 때까지 부디 자중자애하거라!"

장삼이 잡았던 손을 놓고 돌아서더니 성큼성큼 걸어가 버리는데, 너무도 간단하고 간결하여 마치 장난인 것도 같았다. 그러나 필괴는 알 수 있었다, 장삼이 지금 정말로 떠나는 것임을.

필괴는 잔잔한 미소로써 장삼을 배웅했다. 장삼의 뒷모습이 시야에서 완전히 사라질 때까지.

5

정오 무렵. 용호장의 대문에 일단의 방문객이 나타났다.

한 명의 노인과 다섯 명의 중년인인 그 일행들은, 자신들의 신분조차 말하지 않고서 대뜸 장주를 만나야겠다며 그대로 대문을 박차고 들듯이 사뭇 거칠게 위사들을 압박했다.

그런데 그들의 기세와 풍모가 한눈에 보기에도 범상치 않았기에, 위사들이 몸을 던지듯이 하며 그들을 막는 한편으로 급히 내당에다 연락을 취하였다. 그런데 마침 장주가 출타 중이었기에, 보고를 받은 내당의 당주 국조일은 즉시 반회당으로 사람을 보냈다.

반회당주 육도반이 정문으로 나왔을 때는, 방문객들의 압박을 감당하지 못한 위사들이 이윽고는 대문의 문턱 안까지 한 발을 밀리고 있는 지경이었다.

"노부는 본 용호장의 반회당주 육도반이라고 하오! 귀하들은 무슨 용무이시오?"

육도반의 나직한 그 외침에 심후한 내력이 녹아 있었기에 순간 방문객들의 주의가 일시에 육도반에게로 향했다. 이어 육도반의 뒤로 다시 사공승과 반회당의 무사들 십여 명이 도열해 설 때, 방문객들 중에서 한 사람이 천천히 앞으로 나섰다.

"노부는 풍뢰문(風雷門)의 순찰당주 주단고(朱旦考)요!"

순간 육도반은 흠칫 놀라지 않을 수 없었다. 풍뢰문이라면 강호의 무수한 문파와 세력들 중에서도 능히 이십 위권 안에 드는 강대문파였으니 말이다. 그러나 육도반은 애써 담담하게 받았다.

"아! 풍뢰문의 주 당주이셨구려!"

주단고가 언뜻 이채를 띠었으나, 다시 어조를 강하게 하며 말했다.

"노부 등은 귀 장주를 뵈러 왔소!"

육도반이 짐짓 미간을 한번 좁혔다가는 다시 펴며 담담하게 대답했다.

"우리 장주님께서는 지금 출타 중이시니, 오늘은 약속을 먼저 정한 연후에 다른 날 다시 왕림해 주셔야겠소이다."

주단고의 안광이 한층 강해졌다.

"그럴 수는 없소! 지금 당장 해결해야만 하는 긴급한 문제가 있으니, 오늘 중으로는 반드시 뵈어야만 하오!"

육도반이 또한 약간의 내력을 더하며 상대의 안광을 맞받았다.

"그렇다면 본 당주에게 먼저 말씀을 해보시는 것이 어떻겠소? 장주님의 부재 시에 본 당주에게 위임된 일부의 권한이 있으니, 그 한도 내의 문제라면 우선 대처가 가능할 수도 있으니 말이오!"

주단고는 점점 당혹스러워하고 있는 중이었다. 앞에 선 육도반이란 인물이 풍겨내는 기도가 결코 범상한 것이 아닌 데다, 더욱이 그의 뒤로 엄정하게 도열해 선 십여 명의 인물 또한 결코 만만치가 않아 보였으니, 기껏 변방의 성에 소재한 일개 장원 따위가 이런 정도의 인력을 수용하고 있으리라고는 미처 짐작도 하지 못했던 일이었다. 어쨌든 계속 뻗대고 나가기에는 부담스러워졌기에 주단고는 일단 조금쯤 기세를 누그러뜨리기로 했다.

"이곳에 필괴란 자가 있다고 알고 왔소! 노부는 그자를 찾아왔소!"

육도반의 눈빛이 가볍게 흔들렸다.

"필괴는 어찌 찾으시오?"

"그자를 체포하여 본문으로 압송하기 위함이오!"

육도반의 얼굴이 딱딱하게 굳어졌다. 그러나 그는 차분함을 잃지 않으며 다시 물었다

"무슨 사정인지 자세히 말씀해 주시겠소?"

"우리는 강호행도 중인 본문의 대공자를 원거리에서 호위하는 임무를 수행하고 있는 중으로, 며칠 전부터 대공자와의 연락이 끊어졌기에 긴급하게 그 행적을 추적해 왔소. 한데 이곳 대도성에서 청천벽력 같은 소식을 접하게 되었는데, 대도성주가 주최한 비무대회에서 우리 대공자가 끔찍한 참변을 당했으며, 그 흉수가 바로 용호장의 필괴라는 것이었소."

육도반이 잠시 틈을 두었다가 무거운 목소리로 말했다.

"음! 분명 그런 일이 있었소. 그러나 죽은 사람의 신분을 알 수가 없었는데, 그가 바로 풍뢰문의 대공자였다니 참으로 믿기 힘든 사실이구려!"

"시신이 매장된 곳을 찾아 수습까지 마친 다음에 곧장 이리로 달려오는 길이오!"

육도반이 길게 한숨을 내쉬고 난 다음에 주단고를 향해 정

중하게 포권했다.

"이제나마 깊이 애도를 표하는 바이오! 참으로 안타까운 사건이었소이다!"

그러나 주단고는 답례하는 대신 날카롭게 받았다.

"애도는 나중의 일이오! 일단은 흉수를 체포하는 일이 우선이고, 곧바로 본문으로 압송하여 사건의 모든 경위에 대해 엄정한 조사가 있게 될 것이오. 그리고 그 결과에 따라 조금이라도 관련이 있는 자들은 어느 누구라도 결코 책임을 면하지 못할 것이오!"

육도반이 차분하게 받았다.

"그러나 주 당주께서는 한 발 늦으신 것 같소!"

"늦다니, 그게 무슨 소리요?"

"필괴는 이미 이곳에 있지 않소!"

주단고의 눈빛이 번뜩하고 매서운 안광을 토해냈다.

"용호장이 이미 책임에서 자유롭다고는 못할 것인데, 나아가 감히 흉수를 숨기려 하다니… 본 풍뢰문에서 조금이라도 용납할 것 같소?"

육도반이 문득 눈빛을 깊게 하였다.

"귀하의 어려운 입장과 참담한 심정을 짐작하지 못하는 것은 아니오. 그러나 지금은 그런 말씀을 하기보다는 일단 정확한 사정부터 듣고 나서 당장의 급한 일이 무엇인지 판단하는 것이 우선이 아닐까 하오만……?"

“무엇이……?”

두 사람 사이에서 대번에 팽팽한 긴장과 살기가 감도는 중에, 육도반이 담담한 투로 다시 말을 이었다.

“말씀드렸다시피 당시에는 죽은 사람이 귀문의 대공자라는 사실을 누구도 짐작조차 하지 못했소. 다만 필괴가 비무대회 중에 살인을 저지름으로써 본장의 명예를 크게 실추시켰기에 즉시 율법에 의거 퇴출 조치를 한 것이오. 그러므로 필괴는 이미 본 용호장의 사람이 아니올시다!”

“그게 사실이오?”

“우리 용호장이 비록 작은 상단에 불과하나, 결코 임시의 곤경을 모면하기 위해 거짓을 모색하는 곳은 아니오! 더욱이 강호에서 풍뢰문의 위명이 어떠한 것인지 모르지 않는 바인데, 기껏 하급무사였던 자 하나 때문에 무모함을 자처할 까닭이 있겠소?”

주단고가 언뜻 당황한 기색으로 되었다.

“그자가 용호장을 떠났다면 정확하게 언제, 어디로 갔단 말이오?”

“본 장을 떠나기는 이틀 전… 해시(亥時) 말(末) 즈음이오! 그러나 그가 어디로 갔는지는 우리도 알지 못하는데… 다만 관부에서도 벌써부터 체포령이 내려져 있는 중이니, 아마도 그 길로 곧장 대도성을 떠나지 않았을까 추정만 해볼 뿐이오!”

그러자 주단고는 이윽고 서두르는 기색이 역력해졌다.

"지금은 흉수를 뒤쫓는 일이 시급하니 일단은 물러가겠소! 그러나 이것으로 용호장이 책임을 면하기는 어려울 것이니, 조만간 우리는 다시 보게 될 것이오!"

육도반이 끝까지 차분하게 받았다.

"언제든… 성의껏 응하도록 하겠소!"

6

"흠! 풍뢰문이라……! 뜻밖에도 그 아이는 제법 대단한 상대를 원수로 두었군!"

백의 청년의 말을 서량이 차분하게 받았다.

"그동안 본 장 안에서만 지내온 아이인데, 갑작스레 거친 강호로 나갔으니 어떻게 견딜까 싶습니다. 더욱이 풍뢰문의 추격까지 받는다면, 얼마 버티지 못할 것은 불 보듯 뻔하다고 할 것인데……."

백의 청년이 가만히 웃으며 물었다.

"장주는 무슨 말을 하고 싶은 것이오?"

"그러니까… 그 아이가 본 장에 대해 끝까지 성의를 다하려 했던 점을 보아서라도… 최소한의 도움이라도 주었으면 어떨까 해서……. 당장 풍뢰문의 추격이라도 벗어날 수 있도록 말입니다!"

백의 청년이 웃음기를 거두며 가만히 고개를 저었다.

"스스로 원했든, 원하지 않았든, 그 아이는 이미 강호에 발을 들여놓은 것이니, 이제부터의 모든 것은 그 아이 스스로 책임을 져야 할 일! 강호란 어차피 약육강식, 적자생존의 냉혹한 세계이니, 스스로 지켜내지 못한다면 의당히 도태되어야 하는 것이 강호를 살아가는 모두가 감수해야만 할 운명이 아니겠소? 더하여……."

그 대목에서 백의 청년은 잠시 말을 멈추었다가 다시 이었다.

"나는 그 아이가 스스로를 지키는 데 그치지 않고, 한발 더 나아가 스스로의 존재 가치를 보다 적극적으로 키워 나가기를 기대하고 있소!"

"그건 또… 어떤 의미이신지……?"

"만약에… 만약에 말이오! 필괴가 풍뢰문과 부딪쳐서도 쉽게 꺾이지 않고 능히 버텨낸다면… 어쩌면 그 아이를 둘러싼 상황은 우리가 전혀 생각지 못한 새로운 양상으로 전개될 수도 있겠다는 생각이 들어서 말이오!"

서량이 언뜻 당혹스러운 기색이 되어 잠시 생각에 잠기고 나서야 말을 받았다.

"음……! 주군께서 생각하시는 그런 상황이 과연… 가능하기나 하겠습니까?"

"하하하! 그러니까 만약이라고 하질 않소? 그리고 세상사란 때로 누구도 짐작할 수 없는 쪽으로 전개되기도 하는 것이 아니겠소? 어쨌든 만약에 일이 그렇게 전개된다고 가정을 해 본다면 말이오. 흠! 나도 한번 계란이 되어볼 작정까지를 해 보고 있는 중이오. 거대한 바위에 부딪쳐 그대로 박살이 나고 말지라도 말이오! 후후! 사실은 그런 생각만으로도 벌써부터 흥분이 되니, 정말로 그런 일이 사실이 되면… 정말로 재미있을 것 같지 않소?"

서량이 대답하지 않고 묵묵히 있다가는, 조심스럽게 입을 열었다.

"그 아이에 대해 그처럼 생각하신다면, 차라리 지금이라도 주군의 직속으로 들이는 것은 어떠실지……? 그 아이의 충직함과, 그동안 보여준 잠재 역량이라면 분명 크게 쓰일 수도 있지 않겠습니까?"

백의 청년이 서량과 정면으로 눈을 맞추듯이 하며 천천히 말했다.

"흠! 충직함이라……! 그러나 그 아이의 충직함이란 장주가 그 아이에게 베푼 은혜에 대한 것인데, 정작 아무것도 베푼 것이 없는 내가 단지 장주의 주군이라는 신분을 빌미 삼아서 그 아이에게 같은 정도의 충직함을 보이길 기대한다는 것은 어렵지 않겠소? 더욱이… 너무 염치없는 짓이지 않겠소?"

"그 말씀은……?"

서량이 당황하고 마는데, 백의 청년이 '하하하!' 크게 웃고 나서 이었다.

"아니오! 사실은 이놈의 주군놀이가 이제는 지긋지긋해져서 그렇소! 그동안 주군으로서 이룬 것이라곤 하나도 없이 때를 기다린다는 핑계로 내내 회피만 해왔으니, 생각해 보면 그것이 결국은 내게 주군으로서의 자질과 역량이 모자라서일 터! 그런데 아무 대책도 없이 어찌 또 새로운 추종자를 만들 것이오?"

"아아! 주군! 어찌 그런 참담한 말씀을……?"

서량이 이윽고는 탄식조로 되고 마는데, 백의 청년은 오히려 흔쾌한 듯이 빙그레 미소를 떠올렸다.

第二十四章
폭설(暴雪)

1

필괴는 관도를 버리고 산중으로 접어드는 중이었다.

대도성에서는 시간의 흐름조차 잘 모르겠더니, 산중으로 조금 접어들자 계절은 어느덧 가을을 지나 완연한 겨울로 접어들어 있었다. 몰래 첫눈이 왔던지 응달과 비탈에는 소복이 흰 눈이 쌓여 있었다.

그가 관도를 버리고 산중으로 접어든 것은 언제부터인가 문득 쫓기는 느낌이 들어서였다.

정말로 쫓기고 있다는 확신은 없었다. 이상한 낌새 같은 것이 있는 것도 아니었다. 다만 느낌일 뿐이었다.

그러한 느낌을 뭐라고 구체적으로 말할 수는 없었다. 그냥 막연한 직감 같은 것이랄까? 그러나 그는 그것을 믿었기에 일단 산중으로 방향을 택한 것이었다.

산중으로 들어온 다음의 어떤 계획이나 방도가 따로 있는 것도 아니었다. 다만 산이야말로 그에게 가장 익숙하고도 편안한 곳이었기 때문이었다.

'누굴까?

그의 느낌이 정말로 맞는 것이라면, 그리고 관도를 버리고 산중으로 피했음에도 끝까지 쫓아온다면, 그에게 감정이나 원한을 가질 만한 자들일 것이었다.

'장복방……? 적색지대……?

그러나 그들이 확률은 작았다. 그가 대도성을 떠난 지 벌써 사흘째였다. 만약 그들이었다면, 진작에 행동을 취했지 지금껏 기다리진 않았을 것이다.

'그렇다면……?

남은 가능성은 한 가지였다. 사실 그것이야말로 가장 큰 가능성이며, 동시에 그가 오히려 고대하고 있는 가능성이었다.

바로 그가 죽인 흑룡건과 관련이 있는 자들일 것이다. 그럼으로써 끊어져 버린 단서를 새로이 이어줄 자들!

2

필괴는 칠부 능선까지 곧장 올라간 다음에야 등성이를 가로질렀다. 겨울산의 칠부 능선은 스스로의 동선을 드러내지 않으면서도 넓은 시계를 확보하기에 맞춤이었다.

문득 하늘이 거뭇거뭇해진다 싶더니 슬금슬금 눈송이가 떨어지기 시작할 즈음, 필괴는 등성이 저 아래쪽의 돌무더기 계곡을 거슬러 오르는 사람의 모습 하나를 발견했다.

그런데 하나가 아니었다. 옆으로 일백 보쯤 떨어진 곳의 키 작은 수풀 사이로 또 하나의 모습이 언뜻 드러났다.

필괴는 그자리에 멈춰 섰다. 앞으로 나아가는 일보다는 그를 쫓는 자들의 수가 과연 몇이나 되는지 정확히 파악하는 일이 우선이라는 판단이었다.

'셋!'

'넷!'

그들의 모습은 간격을 두고 하나씩 늘어났다.

'다섯!'

'여섯'

슬금슬금 내리기 시작한 눈이 어느새 함박눈으로 바뀌고 있었다. 그러나 다시 반각여가 지날 때까지 더 이상의 사람은 발견되지 않았다.

그는 빠르게 상황을 정리했다.

모두 여섯 명!

상호간 백 보쯤 간격을 두고서 그물망을 치듯이 산 정상을 향해 훑어 올라오고 있다는 것에서, 그들은 지금 그의 흔적을 밟아오는 중인 동시에 도주로(逃走路)까지 사전 봉쇄하면서 포위망을 좁혀오고 있는 중!

그들의 움직임이 빠르고 민첩하다는 것은, 곧 강호의 무사들이란 것!

그는 멀리 사방을 훑어보고 다시 하늘을 올려다보았다. 온 천지가 뿌옇게 흐린 중에 시커멓게 보일 정도로 굵은 눈발이 펑펑 쏟아지고 있었다.

그는 어떻게 할 것인지를 결정했다.

적들보다 빨리 움직일 수 없다는 판단인 한, 멀리 갈 수는 없다!

목표 지점은 아래쪽의 깊숙한 계곡!

그는 곧장 가장 단거리가 되는 비탈 쪽을 타고 내려가기 시작했다. 걷기보다는 미끄러져 내리는 쪽을 택했다.

흔적이 남는 것은 어쩔 수가 없었다. 중요한 것은 최대한 빨리 목표 지점에 도착해서 촌각의 시간이라도 더 확보해야 한다는 것이었다.

계곡은 사방 산비탈의 끝자락들이 모여드는 합곡(合谷)의 지형을 이루고 있었다. 시간은 많지 않았다. 최대한 빠르게, 그리고 완벽하게 매복을 한 상태에서 적을 기다려야만 했다. 다행인 것은 그의 흔적들이 빠르게 눈에 덮이고 있어서, 적들이 도착할 즈음에는 충분히 지워져 있을 것이란 점이었다.

계곡의 바닥에는 이전의 녹지 않은 눈이 허리 어림까지나

쌓여 있는 데다, 다시 그 위로 빠르게 눈이 쌓여가고 있는 중이었다. 그는 허리에 차고 있던 검을 등 뒤로 단단히 묶고, 눈을 파기 시작했다.

아래쪽의 조금 딱딱한 눈을 딱 몸 하나 들어갈 만큼의 넓이로 바닥까지 파고 그 안으로 들어간 다음, 그는 품속에서 비수를 꺼내어 손에 잡았다. 그리고 깊게 웅크린 다음에 다시 주변의 틈과 머리 위로 눈을 채웠다. 그 위쪽으로 다시 눈이 쌓일 것이니 역시 흔적은 남지 않겠지만, 강호 무인들의 감각이 상상할 수 없을 만큼 예리하다는 걸 모르지 않으니 완벽하리라는 보장은 할 수 없는 일이었다.

그는 천천히 숨을 골랐다. 최대한 깊게, 그리고 최대한 가늘게. 그것만이 지금 그가 할 수 있는 최선, 아니, 유일한 일이었다.

터질 듯이 긴장된 시간들이 쏜살같이 지나갔다.

이윽고 기척, 혹은 느낌 하나가 다가왔고, 그에게서 아마도 십 보쯤 떨어졌지 싶은 지점을 지나갔다.

'하나!'

그는 마음속으로 가만히 세었다.

반각을 다시 반으로 쪼갠 정도의 시간이 지났을 무렵, 두 번째의 기척이 다가왔다.

이번의 기척은 그의 머리 바로 위쯤으로 지나갔다.

'둘!'

그는 다시 마음속으로 세었다.

그가 기다리는 것은 마지막의 기척이었다.

'셋!'

'넷'

'다섯!'

비슷한 시간 간격으로 기척들이 그의 가까이로, 혹은 제법 떨어진 곳으로 지나갔다.

그리고 마침내 여섯 번째의 기척이 다가오고 있었다.

순간 억눌러 두고 있던 갈등 하나가 치열하게 그의 뇌리 속을 치달렸다.

'마지막 기척이 바로 가까이로 지나가지 않는다면……?'

기습의 묘를 제대로 살리지 못하는 상황에서 상대를 처리할 공산은 지극히 낮았다. 더욱이 앞서간 자들이 눈치채지 못하게 조용히 처리하기란 불가능하다고 해야 했다. 그러나 그럼에도 불구하고 시도를 할 것인가, 말 것인가 하는 갈등이었다.

'제발!'

갈등은 이내 기원이 되었다.

이름 모를 이 산에 깃든 신령이시여!

멀리 황촌의 화산을 지배하는 우릉아제시여!

와릉아제시여!

원귀가 되어 구천을 떠돌고 있을 아버지의 혼령이시여!

기척이 머리 위를 밟고, 다시 한 걸음을 내딛는 바로 그 순간! 필괴는 번개처럼 몸을 일으키며 비수로 사내의 목을 찔렀다.

"컥……!"

사내는 제대로 비명조차 지르지 못했다. 필괴의 다른 한 손이 재빨리 사내의 입을 틀어막았으므로.

비수는 조금 틀어져 엇비슷하게 사내의 목에 박혔다. 의도적이었다. 그 방법밖에는 없었다. 죽이지 않고 제압할 방법이.

다급하고 고통스러운 호흡을 따라, 사내의 목에서는 더운 피가 뭉클뭉클 쏟아져 나왔다.

"누구를. 쫓고 있는 것이냐?"

필괴의 차가운 물음에 사내는 고통과 공포에 몸부림치며 거친 쉿소리로 겨우 대답했다.

"크으으……! 필괴……!"

"너는. 누구냐?"

"풍뢰문의… 조전(曺詮)……!"

"왜 나를. 쫓지?"

"당신이… 대공자를 죽였으니까……."

'대공자? 대도성의 비무대회에서. 내게 죽은 자가. 풍뢰문의 대공자였단 말이냐?'

그런데 필괴가 묻는 한편으로 가만히 되뇌어 보는 중에, 순간 조전이 와락 그를 밀치며 앞으로 달려나갔다.

그러나 필괴가 미처 잡지는 못한 중에도 강건한 완력으로 비수를 놓치지 않았고, 그런 채로 조전이 앞으로 두어 걸음이나 달려나갔으니, 결과적으로는 그의 목이 반 너머나 크게 베여 덜렁거리는 지경이 되고 말았다.

털썩!

조전이 목을 움켜잡은 채 눈 바닥 위로 무릎을 꿇었는데, 그의 목에서 분수처럼 뿜어져 나오는 핏줄기가 금세 주변의 눈밭을 선명한 붉은색으로 물들이며 녹이고 있었다.

"크… 와아~ 앗!"

조전의 입에서 비명인지 절규인지 모를 소리가 터져 나올 때, 필괴가 곧바로 쫓아가 그의 등에다 비수를 박아 넣었다.

"컥!"

외마디 비명을 내지른 조전의 몸이 부들부들 떨리면서 빠르게 경직되어 갔다.

그때였다.

"조전! 무슨 일인가?"

앞쪽에서 외침 소리가 들려 왔다.

백 보에서 백이십 보 거리! 순간의 판단과 동시에 필괴는 조전의 몸에서 비수를 뽑아냈다. 그리고 그대로 몸을 돌려 달리면서 비수를 품속에 갈무리하고, 등에 메었던 검을 풀어 손에 잡았다.

적들이 되돌아오기 전에 최대한 멀리 도망쳐야만 했다.

이십 보쯤 달리자 곧장 산비탈이었다. 폭설은 점점 기세를 더하고 있어서, 이제는 열 걸음 밖도 분간이 어려울 정도였다. 그리하여 필괴는 미리 익혀둔 감에만 의지하여서 사력을 다해 비탈을 기어올랐다.

"조전이 당했다!"

비탈 아래쪽에서 경악과 분노를 담은 외침이 터져 나왔고, 다시 약간의 시간이 지나서 또 다른 자의 목소리가 더해졌다.

"놈은 멀리 가지 못했다. 내가 최대한 앞질러 가서 되짚어 올 테니, 너는 동료들을 기다렸다가 포위망을 좁혀오거라!"

"예! 당주님!"

4

적들이 뒤를 쫓는 느낌이 그리 급박하지는 않았다. 오히려 사방으로 분산된 채로 조금씩 멀어지고 있는 느낌인 것을 보면, 역시 폭설 때문에 그의 흔적을 제대로 발견해 내지 못하고 있는 것 같았다.

필괴는 그제야 적잖이 안도하였다. 그가 원했던 것은 이미 얻었기에, 이제부터는 적들로부터 도망치는 일만 남았다. 그리고 이 폭설의 기세는 좀처럼 누그러질 것 같지 않으니, 시간이 지날수록 그는 적들로부터 멀어질 수 있을 것이었다.

'풍뢰문 대공자!'

그가 다시 한 번 새겨볼 때였다.

팟!

앞쪽에서 무언가가 번개처럼 그를 향해 덮쳐들었다.

순간 기겁한 것과는 별개인 것처럼 그의 몸이 먼저 반응했다. 손에 잡고 있던 검을 검집째 앞으로 뻗어낸 것이다.

"놈!"

쾅!

짧은 호통 소리와 묵직한 폭음이 한순간에 터져 나왔다. 동시이다시피 필괴는 가슴에 강한 충격을 받고 그대로 뒤로 튕겨 나가고 말았다.

5

"크으~ 읍!"

주단고(朱旦考)는 순간의 충격에 전율하다가 촌각이 지난 다음에야 답답한 숨을 뱉어낼 수 있었다.

분명히 그가 선수(先手)였다.

그런데 분명히 그가 먼저 상대의 가슴에 일장을 명중시켰건만, 확실히 늦게 반응한 상대의 후수(後手)가 어찌하여 계속 기세를 유지하며 그의 명치에 꽂혀들 수 있었는지 도무지 이해할 수가 없었다.

어쨌거나 새삼 소름이 확 돋았다. 검집이 아니라 검신(劍身)이었다면, 그는 즉사했을 것이다.

그러나 길게 감상을 되새길 때는 아니었기에, 그는 즉시 앞으로 달려나갔다.

그의 일장을 맞고 튕겨 나간 자, 필괴를 잡는 일이 급선무인 것이다. 그러나 그는 이내 무거운 탄식을 뱉고 말았다.

"이런……!"

지금 그가 딛고 선 바로 밑은 막막한 허공이었다. 휘뿌연 눈보라 속이지만 아래쪽에서 세차게 소용돌이치며 올라오고 있는 매서운 바람은, 그 아래로 펼쳐진 절벽이 결코 얕지 않음을 웅변하고 있었다.

또한 그의 발 바로 아래, 방금 무너진 눈 바닥 밑으로 드러난 검붉은 흙과 꺾어진 나뭇가지 등은 필괴가 비탈 아래쪽으로 굴러 떨어졌음을 확연히 보여주고 있었다.

6

필괴는 정신없이 굴러떨어지고 있었다. 그가 할 수 있는 것이라곤 머리를 감싸고 온몸을 최대한 둥글게 마는 것밖엔 없

폭설(暴雪) 227

었다. 그렇게 얼마나 추락했을까?

쿵!

무언가에 정통으로 부딪쳤는지 호된 충격에 필괴가 정신을 잃고 말았는데, 얼마 만인지 퍼뜩 정신을 차리고 몸을 일으키려니 온몸의 뼈마디가 전율하듯이 고통을 호소했다.

그러나 잠시라도 이렇게 소비하고 있을 시간은 없었다. 도망쳐야만 했다. 단 한 번의 장력으로 그를 튕겨내 버린 그 노인만 하더라도 그가 도저히 감당하지 못할 강호의 고수였는데 다시 네 명이 더 남아 있으니, 아무리 폭설이 계속된다고 하더라도 저들은 곧 그의 흔적을 찾아 추격해 올 것이었다.

욱신거리는 몸을 억지로 추슬러 일으키는 대로 그는 일단 주변의 지형부터 관찰했다.

보이는 윗쪽은 절벽이나 다름없는 급경사였고, 아래쪽으로 또한 다시 얼마나 더 이어질지 모를 가파란 비탈이 뿌연 눈보라 속으로 이어지고 있었다.

지금 그가 있는 곳은 급경사의 비탈 중에 턱처럼 튀어나온 좁은 돌출지형이었는데, 그의 바로 위에는 키 작은 소나무 한 그루가 있었다. 그런데 주변의 다른 나무들이 한결같이 흰 눈을 버겁도록 뒤집어쓰고 있는 중에 그 소나무만이 홀로 푸른 잎들을 드러내고 있었으니, 필시 그는 그 소나무에 걸린 다음에 천만다행으로 이 좁은 곳으로 떨어진 것일 터였다. 그리고 그나마도 바닥에 눈이 두텁게 쌓여 있지 않았다면 그가 이런 정도로 무사하지는 못했을 것이었다.

그가 다시금 주변을 둘러보던 끝에 옆쪽에서 어른 몸통만한 바위 하나를 발견하고 서둘러 눈을 치웠다. 그리고 힘껏 밀어보았지만 바위의 밑 부분이 땅에 얼어붙었는지 꿈쩍도 하지 않는 것을, 다시 몇 번이나 온 힘을 다해 밀어붙인 끝에 바위가 조금씩 들썩거리다가는 이윽고 아래로 굴러떨어졌다.

콰르르!

제법 장한 기세로 굴러떨어지던 바위가 보이지 않을 때까지 지켜본 뒤에 필괴 자신도 비탈로 내려섰고, 곧장 굴러떨어지지 않기 위해서라도 주변의 바위와 나무들에 의지하며 최대한 사선(斜線)으로 방향을 잡으면서 미끄러져 내려가기 시작했는데, 순간순간 참으로 위태로운 지경이 이어졌다.

7

갑작스럽게 열이 생기더니 금세 뜨거워지고 있었다. 뿐만 아니라 가슴과 복부에서도 심장과 내장을 짓누르는 듯한 묵직한 통증이 이어지고 있었다.

딱히 상처를 입었거나 뼈가 부러지거나 한 곳은 없었고, 처음으로 겪는 증상이었다. 그러나 필괴는 짐작할 수 있었다. 바로 그 노인의 장력 때문이었다. 그 일장에 담긴 내공에 의해 내상을 입은 것이다.

일단 증상이 시작되고 나자 몸의 상태는 빠르게 악화되고
있었다. 열기는 몸을 태울 듯이 무섭게 치솟았고, 발작적으로
일어나는 통증은 내장을 바늘로 콕콕 찌르는 듯이, 혹은 칼로
저미는 듯이 극렬했다.

"으… 윽!"

이윽고 필괴는 더 이상 걷지 못하고 멈추어 섰다.

그러나 언제 추격자들에게 따라 잡힐지 모르는 상황이라
잠시라도 지체할 여유는 없었기에 억지로 몸을 추슬러 다시
걸음을 내디디는 순간, 극렬한 통증이 내장을 온통 헤집어 버
리는 듯했기에 필괴는 아예 바닥으로 주저앉고 말았다.

정신마저 혼미해지는 것 같았으니, 참으로 절망적인 상황
이었다.

그런데 그때였다.

무언가 그의 내부에서 꿈틀거리며 일어나고 있었다.

이어 그것은 크게 용솟음치며 열기와 통증에 대항하여 맞
서는 것이었다.

"아아!"

필괴가 저도 모르게 감격의 탄성을 흘렸다.

용이었다. 한 마리 핏빛의 용!

그 옛날 꼬물거리던 때보다는 확연히 커졌지만, 여전히 작
고 어린 새끼 혈룡이었다.

새끼 혈룡이 대항하면서 열기와 통증은 더욱 기승을 부렸다.

그러나 새끼 혈룡은 조금도 굴복하지 않고 다부지게 맞서 갔다.

그런 중에 필괴는 이내 새끼 혈룡과 묘한 동질감을 느낄 수 있었다. 더하여 그는 이윽고 그 한 마리 새끼 혈룡과 힘을 합해, 열기와 통증에 대해 치열하게 대항해 갔다.

사력을 다한 힘겨운 싸움이었다.

그러나 그는 이내 조금씩이나마 승리를 예감할 수 있었다.

이겨낼 수 있을 것 같았다. 혈룡과 함께하는 한!

그런 중에 혈룡은 조금씩 커지고 있는 것 같았다. 아주 조금씩이지만 혈룡이 열기와 통증과 부딪칠수록 커지고 강해지고 있다는 것을 그는 느낄 수가 있었다.

그리고 기이하게도 그 자신 또한 조금씩 커지고 강해져 가고 있는 느낌이었다.

무어라고 말할 수 없는 기이한 힘이 그의 내부에서 아주 조금씩 쌓여가고 있는 것만 같았다.

그는 어쩌면 자신이 지금 혈룡이 되어가고 있는 중인지도 모른다는 생각을 해보았다. 아니면 반대로 혈룡이 그가 되어가고 있는 중인지도!

그것은 기이한 희열이었다. 지독한 열기와 고통과 격렬함 속에서도 선명히 느껴지는!

그리고 어느 순간 그는 온전히 몰입해 들었다. 내부로의 몰
입이었다.

그의 머리 위로, 어깨 위로 소복이 눈이 쌓이고 있었다.

8

최항(崔恒)과 정섭(鄭涉)은 마침내 추격하고 있던 목표물을
발견했다.

그런데 처음에 그들이 발견했을 때, 그 목표물은 소복이 눈
에 덮여서 마치 바위나 고목과도 같은 형상이었기에 자칫 알
아보지 못하고 그냥 지나칠 뻔했다.

그리고 좀 더 가까이 근접했을 때까지 미동도 보이지 않았
기에, 만약 아주 가늘게 호흡이 유지되고 있다는 것을 확인하
지 않았다면, 이미 죽은 것이라고 지레 판단을 내릴 뻔도 했
다.

최항은 일단 다른 두 조(組)에게 신호부터 보내려고 했다.

그러나 정섭이 제지하며 목표물이 지금 요상 중인 것으로
보이는데, 혹시 그 사이에 깨어날 수도 있으니 먼저 제압부터
하고 나서 신호를 보내는 것이 좋겠다고 했다.

최항이 생각해 보니 그러는 편이 보다 확실하게 공을 세우
는 방법이 될 것 같기도 하였기에, 두 사람은 간단히 의견일
치를 보았다.

두 사람은 풍뢰문의 무사였고, 주단고의 수하들이었다.

주단고는 수하의 무사 넷을 두 개 조로 나누어 조별 수색을 하라고 지시하고 자신은 단독으로 움직이기로 했는데, 최항과 정섭의 조가 먼저 목표물을 발견한 것이다.

최항은 검을 겨눈 채 조심스럽게 목표물에게로 접근했다. 우선은 목표물의 마혈을 아예 파괴해 버릴 작정이었다. 운기요상 중에 건드리는 자체만으로도 목표물에게는 이미 지극히 위험한 노릇이긴 하겠으나, 문파의 원수가 되는 자이니 죽이지만 않는다면 그들의 전공에 흠이 가지는 않을 것이었다.

9

은밀하게 다가드는 한 가닥의 예기를 느끼는 순간, 필괴의 몰입은 여지없이 깨어지고 말았다. 동시에 혈룡이 그에게서 이탈되었고, 곧바로 그 존재감마저 사라져 버리고 말았다.

일순 지독한 허탈감과 위기감, 그리고 분노가 마구 뒤섞였다. 필괴는 그것들을 일시에 밖으로 뿜어냈다.

필괴의 검이 곧장 그 한 가닥의 예기를 맞아 나가자, 그의 내부에 조금 쌓여 있던 그 한 무더기의 기이한 힘도 검을 통해 바깥으로 치달려 나갔다.

캉!

"어헛!"

격렬한 쇳소리에 이어 한 마디의 경악성이 터져 나왔다.

필괴의 검은 적의 검을 튕겨내고도 내처 적의 가슴을 찔러 갔다. 그러나 마지막 순간에 검에 실려 있던 그 기이한 힘이 소멸되면서 그의 검끝은 크게 흔들렸고, 결과적으로는 한 뼘 이나 윗쪽인 적의 어깨를 얕게 베고 지나가는 데 그쳤다.

"윽!"

최항이 다시금 비명을 뱉어낸 것은, 어깨의 베인 상처 때문 만은 아니었다. 튕겨나 버린 검으로부터 전해진 충격이 뒤늦 게 그의 팔과 어깨까지를 저릿하게 마비시켰던 것이다.

삐~ 익!

등 뒤에서 한 가닥 급박한 휘파람 소리가 났고, 그것이 정 섭이 당주와 다른 조에게 보내는 신호였기에, 최항이 천천히 뒤로 물러설 때였다.

"큭!"

목표물이 돌연 고통스러운 신음을 토하더니 크게 휘청거 리며 두어 걸음이나 물러나더니, 근처에 있던 바위에 등을 기 대고서야 겨우 몸을 가누는 것이었다. 어찌 된 까닭인지 알 수는 없었으되 어쨌든 결코 놓칠 수 없는 호기인지라, 최항은 즉시 앞으로 치고 나갔다.

아찔한 현기증이 일며 필괴는 눈앞이 흐릿해졌다. 순간적 인 탈진과 기혈의 뒤틀림, 그리고 겨우 가라앉았던 내상의 재 발이었다. 그러나 그때 흐린 시야 속에서 언뜻 적의 움직임이 잡혔고, 필괴는 무작정이다시피 검을 쳐 냈다.

챙!

순간 필괴의 검은 대번에 튕겨나 손을 벗어나 버렸고, 그의 내부는 크게 진탕되었다.

"와~ 악!"

허리를 접으며 한 모금의 선홍색 핏줄기를 토해낸 끝에 필괴는 그대로 무릎을 꺾고 말았다. 이를 악물며 곧바로 한쪽 무릎을 다시 세우긴 했지만, 끝내 몸을 일으켜 세우지는 못했다. 눈빛이 심하게 흔들리고 있다는 게 그대로 느껴지더니, 곧이어 뿌옇게 의식이 흐려져 왔다.

최항은 터져 버릴 듯한 흥분과 살기를 겨우 억제하며 목표물의 목을 베는 대신 한쪽 팔을 베는 것으로 마음을 정하였다. 그런데 그가 치켜든 검을 그대로 내리그으려 할 때였다.

"으~ 악!"

그의 등 뒤로부터 처절한 비명이 터져 나오는 것이었다.

"정섭?"

외치며 급하게 몸을 돌인 최항은 마침 볼 수 있었다. 동체로부터 분리되어 둥실 허공으로 떠오른 정섭의 수급이 다시 아래로 하강하여 눈 속에 처박히며 사방으로 붉은 파편들을 난무시키는 광경을.

"누구냐?"

최항이 경악하며 외쳤다. 그러나 그는 정섭의 목을 벤 자의 실체를 끝내 보지 못했다. 그 순간 그의 목 또한 동체에서 벗어나 둥실 허공으로 떠오르고 있는 중이었으니까. 그 순간에도 부릅뜬 최항의 두 눈은 여전히 경악을 담은 채로 허공 어딘가를 살피고 있었다.

10

혼미한 중에도 필괴는 무사 두 명의 목이 차례로 베어지는 광경을 마치 꿈결처럼 보았다. 그리고 다시 하나의 광경이 역시 꿈결처럼 이어지고 있었다.

여인 하나가 함박눈 속에서 나타나 사박사박 눈을 밟으며 오고 있었다. 그리고 마치 바람에 하늘거리는 버드나무 가지 같은 자태로 그를 향해 다가서고 있었다.

시야가 잔뜩 흐렸지만, 필괴는 볼 수 있었다. 아니, 상상할 수 있었다.

기이한 윤기가 흐르는 그녀의 흑발이 어깨 아래로 찰랑거리고 있으리라는 것을. 눈썹은 초승달 같은 아미(蛾眉)이리라는 것을. 입술은 앵두처럼 붉어서 무언가를 호소하는 듯하리라는 것을. 두 눈동자는 맑고도 깊어서 잠시 스쳐 마주치는 것만으로도 그대로 빨려들고 말 듯한 느낌이리라는 것을. 그리하여 그 여인이 눈이 부시다 못해 몽환적인 아름다움을 지닌 절세미녀란 것을!

"아아!"

필괴는 저도 모르게 가느다란 탄식을 토해내고 말았다. 바로 그때 대도성의 적색지대 입구에서 만났던 그 여인이었다.

그때 그녀는 그를 향해 가볍게 미소를 지었었고, 그는 반사적이다시피 시선을 아래로 피해 버리고 말았었다. 그녀의 아름다움이 감히 그와 같은 사람이 마주 바라볼 수 없는 것이라 여겨졌었기에.

그러나 비록 그렇게 단 한 번, 그저 스쳐 보았을 뿐이지만, 그녀의 모습은 그에게 지울 수 없는 인상으로 남았었다. 마치 그의 온몸을 뒤덮은 화상의 흉터에 다시 하나의 새로운 화인(火印)이 더해진 것처럼.

그런데 지금 그녀의 모습은, 아니, 느낌은 그때와는 사뭇 달랐다. 여전히 환상처럼 아름다웠지만, 그 초승달 같은 아미를 조금도 찡그리지 않은 채 무사 두 명의 목을 베어버린 그녀는, 지독히도 차가웠고, 지독히도 냉혹하게만 다가왔다.

그리하여 이번에도 그는 차라리 눈을 감아버리려고 했다. 그녀의 아름다움에 대한 경외 때문이 아니라, 엄습해 들고 있는 기이한 이질감 내지는 괴리감 때문이었다.

그런데 그때였다.

그녀의 차갑고 도도한 눈길이 문득 그의 눈길을 사로잡아 버렸고, 그 순간 마치 마법처럼 그녀가 바뀌었다. 한순간 그녀는 그에게 화인처럼 남은 원래의 그녀의 모습과 느낌으로 돌아간 것이었다.

그러나 필괴는 눈을 감고야 말았다. 문득 지독한 현기증이 밀려왔기 때문이었다.

"당신은 중한 내상을 입었군요. 이 요상단이 도움어 될 거예요!"

그녀의 꿈결 같은 목소리가 들려왔다. 처음으로 들어보는 목소리였으나, 진정 꿈결처럼 달콤했다.

눈을 뜨지는 않았지만, 아니, 뜰 수조차 없었지만, 필괴는 보는 듯이 느낄 수 있었다. 문득 손에 와 닿는 차가운 느낌을. 그리고 그 차가운 느낌을 쥐고 있는 그녀의 따뜻한 손길을. 투명한 듯이 희고 윤기가 도는 피부에, 가늘고 옥같이 아름다운 손가락까지.

순간 그는 반사적이다시피 움찔하며 뒤로 물러서려 하였다. 그러나 기대고 선 바위 때문에라도 막상 물러서지는 못하고, 힘없이 한번 휘청거리고는 겨우 중심을 되잡았다.

그런 중에도 여전히 눈을 감고 있는 필괴를 가만히 지켜보고 있다가, 여인이 희미하게 웃으며 말했다.

"내 호의를 받지 않겠다는 뜻인가요?"

필괴는 대답하지 않았다. 대답할 수도 없었다.

그런데 순간 한 가닥의 향기가 코끝으로 다가왔다. 그녀의 향기였다. 그녀가 얼굴을 가까이 가져다 대고 그를 빤히 응시하고 있는 것이었다.

필괴의 가슴은 거세게 방망이질을 쳤다. 그리고 일순 지금까지의 것보다 몇 배는 더 지독한 현기증이 그를 덮쳤다. 멀어져 가려는 의식을 붙잡기 위해서 그는 억지로라도 의문을 제기해야만 했다.

'그녀는 왜 이곳에 나타난 것일까?

'어떻게 폭설을 뚫고 이 깊은 산중까지 올 수 있었을까?

그러나 사실 그런 것은 궁금하지도, 이상하지도, 놀랍지도 않았다. 그에게 그녀는, 처음부터 다만 환상과도 같은 존재였으므로.

"내 호의에 이유가 없지는 않아요!"

필괴의 미간이 설핏 좁혀지자 그녀는 얼른 말을 이었다.

"우린 벌써 두 번째 만나는걸요! 이 넓디넓은 천하에서 서로 아무런 상관도 없는 사람끼리, 그것도 전혀 다른 장소에서 우연히 두 번이나 만났다는 건 결코 보통의 인연이라고 할 수 없는 것이고, 그런 인연의 기이함과 또한 무거움만으로도 당신이 이 요상단을 받을 충분한 이유가 되는 것이죠. 그러니 괜한 고집 피우지 말고, 내상이 돌이킬 수 없도록 악화되기 전에 받으세요!"

그리고 그녀는 손을 내민 채 잠시 기다렸다.

그러나 필괴가 여전히 받을 기색이 아니자, 그녀는 가만히 허리를 숙여 그가 기댄 바위 아래쪽의 작고 편평한 돌 위의 눈을 손바닥으로 쓸고는 그 위에다 요상단이 담긴 자기병을 살포시 놓아두었다.

"아무래도 당신은 내가 싫은 모양이군요? 좋아요! 그럼…
난 이만 가볼게요! 혹시 우리의 인연이 더 남았다면 언젠가
다시 만날 수도 있겠죠! 그때는 지금보다는 조금 더 반가워해
주기를 바랄게요! 호호호!"

맑게 짤랑거리는 웃음 소리를 남기고 그녀는 바람처럼 사
라졌다. 여전히 눈을 뜨지 않았지만 필괴는, 함박눈이 내리는
속으로 빠르게 사라져 가는 그녀의 모습이 선연히 보이는 것
만 같았다.

그리고 다음 순간 필괴는 스르르 무너지듯이 바닥으로 주
저앉고 말았다. 몸의 괴로움도 괴로움이지만, 무언지 모를 상
실감과 허탈감, 그리고 자책과 자괴 등등 일련의 복잡한 감정
들이 한꺼번에 밀려들고 있었다.

필괴는 힘겹게 눈을 떴다. 그의 발아래 손바닥 안에 들어갈
크기의 푸른색 자기병이 하나 놓여 있었다.

그러나 잠시 보기만 하였고, 필괴는 결국 그자기병을 집어
들지 않았다. 그것이 필요하지 않아서가 아니었다. 지금 그에
게 그것은 절실히 필요한 물건이었다.

그녀를 믿지 못해서도 아니었다. 그는 그녀를 믿을 수 있었
다. 이유, 근거 따위는 없었다. 그냥 믿을 수 있겠다는 마음이
었다.

그리고 그가 끝내 자기병을 취하지 않기로 한 것 또한, 그

의 마음이 그러해서였다. 역시 설명할 수 있는 어떤 뚜렷한 이유와 근거 따위는 없는 것이지만.

그가 잠깐 심정을 추스르고 있는 사이에 자기병은 어느 틈에 눈에 묻혀 버렸다.

"으~ 윽!"

꽉 다문 입술 사이로 나직한 신음을 흘려내며 그는 다시 몸을 일으켜 세웠다.

휘파람 소리가 울린 이상, 그에게 내상을 입힌 노인과 다른 자들이 지금 이곳으로 오고 있는 중일 것이었다. 움직여야만 했다. 한 걸음이라도 더 이곳으로부터 멀어져야만 했다.

필괴는 한 걸음을 뗐고, 힘겹게 다시 한 걸음을 옮겨 놓았다. 그의 뒤로 하나씩 하나씩 발자국이 늘어나고 있었다.

11

함박눈 속으로 신형 하나가 날아와 뚝 떨어지듯이 바닥으로 내려섰다. 바로 풍뢰문 순찰당주 주단고였다.

주단고는 약속된 신호인 휘파람 소리를 듣고 즉시 달려오던 중이었는데, 신호가 한번으로 끊어진 데다 사방이 온통 눈 세상이라 방향을 분별하기 어려웠던 까닭에 얼마간의 시간을 지체하고 나서야 당도를 하게 된 것이었다.

세밀하게 주변을 둘러보던 주단고는 먼저 작은 바위 위에서 소복이 눈에 덮인 채로 삐죽이 드러나 있는 자기병 하나를 발견했고, 다시 하얀 눈밭의 몇 군데서 언뜻 붉은빛이 비치는 것을 알아볼 수 있었다.

와락 엄습해 드는 불길한 생각에 주단고는 황급히 다가가서 눈을 파헤쳤다. 그리고 이내 아직도 피가 굳지 않은 수급 하나와 마주쳤다.

"이… 이런……!"

주단고는 부르르 몸을 떨고 말았다. 두 눈을 부릅뜬 최항의 수급이었다.

이어 주단고는 주변에서 두 구의 목 없는 시신과 다시 정섭의 수급을 발견하고는, 참혹한 심정인 중에 한편으로 크게 놀라고 긴장하지 않을 수 없었다.

수급의 절단면 때문이었다. 바깥의 얇은 피부에서부터 근육조직과 힘줄, 그리고 뼈까지 조금의 멈춤이나 흐트러짐이 없이 그야말로 단숨에 매끈하게 베어졌던 것이다. 그 자신으로서도 감히 만들지 못할 정교한 흔적이었다.

그때 마침 나머지 두 명의 수하가 당도했기에, 주단고가 그들에게 시신을 수습하게 하는 한편, 자신은 좀 더 반경을 넓혀 주변의 수색에 들어갔다.

눈에 덮여 사라지고 있는 그 발자국들은 크게 세 방향으로 갈라지고 있었다.

그것이 의도적으로 만들어졌다는 사실을 주단고는 단번에

간파했다. 추격에 혼선을 주고자 함일 것이었다.

주단고는 그중 한 갈래의 발자국을 조심스럽게 따라가 보았다. 발자국은 십여 장 정도를 이어지다가 끊어져 있었다. 일부러 지워진 것이었는데, 그 솜씨가 치밀하달 정도로 깨끗했다.

주단고는 다시 원래의 자리로 돌아왔다.

언 땅에 구덩이를 만들고 있던 수하들이 하던 일을 멈추며 그를 보았다. 주단고는 침울하게 고개를 끄덕여 주었다. 조전의 시신을 이미 그렇게 처리했거니와, 저들 두 명의 시신 또한 일단은 가매장을 한 다음에, 나중에 다시 와서 수습해 갈 수밖에 없었다.

주단고는 다시 다른 한 갈래의 발자국을 따라갔다. 이번에도 마찬가지였다. 발자국은 십여 장 정도를 이어지다가 지워져 있었다.

주단고는 아까 소매 속에 챙겨 두었던 자기병을 꺼냈다. 마개를 열자 먼저 청아한 향기가 코끝에 와 닿았다. 요상단이었고, 향기만으로도 결코 범상치 않은 영단임을 알 수 있었다.

'필괴 외에 다른 자가 또 있다! 그리고 그자는 나로서도 상상하기 어려운 절정급의 고수임에 분명하다!'

주단고는 그렇게 판단하지 않을 수 없었고, 그럼으로써 다시 방침을 수정하지 않을 수 없었다.

'나와 남은 두 명의 수하로는 추격을 계속하기 어렵거니와, 놈들을 따라잡는다고 해도 능히 제압할 수 있다는 보장이 없게 되었다. 그렇다면 일단은 복귀하여 문주께 지금까지의 경과를 보고드리는 일이 우선이다!'

12

"어~ 헛?"

관도로 내려서면서 한 발이 미끄러지며 필괴는 그대로 엉덩방아를 찧고 말았다.

엉덩이가 얼얼했지만 그래도 좋았다. 퍼붓는 눈과, 또 상처 입고 지친 스스로의 육신과 끝없는 사투를 벌이며 산중을 헤맨 끝에 이틀 만에야 겨우 만난 관도인 것이다.

사흘 내내 지겹도록 눈이 퍼붓더니, 아침나절에 잠깐 내린 겨울비로 관도는 검붉은 흙바닥을 드러낸 채 온통 질척거리고 있었다. 또한 그래도 좋았다. 마침내 추격을 따돌린 것 같았고, 더하여 관도는 그가 다시 세상 안으로 들어섰다는 의미였으니.

그러나 필괴는 지금 탈진 상태였다.

뿐만 아니라, 사력을 다해 도망치느라 잠시 잊고 있었던 통증과 열기가 새삼 기승을 부리기 시작했고, 지독한 두통과 현기증으로 눈에 보이는 사방의 물체와 광경들이 마치 유령처럼 흐느적거렸다.

하긴 내상을 입은 데다, 물 한 모금 마시지 못한 채 사흘 내
내 사력을 다해 폭설을 헤치고 달려왔으니, 진작에 쓰러지지
않은 것이 차라리 이상하다고 해야 할 것이다.

제멋대로 흔들리는 시야 속으로 멀리 길게 둘러 처진 성곽
이 보였다. 사람들이 사는 세상이었다.

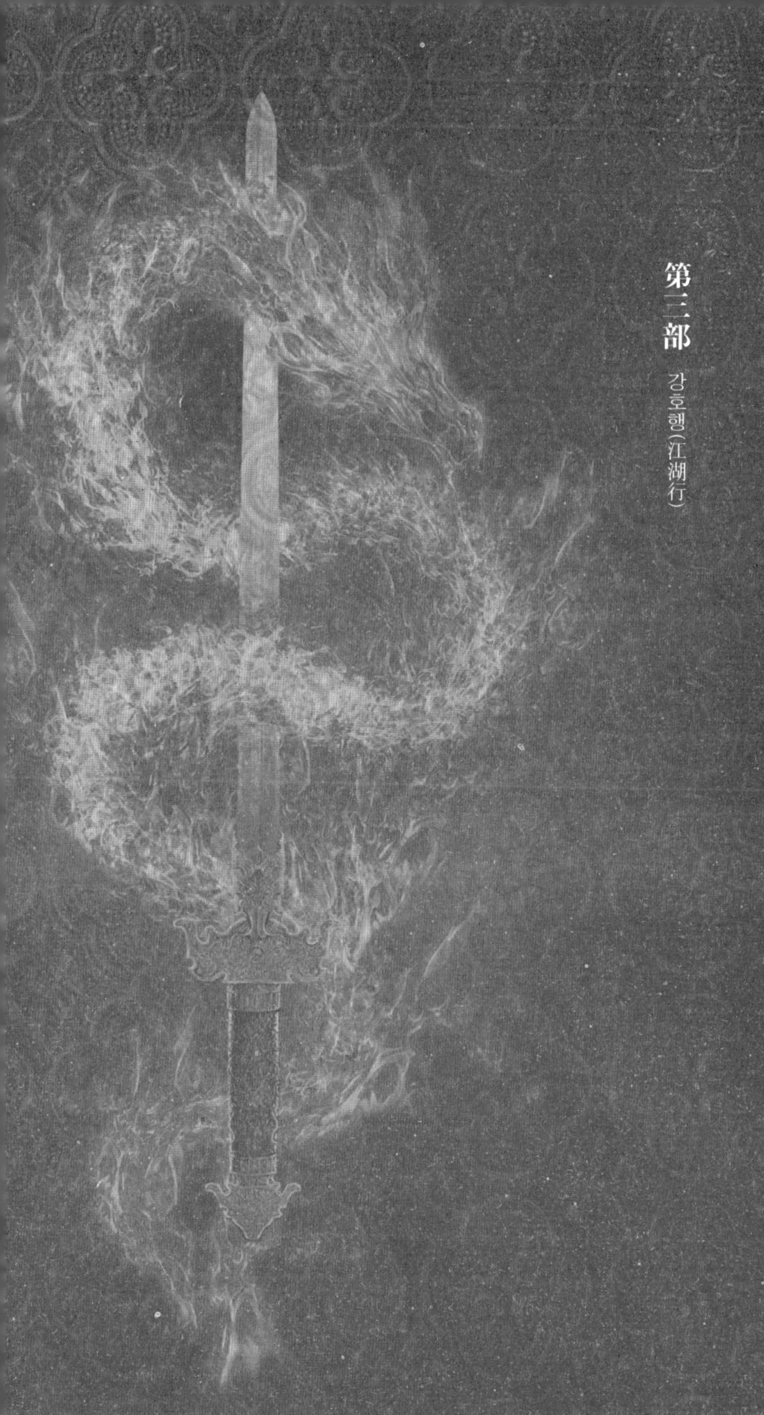

第三部

강호행(江湖行)

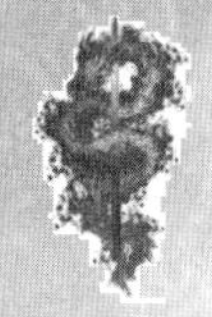

第一章
강호초연(江湖初緣)

1

천하오대성(天下五大城) 중의 하나에 들어가는 유주성(留周城)의 넓은 중문대로(中門大路)를 사내 하나가 걷고 있었다.

온통 검불이 묻은 데다, 풀어 헤쳐져 산발이 되다시피 한 머리와 퀭한 두 눈과 홀쭉한 볼, 그리고 흙투성이가 된 옷차림과 휘청거리는 걸음걸이에서 사내는 금방이라도 쓰러지고 말 듯이 위태로워 보였다.

'무엇이라도 먹어야 산다!'

필괴의 머릿속에는 오직 그 생각뿐이었다. 반(半) 무의식으로 걷는 중에도, 이대로 가다간 죽고 말리라는 절박함이 있었다.

그는 무일푼이었다. 용호장에서 가지고 나온 얼마간의 은자가 있었지만, 추격을 뿌리치는 와중에 언제인지도 모르게 잃어버리고 말았다. 지금 그에게 남은 것은 내내 손에 움켜쥐고 있던 검 한 자루와, 종아리 안쪽에 가죽 끈으로 단단히 묶어 놓은 비수 한 자루뿐이었다.

사실 필괴는 이미 몇 차례 구걸을 해본 터였다.

그러나 행색이 그런 데다 추괴(醜怪)하고 말까지 어눌하니, 대하는 사람들마다 동냥은커녕 무슨 괴물이라도 보듯이 지레 피해 버리기 일쑤였고, 철없는 어린아이들은 뒤를 따라다니며 놀려대기까지 했다.

음식을 파는 가게들을 기웃거려도 보았으나, 역시나 말을 꺼내보기도 전에 쫓겨났다.

"이런 추물이 감히 어디를 기웃거려? 남의 장사 망치려고 작정을 하였느냐?"

하며 대뜸 달려들어서는 거칠게 밀쳐 내던가

"여기 소금 한 바가지 내오너라! 훠이! 썩 물러가거라!"

하고 매정하게 몰아내 버리는 식이었다.

필괴에게 바깥세상의 인심은 그렇듯이 차갑고 삭막하기만 했다.

2

혼미한 정신으로 터덜터덜 무작정 걷고 있는 필괴의 주변으로 하나둘씩 거지들이 꼬여들고 있었다.

얼마 지나지 않아서 거지들의 숫자는 열두셋이나 되도록 늘어났는데, 필괴가 검을 지니고 있는 걸 보아서인지 처음엔 그래도 조금 경계하는 빛이 있더니, 이윽고 녀석들 중 하나가 슬그머니 필괴에게로 다가서서는 툭 어깨를 부딪쳤다.

제 한 몸 가누는 것도 힘겨운 필괴였으니, 대번에 크게 휘청거리며 쓰러질 듯이 몇 발짝을 내디디고 나서야 겨우 중심을 잡고는 뒤를 돌아보았다.

그러나 주변의 거지들이 모두 다 모르는 척 능청을 부렸기에 필괴가 하릴없이 다시 걸음을 옮기는데, 그러자 거지들은 좀 더 대담해져서는 필괴의 주변으로 접근하여 이놈 저놈이 한 번씩 돌아가며 툭툭 건드리면서 마치 소몰이를 하듯이 필괴를 한적한 골목 안쪽으로 몰아갔다.

"왜들. 이러시오?"

영문 모를 봉변에 필괴가 참다못해 애써 목소리를 짜냈지만, 거지들은 그때쯤 주변에 보는 눈이 없는 것을 확인하고는 갑자기 거칠게 그를 밀어젖혔다.

필괴가 어떻게 저항해 볼 수도 없이 힘없이 바닥에 쓰러지고 말았는데, 그러자 거지들 중 하나가 앞으로 나서며 나직이 위협했다.

"여기는 우리 구역이니 허락없이 동냥질을 할 수 없다!"

나이가 스물대여섯쯤이나 되어 보이는 자였는데 패거리들
의 왕초로 보였다.

필괴로서는 우선 어리둥절해지지 않을 수 없는 노릇이었
다. 동냥질을 하는데도 구역이 있고, 허락을 받아야 한다는
얘기는 금시초문이었던 것이다.

"그런 줄은. 알지 못했소. 미안하오!"

필괴가 겨우 몸을 일으키며 허리를 숙여 보이자, 그 왕초거
지가 가만히 고개를 저으며 받았다.

"세상일이라는 게 몰랐다고 다 용서되는 게 아니지! 넌 이
미 우리 구역에서 동냥질을 하였으니, 그에 대한 대가를 치러
야만 한다는 말이다!"

그에 필괴가 다시금 당황하고 마는데, 왕초거지가 히죽 웃
으며 다시 말했다.

"그렇다고 그렇게 겁먹을 것까진 없다. 우리가 그렇게 매
정한 사람들은 아니니, 뭐 그리 값나가는 물건은 아닌 것 같
다만, 너의 그 검을 받는 것으로 대가를 치른 셈으로 해주마!"

그에 대해 필괴는 생각해 볼 여지도 없이 단호하게 고개를
가로저었다.

"그럴 수는 없소!"

연이어 필괴가 검을 뽑을 기세까지 취하자, 거지들이 흠칫
놀라며 재빨리 한두 걸음씩을 뒤로 물러났다.

그러나 다음 순간 필괴는 극심한 현기증을 느끼고 다리를

휘청거리고 말았다. 갑자기 긴장을 일으킨 때문이리라. 주변의 광경이 빙빙 돌아가는 터라 필괴가 이윽고 바닥에 주저앉고 마는데,

"밟아라!"

외침과 함께 거지들이 우르르 달려들어서는 닥치는 대로 차고, 밟기 시작했다.

거지 떼들이 악다구니를 써대며 몰매를 가하는 중에, 필괴는 나동그라진 채로 잔뜩 웅크리고만 있을 뿐이었다. 손에 쥐고 있던 검은 진작에 놓쳐 버린 뒤였다.

'아아! 이대로 죽고 마는구나!'

혼미해지는 의식 속에서 필괴가 이윽고 절망하고 말 때였다.

"이놈들! 백주 대낮에 이 무슨 행패들이냐?"

누군가 쩌렁하니 호통을 쳤다.

3

"웬 놈인데 감히 궁방의 일에 간섭을 하느냐? 괜히 경치기 전에 곱게 지나가거라!"

깜빡 놓고 말았던 정신을 다시 차리면서 필괴가 처음으로 들은 것은 왕초거지의 목소리였다.

이어 누군가 '하하하!' 하고 크게 웃으며

"시절이 수상하니 이제는 거지 놈들까지도 이리 함부로 설
쳐 대는 구나!"

하고 받았다. 그 목소리가 좀 전의 그 우렁찬 호통과 같아
서 고개를 들어보려 했지만, 지금 필괴에게는 그마저도 간단
치가 않았다.

그때였다.

투다닥!

타다닥!

타작하는 듯한 소리가 연이어 들렸고, 그런 중에,

"어이쿠!"

"아이코!"

"사람 잡네!"

하는 호들갑스러운 비명 소리들이 잇달아 터져 나왔다.

필괴가 그제야 겨우 고개를 가누고 보니, 체격이 제법 당당
한 장한 하나가 검집째로 거지들을 마구 두들기고 있는 중이
었다.

거지들이 우르르 달아나면서도 곱게는 물러나지 않고, 저
마다 바닥에서 돌멩이 따위를 주워 들어 장한에게로 던지기
시작했다.

그런데 장한이 잠시 이리저리 뛰어서 피하는 모습이더니,
일순 번개처럼 달려가서는 번뜩하는 빛과 함께 왕초거지의
목에다 검을 겨누는 것이었다. 검신 전체에 푸르스름한 빛이

감도는 것이 한눈에 보기에도 예사롭지 않은 보검이었다.

서늘한 기운이 대번에 피부를 파고들자 왕초거지는 곧바로 바짝 얼어붙고 마는 모습이었다.

"나는 한번 베고자 마음먹으면, 결코 망설이지 않는 사람이다! 자! 이대로 곱게 물러갈 테냐! 아니면 내 검에 피 맛을 보여주겠느냐?"

장한이 차갑게 소리치자, 왕초거지는 그만 오금이 저리는 듯이 얼른 대답했다.

"가겠소! 곱게 물러가겠소!"

"자! 가거라!"

장한이 곧바로 검을 거두었고, 왕초거지는 황급히 대여섯 걸음이나 뒤로 물러났다.

왕초거지가 그제야 새삼 조심스럽게 장한을 살펴보았는데, 결코 녹록하지 않은 무공을 지닌 자였으니 무공에 능한 무걸(武乞)들을 데려오기 전에는 그들이 단순히 숫자만을 앞세워 대적해 볼 수 있는 상대가 아니었다. 그렇더라도 왕초거지가 짐짓 가슴을 펴며 소리쳤다.

"청산이 푸른 한 땔감은 마르지 않는다고 했으니, 귀하의 이름을 물어도 되겠소?"

그 말에 장한이 크게 소리 내어 웃으며 받았다.

"하하하! 네가 강호호걸의 흉내를 한번 내보고 싶은 게로구나? 좋다! 나는 광주(廣州) 태정문(太正門)의 문주 종서이(宗

瑞怡)라는 사람이다. 네가 오늘의 일을 빚으로 여긴다면, 언제라도 찾아오거라!"

그러자 왕초거지는 새삼 흠칫 놀라고 말았다. 그가 광주의 태정문에 대해 알고 있는 건 아니었지만, 어쨌든 일문(一門)의 주인이라니… 그는 감히 더 이상의 만용을 부려볼 엄두를 내지 못하고 슬금슬금 물러났다. 다만 그런 중에도 왕초거지는 애꿎은 필괴를 향해 마지막으로 한 번 더 위엄을 세우고자 했다.

"이놈! 만약 다시 한 번 우리구역에서 얼쩡대다가 우리 눈에 뜨인다면, 그때는 정말로 뼈도 추리지 못할 줄 알거라!"

그에 장한, 종서이가 버럭 호통을 내질렀다.

"예끼, 놈! 쓸데없는 소리 지껄이지 말고 썩 물러가지 못할까?"

이어 종서이가 발을 구르는 시늉을 하자 왕초거지부터 대번에 종종걸음을 쳤고, 뒤이어 다른 거지들이 우르르 몰려 줄행랑을 쳤다.

필괴는 힘겨운 시선을 내내 종서이에게 맞추고 있었지만, 눈앞은 몽롱하기만 했다.

종서이가 그에게로 다가왔으나 그때쯤에는 이것이 현실의 일인지 꿈속의 일인지조차 분간이 잘 되지 않았으니, 필괴는 고맙다는 말을 할 생각조차 내지를 못하였다.

다만 그런 중에도 일말의 부끄러움은 있었다. 한 자루의 검

으로 당당한 종서이와, 한 자루의 검조차 제대로 지켜내지 못
하는 자신의 대비에서 오는 부끄러움이었다.

"괜찮소?"

종서이가 걱정을 담아 물었다.

"저는… 저는……."

필괴가 뭐라고 대답할 말을 도무지 찾지 못하는데, 종서이
는 그가 몹시도 지치고 굶주렸음을 알아보았는지 일순 안타
까운 빛이 되었다. 그리고 문득 생각이 미쳤는지 품속에서 육
포 한 조각과, 은자 몇 닢을 꺼내 필괴의 손에 쥐어 주었다.

"좀 딱딱하긴 하지만, 우선 이것이라도 씹어보시오! 그리
고 어디 가까운 국수집이라도 가서 따끈한 국물을 좀 마시는
게 좋겠소!"

순간 필괴는 일말의 부끄러움조차도 잊어버리고 말았다.
그 한 조각의 육포와 '따끈한 국물' 을 마실 수 있는 몇 푼의
은자는 한순간에 그의 정신을 점령하고 말았다. 참으로 염치
없게도.

일시 멍해지고 마는 필괴의 모습이 마음에 걸렸던지 종서
이가 덧붙였다.

"언짢게 생각하지는 마시오!"

이어 종서이는 한 번 더 필괴의 손을 꼭 쥐어 주고는 돌아
섰다.

바쁜 일이라도 있는 듯이 걸음을 재촉해 가는 종서이의 뒷

모습에 애써 초점을 맞추면서 필괴가 중얼거렸다.

"광주 태정문. 문주 종서이!"

그러나 몹시도 떨리는 목소리는 제대로 나오지 않았고, 공연히 눈물만 핑 돌았다.

이윽고 종서이의 모습이 사라지자 필괴가 더는 견디지 못하고 육포 조각을 입에 우겨 넣었다. 그러나 입안은 바짝 말라 있었고 씹을 기력조차 없어 겨우 우물거리고 있자니 조금씩 침이 솟았고, 그렇게 고인 침 한 모금을 삼키니 문득 정신이 조금 드는 듯 하였다.

꽉 움켜쥐고 있던 은자를 소매 속에다 소중히 갈무리하며 필괴는 다시 한번 중얼거려 보았다.

"광주 태정문. 문주 종서이!"

결코 잊지 않으리라는 심정이었다.

육즙이 녹아난 침을 몇 모금 삼킨 덕분인지 기력도 조금 생기는 것 같았다. 침에 불어난 육포는 어느새 입안을 가득 채우고 있었다. 삼키고 싶은 욕심이 간절했지만, 여전히 씹을 수가 없었으니 그럴 수가 없었다. 그리고 며칠간 아무것도 먹지 못한 속에 당장 급하게 삼켜서는 안 될 것이라는 염두가 언뜻 돌기도 했다.

필괴는 육포를 다시 뱉었다. 그리고 제법 부피가 커진 그것을 조심스레 소매 속에다 넣은 다음에 몸을 추슬렀다.

'따끈한 국물!'

종서이가 말했던 그것이 새삼 떠올랐다. 그러더니 그것은
이내 간절해졌다. 맹렬하게!

4

거리의 양쪽으로는 각종의 음식들을 파는 노점과 가게들
이 줄지어 들어서 있었다.

앞쪽에 있는 국수가게를 발견하는 순간, 필괴의 두 다리는
돌연 힘을 내어 바쁘게 움직이기 시작했다. 마치 그의 의지와
는 무관하게 다리가 저절로 서두르는 것만 같았다.

그때였다. 필괴는 누군가와 가볍게 어깨를 부딪친 것 같았
다.

"어이! 앞 좀 보고 다녀!"

멀쑥한 키에 허여멀건한 얼굴의 사내 하나가 뒤돌아 노려
보며 화난 듯이 말했기에, 필괴는 무조건적으로 고개를 숙이
고 보았다.

"미안합니다!"

사실 지금 그의 뇌리를 지배하는 것은 오로지 따끈한 국물
뿐이었다. 다른 것은 어찌 되어도 좋았다.

멀쑥하고 허여멀건한 사내는 다시 한 번 필괴를 째려보고
는 제 갈 길을 갔고, 필괴는 다시 두 다리를 바쁘게 놀렸다.

이윽고 국수가게에 도착하여 필괴가 정신없이 안으로 들

어서려는데 가게주인이 얼른 쫓아 나와서는 앞을 가로막아 서더니 있는 대로 인상부터 썼다.

"거렁뱅이 놈이 어딜 들어오려고?"

그에 필괴가 당장 소매 속으로 손을 넣었다. 그러나 그 몇 닢의 은자를 꺼내려던 순간, 그는 그대로 얼어붙고 말았다.

없었다. 은자가 없었다. 그리고 그 순간 하얗게 질린 필괴의 뇌리로 누군가가 퍼뜩 떠올랐다. 멀쑥하고 허여멀건한 얼굴의 사내. 방금 전 거리에서 그와 가볍게 어깨를 부딪치고 지나갔던 바로 그 사내였다.

'잡아야 한다!'

순간 그 생각만이 필괴의 뇌리를 가득 채웠다. 그 몇 닢의 은자는 따끈한 국물이었고, 따끈한 국물은 지금 그에게 생명 만큼이나 소중한 것이었다.

필괴는 그대로 뛰기 시작했다. 그러나 그것은 마음만 바빠 서 온몸으로 허우적거리는 힘없는 몸짓에 불과했다.

5

거리는 사람들로 붐비고 있었으니, 그 많은 사람들 중에서 멀쑥한 키와 허여멀건한 얼굴 색 밖에 기억나지 않는 소매치 기 하나를 찾는다는 것은 애초부터 가능한 일이 아니었다. 더 욱이 연신 쓰러질 듯이 휘청거리는 필괴의 걸음걸이로는.

소매치기 잡는 것을 포기하는 순간, 지금껏 그가 그처럼 악착같이 움직일 수 있었던 힘의 원천이었던 절실함은 그대로 절망으로 바뀌었다. 그러나 그 절망조차도, 뒤이어 필사적으로 달려든 허기에 이내 잠식당하고 말았다.

거리에 즐비한 가게들에서 풍기는 각종 음식 냄새는 필괴를 그야말로 환장하게 만들고 있었다. 주린 배를 움켜잡으며 비칠비칠 걷다가 어느 만두가게 앞을 지날 때, 필괴는 이제 정말로 한 걸음도 더 뗄 수가 없었다. 마침내 한계에 도달한 것만 같았다. 눈앞은 몽롱하였고, 다리는 제멋대로 풀려서 자꾸 무너지려고만 했다.

가게 앞에 놓인 커다란 목판에는 만두가 잔뜩 쌓여 있었다. 냄새만이라도 맡고 싶었지만, 필괴는 지금 열 걸음쯤이나 멀찍이 떨어진 곳에 멈춰 서서 감히 더는 다가가지 못하고 있었다. 한 발짝이라도 더 다가섰다가는 그대로 만두를 향해 돌진할 것만 같았기에, 간당간당하게 남은 마지막 의지의 끈으로 스스로를 묶어두고 있는 중이었다. 그렇더라도 그의 온 신경은 지금 그 높다랗게 쌓인 만두 더미에 가 있었다.

'한 개만!'

그것은 차라리 염원이었다.

그런데 그러던 중에 필괴는 언뜻 이상한 광경 하나를 발견했다.

거지들이었다. 그러나 아침나절의 그 패악스러웠던 거지

들은 아니었고, 열 살 즈음부터 열서넛 정도로 보이는 어린 거지들이었다.

필괴가 지금 그 거지들에게까지 관심을 나누어줄 처지는 결코 아님에도 그러한 광경을 발견하고 또 이상하다는 생각까지 할 수 있는 것은, 지금 거지들이 사뭇 묘한 재주를 부려내고 있는 대상이 바로 그가 온 염원을 다해 바라보고 있는 그 목판 위의 만두 더미인 까닭이었다.

두세 명의 거지가 목판 앞을 자꾸 왔다 갔다 하며 얼른거리자, 배불뚝이 가게주인은 못내 신경이 쓰이는지 수시로 가게 밖으로 나와 거지들을 쫓느라 신경전을 벌이는 중이었다.

그런데 그러는 틈을 타서 열 살도 채 안 되어 보이는 꼬마거지 하나가 재빨리 뒤로 돌아가며 몇 개의 만두를 소매 속으로 쑤셔 넣고는 슬쩍 빠져 나오기를 벌써 두세 차례나 거듭하고 있는 중이었다.

꼬마거지는 꽤나 능숙하였고, 또한 능청맞도록 영악해 보였다. 필괴가 지켜보고 있다는 것을 진작에 알아차렸으면서도 별로 당황하는 기색이 아니었고, 오히려 힐끗 노려보며 주먹을 쥐어 보이는 것이었다. 자신들의 일을 방해하면 가만두지 않겠다는 경고일 것이었다.

그런데 거지들은 아무래도 너무 크게 욕심을 부린 것 같았다. 마침내 거지들의 수작을 눈치챈 가게주인이 크게 소리를 지르며 뛰어나왔고, 거지들은 즉시 사방으로 흩어져 줄행랑을 놓았다.

가게주인도 머리가 없지는 않은지 가장 몸집이 작은 꼬마거지를 표적으로 정한 것 같았다. 그런데 꼬마거지가 도망을 치는 방향이 하필이면 필괴가 있는 쪽이어서 그 얼굴을 볼 수 있었는데, 묘하게도 꼬마거지는 그다지 다급한 기색이 아니었다. 오히려 곧장 달려오는 통에 필괴가 당황스러울 지경이었다.

어떻게 해볼 기력도 없었지만 어쨌든 필괴가 어정쩡하게 서서 보고만 있는 중에, 이윽고 바로 앞에까지 온 꼬마거지가 순간 주춤 멈추더니 그의 손에다 뭔가를 쥐어 주고는 다시 잽싸게 줄달음을 치는 것이었다.

그것은 부드럽고 따뜻한 느낌이었다. 그리고 필괴는 곧바로 알 수 있었다. 그것이 그가 그토록 염원하던 바로 그것이라는 것을.

만두였다. 아직도 식지 않은 만두 한 개. 순간 필괴는 그 한 개의 만두 외의 다른 모든 생각을 잊어버렸다. 아니, 다른 어떤 생각도 할 수가 없었다. 곧이어 들이닥친 가게주인이 거친 숨을 헐떡거리며 그의 앞에 멈추어 설 때까지도.

"이놈! 네놈도 필시 한패렸다?"

가게주인이 사납게 노려보며 씨근덕거렸다. 그러나 필괴는 여전히 그 한 개의 부드럽고도 따뜻한 만두가 주는 절대적 유혹에서 벗어나지 못하고 있었다. 그는 자신도 모르게 만두를 꽉 움켜잡고 있었다. 이 순간 그에게 가장 중요한 일은, 손에 쥔 만두를 놓치지 않아야 한다는 것이었다.

대답이 없자 가게주인은 곧장 필괴의 뺨을 후려쳤다.

짝!

무수히 반짝이는 별 속에서 필괴는 잠시간 혼란스러웠다. 자신이 무엇을 잘못했는지, 그리고 얼마나 잘못했는지에 대한 짧은 혼란이었다.

그리고 필괴는 손을 내밀었다. 조심스럽게 펴는 그의 때 묻은 손바닥 위에는 외피가 터진 데다 속이 짓이겨져 버린 만두한 개가 놓여 있었다.

"이놈이?"

가게주인이 격분해서 날린 주먹을 필괴는 간신히 고개를 틀어 피했다. 그러나 안 그래도 겨우 버텨 서 있던 그였기에, 제풀에 크게 휘청거리며 주춤주춤 뒤로 밀려나고 말았다.

"이놈의 자식이 어딜 도망치려고?"

가게주인이 곧바로 쫓아들며 마구 주먹질을 하기 시작했다. 그러나 배불뚝이 가게주인의 주먹질은 숫제 몸으로 밀어붙이는 것이나 마찬가지였고, 그 마구잡이의 기세에 필괴는 금방이라도 넘어질 듯이 위태위태한 걸음으로 계속 뒤로 밀려나는 수밖에 없었다.

6

　만두가게 안에는 여덟 개의 손님용 탁자가 놓여 있었는데, 그중에서 가장 좋은 명당자리를 꼽자면 단연 맨 앞줄에 나란히 놓인 두 개의 탁자라고 할 수 있었다. 거기에 앉으면 가리는 것 없이 거리의 광경이 한눈에 바라다 보이는 전망 좋은 자리였기 때문이다.

　그 앞줄의 두 개 탁자 중 하나에는 지금 청춘남녀 한 쌍이 마주 앉아 있었는데, 두 사람 모두 출중하달 만큼의 용모를 지니고 있었고 옷차림도 훌륭해서 한눈에도 귀하고 부유한 집안의 자제들이란 것을 짐작해 볼 수 있었다.

　특히 청년은 허리에 노란 수실이 달린 멋진 검 한 자루를 차고 있어서 더욱 기상이 헌앙해 보였는데, 그것은 또한 지금 가게 안의 탁자들이 모두 손님들로 차 있는 가운데서도 그들 바로 옆쪽의 또한 전망 좋은 탁자 하나가 여전히 빈 채로 있는 이유가 되는 것인지도 몰랐다.

　청년의 이름은 서문창(西門昌)이었다. 유주성(留柱省) 전체에서도 세 손가락 안에 꼽히는 세도가인 서문세가의 소가주인 그는 지금 사뭇 들뜬 기분이어서, 바깥에서 벌어지고 있는 제법 왁자지껄한 소란 같은 것은 그의 관심을 조금도 끌지 못하였다. 그렇지 않아도 마주 앉은 여인에게 거리의 풍경이 보이는 자리를 양보하고, 자신은 거리에서 등을 돌리고 앉아 있는 중이기도 했지만 말이다.

그의 앞에 마주 앉은 여인과는 양가 간에 혼담이 오가고 있는 중이었다. 엄격한 가풍 탓에 스물이 넘도록 제대로 된 연애 한번 해보지 못한 그로서는, 지금이야말로 바야흐로 공식적인 첫 번째의 남녀상열지사(男女相悅之詞)를 차근차근 만들어 가고 있는 중인 것이다.

중앙의 고위관직에 있다가 낙향한 세도가의 귀공녀인 여인은 고귀한 품격과 품위가 몸에 배인 듯이 몹시도 우아하여서 뭔가 모르게 조금은 어려운 분위기였지만, 그런 것이 그에게 부담스럽게 여겨지는 것은 아니었다. 오히려 은근히 주변 사람들에게 이 여자가 바로 내 여자가 될 것이라고, 아니, 이미 내 여자나 마찬가지라고 자랑이라도 하고 싶은 심정이었다.

그리고 나중에는 결국, 남자인 자신의 아래에서 자신만 바라보게 만들 수 있다는 자신감이 있기도 했다. 지금은 저렇게 도도하지만, 기회가 되어 자신의 사내다움을 한번 보게 된다면, 지금의 저 도도함이 단박에 자신에 대한 오매불망의 동경으로 바뀌게 되리라고.

성내의 거리를 나들이하던 중에 그녀가 갑자기 구운 만두를 먹고 싶다고 하였기에, 예정에 없이 이 만두가게로 들어오게 된 것이었다. 이런 지저분한 가게에서 어중이떠중이들과 섞여서 만두를 먹는다는 게 마음에 들지는 않았지만, 그녀가 먹고 싶어한다면 그런 것쯤이야 또 가볍게 감당할 수 있는 문제였다. 어쩌면 그녀가 지금 잔뜩 스스로를 무장하고 있는 도도함을 벗어내려는 첫 시작이라고 생각되기도 했기에, 그는 괜스레 가슴이 들뜨기도 하는 것이었다.

그런데 막상 그녀는 만두를 맛있어하지는 않는 것 같아서, 아까부터 조신스럽게 젓가락으로 집었다 놓았다만 하고 있는 중이었다.

그러더니 이윽고 그녀가 그 조그맣고 예쁜 입으로 만두를 가져가서는 살짝 한 입을 베어 무는 듯 마는 듯하였는데, 그 모양이 마치 아이들이 소꿉놀이 중에 가짜 음식을 먹는 시늉만 하는 것 같았다. 그러나 그런 것이야 아무래도 좋았다. 그 붉고 도톰한 입술에 서문창은 대번에 마음을 뺏기고 말았으니까.

'앵두 같은 입술이라고 하더니……!'

몸속에서 불끈하고 한 줄기 열기가 솟구쳐 오르는 느낌에 서문창은 저도 모르게 얼굴이 뜨거워지고 말았다. 그러면서도 그는 그녀의 육감적인 입술에서 차마 눈을 떼지 못하였고, 천천히 오물거리는 그녀의 입술을 따라 자신의 가슴 박동마저 맞추어지는 듯한 느낌이었다.

그런데 그처럼 서문창의 온 신경이 그녀의 입술에 몰입되어 가고 있는 어느 순간이었다.

"어멋!"

그녀가 돌연 질러내는 날카롭고도 뾰족한 비명 소리에 서문창은 흠칫 몰입에서 깨어나며 일어서는 그대로 뒤로 몸을 돌렸다. 그리고 그때 크게 비칠거리며 가게 안으로 들어서서는 다시 쓰러질 듯이 그들의 탁자 쪽으로 부딪쳐 오고 있는 누군가를 발견하고 반사적이다시피 한 주먹을 쳐 냈다.

퍙!

가죽공을 가볍게 때리는 듯한 소리와 함께 그자는 단번에 주르륵 밀려나더니 그대로 바닥으로 쓰러졌는데, 그제야 그자가 완연한 거지행색이라는 것을 알아보고 서문창은 '아차!' 하며 가벼운 자책을 했다.

갑작스러운 상황에서 그도 여유가 없었던 터라 조금 과하게 내력을 실어버린 것이었고, 그자는 필시 가볍지 않은 내상을 입었으니 의원에게 가서 치료를 받는다 하더라도 한 열흘쯤은 자리보전하고 눕는 처지가 되지 싶었다.

그러나 서문창은 이내 스스로를 정당화할 수 있었다.

'감히!'

그랬다. 감히 그녀를, 그의 여자를 놀라게 하다니!

그때 그녀가 아직도 놀람이 가시지 않았는지 얼른 그의 곁으로 다가섰기에, 서문창은 절로 어깨에 힘이 들어갔다. 그가 눈빛을 날카롭게 하여 상황을 주시하고 있자니, 그제야 헐레벌떡 뛰어 들어온 배불뚝이 가게주인이 넙죽 허리부터 숙였다.

"이이고! 공자님!"

서문창의 외양과 기세, 또 그의 허리에 걸린 검을 보고 일단 숙이고 봐야 한다는 계산을 잽싸게 한 것이리라!

"도대체 무슨 일이오?"

서문창이 위엄을 잡으며 나직이 호통을 치자, 가게주인은 하소연이라도 하듯이 바쁘게 한바탕 말을 주워섬겼다.

"아, 저 못된 도둑놈이 글쎄……."

서문창이 가게주인의 말을 듣는 중에 그 거지행색의 사내를 살피자니, 사내는 바닥에 쓰러진 채로 아직도 일어나지 못하고 있는 중에도 한 손에 만두 하나를 꽉 움켜쥐고 있었는데, 그 만두는 이미 완전히 터지고 으스러져서 그 속의 야채며 잡채 등의 부스러기들이 지저분하게 흘러나와 있었다.

서문창이 가볍게 미간을 좁힐 때였다. 사내가 꿈틀거리더니 몸을 일으키고 있었다. 그런데 힘겨운 몸짓이나마 사내가 제 힘으로 능히 몸을 일으켜 내고 있다는 점에서 서문창은 언뜻 의외로운 심정이었다.

'맷집 하나는 좋은 자로구나!'

그때였다.

"어머?"

여인이 놀라 뱉는 소리에 서문창이 일단은 그녀의 앞을 성큼 가로막아 서며 무슨 일인지를 살폈더니, 거우 버티어 선 사내가 손으로 얼굴을 닦아내면서 가려져 있던 얼굴이 드러났는데, 그 얼굴이 온통 화상자국 같은 흉터로 뒤덮여 있어서 몹시도 추할 뿐더러 괴이하기까지 하였다.

　서문창은 이윽고 잔뜩 얼굴을 찌푸리고 말았다. 이어 그는 몇 닢의 은자를 꺼냈다. 언짢은 기분에 만두 값이 얼마냐고 물어볼 기분도 아니었기에, 그냥 만두 값을 치르고도 남겠다 싶은 정도를 탁자 위에 던져 두고 가게를 나갈 작정이었다.

　그런데 그때였다.

　"이놈! 네놈들의 도둑질이 어제 오늘의 일이 아니니, 내 오늘은 결코 그냥 넘어가지 못하겠다!"

　서문창의 눈치를 보고 있던 가게주인이 와락 사내를 향해 달려들었다. 그러나 서문창은 이미 그와는 전혀 무관한 일로 치부한 다음이었기에, 가볍게 여인을 부축해 한 걸음을 뒤로 물러났다.

　가게주인이 대번에 사내의 멱살을 움켜잡았는데, 안 그래도 겨우 버텨서 있던 사내가 그만 다리가 풀리고 만 듯이 제 풀에 휘청거리며 뒤로 넘어갔고, 그 바람에 헛손질을 한 가게주인은 힘껏 사내를 떠밀어 버렸다.

　그런데 곧바로,

　"어… 엇?"

　하고 기겁한 것은 오히려 가게주인이었다. 사내가 확 떠밀려 간 방향이 하필이면 서문창과 여인이 물러선 쪽이기 때문이었다.

　그러나 서문창은 조금도 당황하지 않고 가볍게 한 발을 차

냈다. 사내의 지저분한 몰골에 손을 대는 것조차 꺼림칙하였
기에 가볍게 차서 다른 쪽으로 밀어버릴 작정이었다.

그런데 그 순간이었다. 사내가 얼떨결인 듯이 그의 차내는
발을 붙잡으려 했기에 서문창은 언뜻 짜증이 일고 말았다. 그
리하여 서문창이 차내던 발을 중간에서 진보(進步)의 형태로
바꾸어 가볍게 바닥을 굴렀고, 그 반동을 빌어 다시 한 주먹
을 쳐 냈다. 곧 자연스럽게 발경의 위력을 실은 것이었다. 더
하여 그 한 주먹에는, 그가 일부러 의도하지는 않았더라도 평
상시의 수련으로 몸에 붙은 약간의 권법 초식이 저절로 보태
졌다.

7

필괴는 자신을 향해 쳐 오는 청년의 주먹을 보고 있었다.
그런데 그는 문득 그 주먹의 힘과, 혹은 속도, 나아가 그 주먹
에 담긴 약간의 변화까지도 알아지는 것 같은 느낌이었다. 물
론 만약 그에게 지금 조금만 생각해 볼 여유가 있었다면, 그
같은 느낌에 대해 몹시 허황되거나 이상하다고 곧바로 단정
하고 말았을 것이지만. 또한 만약에, 그의 그런 느낌이 허황
되거나 이상하지 않은 정말의 사실이라고 해도, 지금 그의 형
편으로서는 결국 아무런 대응도 해볼 수가 없는 것이었지만.

팡!

주먹이 가슴을 때리는 소리는 이번에도 가벼웠다. 그러나 그 위력만큼은 이전보다 훨씬 강력했다. 뼛속까지 울리는 듯한 충격이 곧장 온몸으로 치달려 나갔고, 대번에 시야가 핑 돌아가며 필괴는 그대로 나가떨어지고 말았다. 만약 그 순간에 그의 내부에서 꿈틀하며 혈룡이 그 존재를 드러내지 않았다면, 그는 그대로 혼절하고 말았을 것이다.

필괴는 이를 악물고서 천천히 몸을 일으켜 세웠다. 그러나 그의 고통스러운 몸짓이 감히 대항해 보고자 하는 엄두인 것은 결코 아니었다. 오히려 자신에게 청년에 대한 조금의 악의도 없다는 점을 표시해 보이고 싶었고, 더하여 자신은 청년이 아마도 이미 간주하고 있을 그런 비루(鄙陋)한 사람이 아님을 호소하고도 싶었다.

"나는. 아니오!"

필괴는 최선을 다해 말을 만들어냈다. 그러나 다음 순간 그는 청년의 얼굴에서 한 가닥의 불같은 노기가 일어나는 것을 보았다. 왜 그렇게 되었는지에 대해 의문을 가져 볼 틈은 없었다. 그 순간 이미 청년의 양 주먹이 번개처럼 날아오고 있었으므로.

파~ 팟!

바람 가르는 소리를 내며 청년의 양 주먹은 허공에다 순간적으로 네다섯 개의 주먹 형상을 더 만들어내고 있었다. 필괴로서는 처음으로 보는 신기한 재주였다.

그런데 이상했다. 필괴는 이번에도 청년의 주먹이 가지는 위력과 그 변화의 요체를 짐작해 볼 수 있을 듯한 느낌이었다. 그러나… 조금도 대항을 해볼 도리가 없기는 역시 마찬가지였다.

쾅!

폭음과 함께 필괴의 몸이 허공으로 붕 떴고, 그대로 날아가 가게 바깥의 길거리바닥에 처박히고 말았다.

거대한 충격으로 필괴가 눈앞이 캄캄하고 숨조차 쉴 수 없는데, 바로 그 순간 그의 내부에서 다시금 혈룡이 꿈틀거렸다. 한층 더 격렬하게. 혼미한 중에도 그는 언뜻 혈룡이 조금쯤 더 자란 것 같다는 생각을 했다. 그리고 그는 다시 일어섰다. 아니, 일어설 수 있었다.

"이자가……?"

청년은 무슨 억울한 일을 당한 듯이 격분을 참지 못하더니, 이윽고 허리에 걸린 검을 잡아갔다. 가물거리는 의식 속에서 필괴는 청년의 검자루에 달린 수실의 노란 빛이 무척이나 눈부시다는 생각을 했다. 사방의 풍경들이 마구 이지러지고 있었다. 그런 중에 누군가 그의 옆으로 와서 서는 것이 느껴졌고, 다시 그 사람이 외치는 소리가 꿈결처럼 들렸다.

"이 사람은 만두를 훔치지 않았소! 처음부터 이 사람은 잘못한 것이 없소!"

순간 필괴는 뺨 위로 뜨거운 줄기가 주르륵 흐르는 것을 느졌다. 그리고 안도했다. 누군가 그의 사정을 알고, 그를 위해 변호해 주고 있다는 사실에 대해. 그러나 그것이 그가 느낀 마지막의 의식이었고, 한순간 그의 몸은 '스르르!' 바닥으로 무너져 내리고 말았다.

8

"아무 죄도 없는 이 사람을 그쪽으로 떠민 것은 저 가게주 인이었고, 귀하 또한 이 사람에게가 아니라 가게주인에게 잘 못을 따졌어야 했던 것이오!"
그 말이 자신에게 하는 말이란 것을 깨닫는 순간, 서문창은 차라리 어이가 없었다. 거지였다. 애초에 거지들로 인해 거지 같은 일에 얽혀든 것인데, 또 다시 거지였다. 얼굴은 말끔했 으나 온통 더덕더덕 기운 누더기 옷과, 다듬지 않아 제멋대로 자란 머리를 대충 질끈 묶은 모습에서 그 청년은 마치 스스로 거지임을 일부러 알리고 다니는 것 같은 모양새였다.
거지청년의 말이 맞을 수도 있겠다는 생각이 언뜻 들지 않 는 것은 아니었지만, 서문창은 인정하고 싶지 않았다. 그렇지 않아도 그는, 지금 거지청년의 발아래 쓰러져 있는 추괴한 용 모의 사내가 그의 주먹 세 대를, 그것도 마지막에는 제법 내 력까지 실어서 펼쳐 낸 그의 가전권법 일초에 정통으로 가격 을 당하고도 끝내 일어섰다는 사실에 대해, 상당히 언짢아 있는 중이었다. 그런데 어디서 또 거지 하나가 불쑥 나타나더니 이제는 숫제 그의 잘못을 따지고 들기까지 하고 있는 것이 아닌가? 그의 여인이 지켜보고 있는 앞에서 말이다.

'거지 따위가 감히?'

버럭 분기가 치밀어 올랐지만, 서문창은 애써 분노를 눌렀다. 눈앞의 거지청년이 사뭇 맹랑하게 사리를 따지는 모양새가 거지는 거지이되, 아무래도 그냥 거지는 아닌 듯해서였다.

"혹시 걸방(乞幇)이오?"

서문창의 물음에 거지청년이 슬며시 입술을 비틀었다.

"걸방이 뭣하는 물건이오?"

거지청년의 그런 반문에 대해서는 서문창이 이윽고 눌러두었던 분노를 터뜨리고야 말았다. 걸방의 거지가 아니라면 소속도 없는 뜨내기 거렁뱅이란 것이니, 그가 굳이 감정을 자제하여야 할 이유는 없는 것이었다.

"그자가 만두를 훔치지 않았다는 걸 네가 어떻게 확언할 수 있다는 것이며, 더욱이 어디서 빌어먹다 여기까지 흘러왔는지도 모를 너 따위 거렁뱅이의 말을 내가 왜 들어야 한다는 말이냐?"

서문창의 호통에 은근한 서슬이 실렸다.

그러나 거지청년은 문득 싱긋한 웃음기를 떠올렸다.

"거 생긴 것이나 옷차림이 제법 그럴싸하기에 어디 번듯한 명가의 기품있는 자제인 줄로만 알았더니, 초면에 대뜸 짧은 말을 지껄여 대는 걸 보니 그런 건 아닌 모양일세! 역시 겉만 번지르르한 개털이었던가?"

서문창의 얼굴이 대번에 벌겋게 달아올랐다.

"이놈! 어디서 감히 찢어진 입이라고 함부로 놀려대는 것이냐?"

"어허! 이것 점점 가관이로세? 그래, 이몸이야 어디서 빌어먹다가 온 거렁뱅이가 맞다. 한데, 이몸더러 함부로 이놈 저놈 소리를 해대는 네놈은 어디서 굴러먹다 온 개털인고?"

순간 서문창은 언뜻 당황스러워지고 말았다. 분노와는 별개로 무언가 상황이 잘못되어 가고 있다는 경계가 불쑥 생기는 것이었다. 상대는 역시 보통의 거지가 아닌 것 같았다. 걸방에 속한 거지가 아니라고 하니, 혹시 강호를 유랑 중인 숨은 고수이거나 기인(奇人)일 수도 있는 일이었다.

그러나 다른 때 같았으면 서문창이 이런 정도에서는 적당히 사태를 수습하고 일단 물러날 마음을 먹었을 테지만, 역시 오늘만큼은 선뜻 그렇게 하기가 어려웠다. 지금 그의 여인이 동그랗게 뜬 두 눈으로 그를 지켜보고 있는 중이었고, 가득 놀람을 담은 그 두 눈에 다시 약간의 호기심과 기대 같은 것을 비치고 있었으니 말이다.

그런데 서문창이 잠깐의 갈등에 빠져 있는 그때였다. 거지 청년이 갑자기 그에게서 몸을 돌리더니, 그때쯤 사방에서 잔뜩 몰려들어 있는 거리의 구경꾼들을 향해 서는 것이었다.

걸쭉한 입담이었다. 처음에 거지들이 만두를 어떻게 훔쳤으며, 그러다 어떻게 만두가게 주인에게 들켰으며, 다시 거지들이 도망치는 과정에서 필괴가 어떻게 오해를 받게 되었는지, 그리고 그 뒤에 서문창이 개입되어 필괴에게 주먹질을 하는 데까지의 상세한 얘기였는데, 거지청년이 적절히 감정을 싣고 흥을 섞어서 풀어놓으니 구경꾼들은 마치 한바탕의 재미있는 재담이라도 듣는다는 듯이 여기저기서 고개를 주억거리며, 혹은 '옳거니!' 하고 무릎을 쳐 가며 호응을 했다.

그렇게 한바탕 이야기를 풀어놓더니, 거지청년은 다시 만두가게 주인을 지목하며 물었다.

"자! 사정이 그렇게 된 것인데도 주인장은 아무 죄 없는 사람을 함부로 핍박하여서 지금 이런 지경을 만들어놓았으니, 이 일을 어떻게 할 것이오?"

진작부터 당황해하고 있던 가게주인이 새삼 어쩔 줄을 몰라 하는데, 거지청년이 다시 거리의 한쪽을 보면서 크게 호통을 쳤다.

"이놈들! 당장에 이리로 오지 못할까? 네놈들에게 나쁜 짓을 해서는 안 된다고 그처럼 누누이 일렀거늘, 아직까지도 그 못된 습성들을 버리지 못하였더냐?"

그러자 그쪽의 골목 안쪽으로부터 한 떼의 거지가 줄지어 나오는데, 바로 좀 전의 그 어린 거지들이었다.

어린 거지들이 고개를 푹 숙인 채로 조심조심 다가올 때까지 엄한 얼굴을 하고서 기다리고 섰더니 거지청년이 문득 가게주인에게 깊숙이 허리를 숙였다. 이어 소매 속에서 은자 한 냥을 꺼내더니 불쑥 건네는 것이었다.

가게 주인이 당황한 중에 다시 어리둥절하고 마는데 거지청년이 그 은자 한 냥을 두 손으로 바치는 시늉을 하며 짐짓 큰 소리로 말했다.

"사실 이 아이들은 소생이 돌보고 있는 아이들이올시다. 은자 한 냥으로 이놈들이 손댄 만두 값을 배상하고, 이렇게 허리 숙여 사죄를 드리니 부디 용서하여 주시오!"

그런데 가게주인이 보니 거지청년이 빤히 사람을 올려다보고 있는데, 그 눈빛이 싱긋이 웃고 있었다. 순간 가게주인은 확연히 계산이 섰다. 어쨌든 거지청년이 보통사람은 아닌 터에 오늘 괜히 악연을 맺었다가는 앞으로 장사하는 데 자칫 지장을 초래하기 쉽겠다고!

"아……! 사실은… 용서하고 말고 할 일도 아닌데……. 나는 되었소! 나는 이미 되었소이다!"

가게주인의 손사래에 거지청년이 얼른 허리를 펴며 흔쾌하다는 듯이 고개를 끄덕이는 한편으로, 그 은자 한 냥을 슬그머니 제 소매 속으로 다시 갈무리하였는데, 그 모습이 밉기보다는 영판 넉살 좋은 거지였다.

가게주인은 자리를 피하듯이 얼른 주방 안으로 들어가 버렸고, 거지청년은 다시 서문창을 향해 돌아서며 문득 정색을 하였다.

"이 거렁뱅이가 원래는 좋은 마음으로 나섰으되, 난데없이 이놈 저놈 소리까지 듣고 보니 거렁뱅이도 사람인지라 분한 마음이 생기지 않을 수는 없는 터! 하면 어디 이제부터 제대로 한번 시시비비를 가려볼까?"

서문창이 이제는 이미 기호지세였다. 하여 그가 거지청년을 날카롭게 쏘아보는데, 잠시간 빤히 마주 보고 있던 거지청년이 문득 소리를 낮추며 그 혼자만 들으라는 듯이 나직이 말했다.

"내 진심에서 권유하건대… 이쯤에서 사과할 것은 솔직히 사과하고, 또 보상할 것은 적당히 보상하는 선에서 마무리를 하는 것이 사내다운 처신이라 할 수 있을 것 같은데… 어떤가? 서문세가의 소가주이신 서문창 공자!"

순간 서문창은 걷잡을 수 없이 폭발하고 말았다.

"네놈이 감히… 본 공자가 누구인 줄 알고 있으면서도 지금껏 능멸을 하였던 것이냐?"

곧바로 서문창이 거지청년을 향해 짓쳐 나갔고, 연이어 권장각퇴(拳掌脚腿)의 현란한 몸놀림을 와르르 쏟아내자 구경꾼들 속에서 속속 탄성들이 터져 나왔다.

거지청년이 당장에는 크게 허둥대는 듯했다. 그러나 위태위태한 중에도 요리조리 참으로 용하게도 잘 피해 다녔고, 그런 모습은 이내 익살스럽게까지 보여서 구경꾼 가운데서는 왁자한 웃음소리가 일어나고 있었다.

서문창은 이윽고 검을 뽑아 들었다. 그러자 거지청년도 허리춤에 두르고 있던 무언가를 풀어내어 가볍게 떨치는데,

칭!

하고 맑은 소리를 내며 튕겨 펼쳐지는 것은 한 자루 낭창거리는 연검(軟劍)이었다.

두 사람이 마주 검을 겨누고 보자 서문창은 물론이요, 거지청년 역시도 감히 더는 조금의 여유도 부리지 못하여서 그 기색과 동작 하나하나가 진중하기 이를 데 없어졌다.

서문세가가 원래 검으로 일가를 이룬 무가이거니와 서문창이 일단 검공을 펼치기 시작하자, 당장에 확연히 우세를 점하는 것은 아니어도 조금씩 거지청년을 몰아붙이는 형국으로 되고 있었다.

그런데 그럴 즈음에, 어느 틈에 구경꾼들 사이로 끼어 들어 있던 그 어린 거지들이 시끄러워지기 시작했다. 주변의 구경꾼들은 조금도 상관하지 않고서 서문창에 대해 사뭇 노골적인 야유와 욕설을 퍼붓기 시작한 것이다.

"이런 비열한!"

서문창이 신경이 쓰이지 않을 수는 없어서 거지청년에게 호통을 쳤는데, 거지청년은 오히려 여유와 익살을 되찾은 듯했다.

"하하하! 비열이라니? 거렁뱅이에게 그런 게 있을 까닭이

있나?"

"네놈들이 떼지어 이런 행패를 부리고도 이 유주성에 발을 붙일 수 있을 것 같으냐?"

"어허! 그것 또한 참으로 괴이한 소리로구나! 나는 하늘을 지붕 삼고 땅을 방구들 삼으며 천하를 내 집처럼 살아가는 사람이거늘, 대관절 네가 무엇이기에 그런 말을 할 수 있단 말이냐? 설마 네가 사실은 기껏 서문세가의 자식이 아니라, 혹시 황제가 뒷구멍으로 몰래 까놓은 귀한 피붙이라도 된다는 말이냐?"

거지청년의 그 소리를 어린 거지들이 받아서,

"뒷구멍!"

"뒷구멍!"

하고 후렴처럼 입을 모아 외쳤다. 그에 구경꾼들이 '와하하~!' 하고 웃음소리가 왁자한 중에, 거지청년이 다시 걸진 소리를 이어갔다.

"아니, 아니지! 설령 그렇다 하더라도 감히 그런 말을 함부로 지껄일 수는 없는 일이지. 오라! 그러고 보니 필경은 네가 아직 세상을 살아가는 기본 이치조차도 제대로 배우지 못한 탓이겠구나! 하면 너는 함부로 칼질을 해대고 있을 것이 아니라, 지금 당장 집으로 달려가 네 부모에게 여쭈어보거라! 오늘 네가 여차저차해서 어느 사리 밝은 거렁뱅이에게 훈계를 듣고 칼부림까지 하게 되었는데, 그것이 과연 잘한 일인지 못한 일인지에 대해서 말이다. 하하하! 그러나 내 장담하건대, 네 부모 입에서 결코 좋은 소리가 나오지는 않을 것이다.”

거지청년의 입이 가히 청산유수로 매끄럽고도 매서웠으니, 서문창이 말재간으로는 도저히 감당할 엄두가 서지 않을 정도였다. 그렇다고 단시간 내에 제압을 할 수 있는 것도 아니었으니, 서문창이 참으로 답답한 노릇이었다.

사실 서문창은 스스로의 무공에 대해 상당한 자부심을 가지고 있는 터였다. 서문세가의 무공뿐만이 아니라, 어렸을 때부터 강호 명사들을 초빙하여 몇 종의 상승무공을 사사한 바도 있는 것이다. 그리하여 유주성 내의 청년 무인 중에서는 단연 백미라는 소리를 듣고 있을 뿐 아니라, 유주성 인근의 여러 성에까지 신진청년고수로 이미 제법 이름이 나 있는 중이었다. 그런데 지금 이 내력도 알 수 없는 거지청년 하나조차 제대로 제압을 하지 못하고 있으니, 참으로 어이가 없는 심정이었다.

덩달아 어린 거지들의 야유와 욕설은 점점 더 걸쭉해지고 있었고, 그 사이에 더욱 늘어난 구경꾼들로 거리는 그야말로 발디딜 틈이 없어졌는데, 승부는 자꾸만 질질 끄는 형세가 계속되고 있었으니 서문창이 이윽고는 초조해지기 시작할 때였다.

“서문 공자! 이제 그만하세요! 그만 돌아가요!”

뾰족한 여인의 외침이었다. 서문창이 안 그래도 답답하던 차에 그것을 핑계 삼아 검을 거두었다.

"오늘은 사정이 여의치 않아 이만 돌아가겠다. 하지만 본 공자가 곧 너를 다시 찾을 테니, 그때는 정말로 각오를 하여야 할 것이다!"

그러자 거지청년이 또한 연검을 거두어 허리에 두르면서 웃으며 받았다.

"하하하! 다시 보자는 말이냐? 난 싫은데?"

"이놈! 비겁하게 꼬리를 말 셈이냐?"

"허허! 너하고 다시 겨룬다고 해서 이 거렁뱅이한테야 식은 밥 한 덩어리나마 생기는 것도 아닌데, 내가 왜 엄한 짓거리로 힘을 빼야 한다더냐?"

"이놈이?"

서문창이 새삼 분기를 터뜨리면서도 막상 다시 검을 뽑아 들기는 뭣하여 기세만 세우는데, 거지청년이 짐짓 손을 내저으며 말했다.

"거 시답잖은 소릴랑 그만하고, 기왕에 검을 거두었으면 어서 갈 길이나 가거라!"

"이놈! 내 반드시 네놈을 다시 찾을 것이다!"

서문창이 크게 호통을 쳐 기세를 한번 세우고는 곧장 여인을 데리고서 자리를 떠났다. 그것으로 구경거리가 끝났으니, 잔뜩 몰려들었던 구경꾼들 또한 빠르게 흩어지며 제각기 갈 길을 찾아갔다.

그런 광경들을 잠시간 우두커니 지켜보고 섰던 거지청년

이 문득 나직이 혼잣말로 중얼거렸다.

"서문세가의 기대를 한 몸에 받고 있는 기재라고 하더니 과연 헛소문은 아니었구나! 아직 어린 나이임에도 내공과 검법의 정교함은 오히려 나보다 한 수 윗줄에 올라 있으니, 앞으로 경험만 충실히 쌓는다면 능히 강호고수의 반열에 오를 수 있을 것이다!"

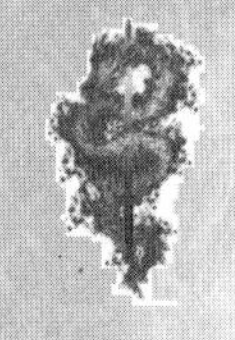

第二章
중결자(仲乞子)

1

필괴는 문득 정신을 차렸다. 그러나 잠시만… 잠시만 이대로 더 있고 싶었다. 죽은 듯이. 곧바로 현실과 대면하고 싶지는 않았다. 이제 다시 감당해 나가야만 할 현실이 얼마나 더 거칠고 험악하게 변해 있는지 알 수 없었으므로.

몹시도 나른한 느낌이었다. 온몸에 한 점의 힘도 남아 있지 않은 것처럼. 다만 머리는 맑았다. 너무 맑아서 내부의 구석구석이 훤히 들여다보이는 것 같았다.

고요하고도 신비롭게 숨어 있는 존재들이 보였다. 아니, 느껴졌다. 한 마리 혈룡과, 한 자루 은은히 빛나는 검! 견딜 수 없는 공포와 암담함 혹은 극렬한 고통이나 분노 없이, 그것들을 느껴보기는 처음이었다. 더욱이 저처럼 고요하고도 평화롭게 머물러 있는 모습이라니…….

필괴는 문득 가슴이 벅차올랐다. 마치 세상의 모든 것을 다 가진 듯한 뿌듯함과 든든함이었다. 이제 다시 마주쳐야 할 현실이 아무리 거칠고 험악한 것이라고 해도, 한 번 더 감당해 볼 수 있겠다는 용기가 생기는 것만 같았다. 필괴는 저절로 웃음이 났다.

문득 다가드는 인기척이 있었지만, 짙은 아쉬움에 필괴는 눈을 뜨지 않았다. 그러자 그 인기척의 주인이 그의 귀에다 속삭였다.

"이봐요? 웃는 걸 보니 깨어났군요? 깼으면 그만 눈을 떠요!"

그 앳된 목소리가 귀를 간지럽히지 않았더라도, 필괴는 곧바로 눈을 뜨지 않을 수가 없었다. 그를 도저히 참을 수 없도록 이끄는 무엇 때문이었다. 냄새! 그리고 곧장 참을 수 없는 허기가 그를 잠식해 왔다.

코에 닿을 듯이 바가지 하나가 들이밀어져 있었다. 필괴가 와락 바가지를 잡아가는데, 작은 손 하나가 재빨리 그의 손을 막았다. 작고 여린 손이었다. 그러나 필괴의 힘없는 손은 그 작고 여린 손에 의해서도 간단히 가로막히고 말았다.

필괴가 그제야 그 앳된 목소리와 작고 여린 손의 주인을 보는데… 아는 얼굴이었다. 그때 그에게 만두 한 개를 쥐어 주고 도망쳤던 바로 그 어린 거지였다.

그러나 필괴가 딱히 원망이나 증오가 일어나지는 않았는데, 그때 그 어린 거지가 자못 퉁명스럽게 말을 뱉어냈다.

"아주 천천히 속을 달래야지, 급하게 먹었다간 당장에 탈이 날 거랬어요!"

그리고 어린 거지는 어깨를 한번 으쓱해 보이고 나서 다시 덧붙였다.

"우리 대장이 그랬어요. 우리 대장이 그렇다면 정말로 그런 거니까, 말을 듣는 게 좋아요!"

바가지 안에는 멀건 국물이 담겨 있었는데, 아마도 미음을 쑤어 온 모양이었다.

어린 거지는 작은 나무숟가락으로 바가지 안의 것을 조금 떠서 필괴의 입에 대어 주었다.

필괴는 허겁지겁 받아먹었다. 바가지와 나무숟가락, 그리고 그것을 든 작은 손까지 온통 때로 꾀죄죄하고 얼룩덜룩하였지만, 그에게는 보이지 않았다. 지금 그의 온 정신은 오로지 삼키는 것에만 가 있었다.

어린 거지는 자신을 황오(黃五)라고 했다. 이름 같은 것은 본래부터 없었고, 그냥 그들 무리 중에서 황자(黃字) 서열의 다섯째라서 그렇게 부르면 된다는데, 필괴로서는 무슨 소린지 알지 못했고, 굳이 궁금하지도 않았다.

황오로부터 대강의 얘기를 들을 수 있었다. 이곳은 그들의 거처, 즉 거지움막이라고 했다. 그들의 대장이 그를 구해준

데 이어, 혼절한 그를 길거리에 그냥 두고 올 수는 없다고 해서 이곳까지 데리고 왔다는 것이었다.

황오는 필괴가 혹여 그때의 일에 대해 감정이 남아 있을까 걱정이 되었던지, 몇 번씩이나 자신들이 구해준 은혜를 강조했다. 사실은 필괴도 그렇게 여겼다. 비록 그들 때문에 난데없는 봉변을 당한 꼴이긴 했지만, 그러나 어쨌든 그들이 아니었다면 탈진과 배고픔에 그는 이미 아사하고 말았을지도 모를 일이었다. 원한과 은혜가 공존한다고 하겠지만, 그는 은혜 쪽이 훨씬 더 크다고 여겼다.

2

오후쯤이었다. 한결 몸을 추스른 필괴가 움막 바깥으로 나와 앉아 있는데, 저쪽에서 누군가 성큼성큼 걸어오고 있었다. 바로 그를 구해준 거지청년이었다. 또한 황오가 대장이라고 부르는 사람이기도 했고.

밝은 데서 자세히 보니 대장은 훤칠한 키에 이목구비가 뚜렷하여서, 얼굴을 씻고 단정하게만 꾸민다면 제법 호남 소리를 들을 수 있겠다 싶은 생각이 드는 것이었다.

"다시 한 번 미안하다는 말씀을 드리오! 우리 아이들이 아직 어리고 철이 없는 데다 내가 잘 가르치지 못한 탓이 크니, 부디 넓은 아량으로 용서해 주시기 바라오!"

대장은 말하는 것도 영 거지답지가 않았다.

그때 저쪽의 움막 옆에서 황오가 빼꼼히 모습을 나타냈는데, 대장이 손짓하여 부르자 삐죽거리며 영 내키지 않는 듯한 걸음으로 다가왔다.

"무얼 하고 있느냐? 어서 사죄를 드리지 않고!"

대장의 대뜸 호통에 황오가 어깨를 흠칫하였으나, 막상 필괴와 시선을 마주치자,

"흥!"

하고 작게 코웃음을 쳤다. 그러나 대장이 짐짓 눈을 부라리며,

"이 녀석이?"

하고 다시 호통을 치자, 녀석은 감히 거역하지 못하겠다는 듯이 고개를 숙였다. 시늉으로만 까딱하고 마는 고갯짓이었다.

필괴가 저도 모르게 피식 웃고 마는데, 그러자 황오 녀석이 씩 웃더니 '낼름!' 혀를 내밀고는 잽싸게 도망을 쳐 버리는 것이었다.

"일찍 세파에 시달린 탓에 영악해 보이지만, 사실은 순박함이 그대로 남아 있는 녀석이오!"

대장이 황오의 뒷모습을 보며 잔잔히 말하더니, 문득 필괴를 보며 물었다.

"한데 이름이 어찌 되시오?"

대장이 물은 데 대해 필괴가 앉은 채로나마 두 손을 모으며 대답했다.

"인사가. 늦었습니다. 필괴라고. 합니다!"

어색하게 끊어지는 특이한 말투와 과하다 싶은 예(禮)에 대해서 당황스러운 모양으로 대장이 가볍게 손을 내저어 보이며 받았다.

"아, 필형이셨구려! 나는 중걸자(中乞子)라고 하오!"

"중걸자……?"

필괴의 중얼거림에 의문이 담겼기에 대장, 중걸자가 얼른 덧붙였다.

"하하하! 거지에게 무슨 이름이 제대로 있겠소? 그냥 아무 데서나 흔하게 볼 수 있는 거렁뱅이라는 뜻이오!"

이어 중걸자는 빙그레 웃으며 물었다.

"한데 필형은 무슨 사정으로 풍진강호에 나와 그런 고초를 당한 것이오?"

그 질문에 대해서는 필괴가 말을 다듬기 위해 잠시 틈을 두어야 했는데, 그것을 어떻게 해석하였던지 중걸자가 곧바로 말을 이었다.

"어쨌든… 비록 거지소굴이지만, 우리와 함께 있는 동안만큼은 아무쪼록 마음 편하게 지내길 바라겠소!"

그 말에 필괴는 문득 감격했다. 그동안 겪었던 굶주림과, 세상의 거친 박대에 대해 지금 이 거지청년이 기왕의 베푼 은혜에다, 다시 이토록 따뜻한 배려를 베푸는 데 대한 감격이었다.

한편 필괴의 얼굴에서 그런 심정을 읽었던지 중걸자가 씩 웃으며 말을 보탰다.

"장담하건대 동냥질을 하는 데는 여기에 있는 우리 아이들이 최고의 고수들이니, 함께 지내는 동안 아이들에게 비법을 전수받아 둔다면 한 평생 밥 먹을 걱정은 하지 않아도 될 것이오. 하하하!"

중걸자가 웃자고 하는 소리인 줄이야 알지만, 연신 고개를 끄덕이는 필괴는 정말로 절절한 심정이었다. 허기로 인해 죽음 직전까지 갔다 와본 사람만이 느낄 수 있는 절절함일 것이었다.

"그럼 푹 쉬시오!"

중걸자가 빙그레 웃으며 말하고는 올 때처럼 성큼성큼 걸어서 가버렸다.

3

필괴는 거지움막에서 이틀째를 맞고 있었다. 그동안 그의 몸은 빠르게 회복되어서 이제는 거의 체력을 되찾고 있는 중이었다. 특별한 치료를 받은 것은 아니었다. 거지들이 동냥해 온 밥을 매끼니 거르지 않고 꿀맛처럼 먹어치운 것 외엔.

가슴과 복부를 무겁게 짓누르던 통증 또한 언제 사라졌는

지도 모르게 없어졌는데, 아무래도 혈룡과 관련이 있지 싶었
다. 지난 며칠 사이에 녀석은 몰라보게 자란 것 같았다. 아니,
정확하게는 어제부터였다. 녀석이 꿈틀거리지 않을 때도 그
가 항상 녀석의 존재를 느낄 수 있게 된 뒤로부터, 녀석은 마
치 한 단계 진화를 이룬 듯이 불쑥 커져 버렸다.

이제 녀석에게서는 더 이상 어린 새끼 용의 느낌이 나지 않
았는데, 필괴는 그것이 한편으로는 낯설고 서운하기도 했다.
그리고 한 번씩 녀석이 심술을 부리듯이 돌연히 크게 꿈틀거
리기라도 할라치면 문득 두려운 마음이 들기도 했다. 녀석이
몸집이 커지면서 녀석을 가둬두기에 그의 몸이 비좁다는 느
낌을 받게 되었고, 놈이 심하게 꿈틀거릴 때는 '이러다가 놈
이 몸속을 마구 헤집고 다니기라도 하면, 그대로 전신이 터져
버리는 것은 아닐까?' 하는 생각까지 해보게 되는 것이었다.
그러나 대부분의 시간에 녀석은 그저 고요하게 그저 존재하
고만 있을 뿐이었으니, 그럴 때는 또 그런 두려움이나 걱정
따위는 그저 실없는 것으로 여겨졌다.

필괴는 지금 움막 앞에 나와서 햇빛을 쬐고 있는 중이었다.
아침나절의 햇빛이 무척이나 따사로운 중에, 앞쪽으로 펼쳐진
작은 냇가의 평지에서는 지금 이십여 명의 거지가 죄다 모여 있
었다. 어제에 이어 오늘도 벌어지는 광경으로, 아마도 매일 아
침마다 대략 한 시진 정도씩은 일과처럼 행해지는 모양이었다.

먼저 거지들은 홀로, 혹은 몇 명씩 패를 나누어 외치고 타

령 부르기를 하였는데, 아마도 구걸이나 동냥하는 연습을 하는 모양이었다. 참으로 거지답다고 해야겠으나, 필괴가 조금 이상하게 여기는 것은 거지들이 실제로 동냥을 나가는 모습은 한 번도 보지 못했다는 것이다. 이미 사흘간이나 거지들과 함께, 그야말로 숙식을 함께 하고 있는 중인데도 말이다. 하긴 그럼에도 먹을거리가 떨어진 적은 없었으니, 다행이라고 해야 할 일이었다.

이어 거지들은 다른 것을 연습하는 순서로 들어갔는데, 이런저런 형태로 모였다가 흩어졌다가 하면서 일제히 주먹을 뻗고 발을 차기도 하고, 그네들이 개 쫓는 몽둥이라 하여 타구봉(打狗棒)이라고 부르는 짤막한 나무막대기를 휘두르기도 하였다. 그런가 하면 또 일제히 돌을 던지기도 하였는데, 그런 일련의 움직임들이 모두 마치 군무(群舞)를 추듯이 나름의 짜임새가 있어 보였다.

그런데 그것이 용호장의 비조의 훈련 모습과도 사뭇 비슷하다는 점에서, 필괴는 그것이 어떤 진형의 일종일 수도 있겠다고 짐작을 해보았고, 그런 점에서는 다시 의아하고도 놀라웠다. 거지들이 그런 것을 다 연습하고 있다는 점에서 말이다. 그러나 한편으로 요 근래 그가 겪었던 세상의 험난함을 돌이켜 보면, 아무리 가진 것 없는 거지들이라고 하더라도, 제 한 몸 지킬 수 있는 방편 한두 가지쯤은 있어야 되겠다 싶기도 한 것이었다.

잠깐 만에 한 시진이 훌쩍 지나갔는지 거지들이 왁자하니 소란스러웠고, 어린 거지들은 대번에 장난꾸러기의 모습들로 돌아갔다. 이제는 그와도 제법 친해진 황오와 몇몇 어린 거지가 그를 발견하고 대번에 달려와서는, 숨을 쌕쌕거리면서도 장난을 걸어왔다. 겨우 이삼 일을 함께 지냈을 뿐인데 이제 녀석들은 조금의 경계심도 보이지 않았고, 마치 가족을 대하듯이 익숙하고도 친근하였다.

어쩌면 자신의 행색이 또한 그들과 조금도 다를 것 없는 거지꼴이거니와 더욱이 추하고 괴이한 얼굴이니, 오히려 그들로 하여금 쉽게 어떤 동질감과 공감 같은 것을 느끼게 한 것인지도 모른다고 필괴는 생각해 보았다. 세상으로부터 소외받는 처지들로서의 동질감과 공감 같은 것 말이다. 녀석들의 장난을 받아주고 함께 장단을 맞추는 그의 얼굴에 환한 웃음기가 가득해졌다. 얼굴을 뒤덮은 흉한 자국들 하나하나에까지도.

그러던 중에 녀석들이 또 갑자기 우르르 몰려가 버리기에, 필괴가 눈을 들어보니 저쪽에서 중걸자가 천천히 다가오고 있는 중이었다. 필괴는 눈을 가늘게 떴다. 중걸자의 등 뒤로 아침햇살이 마치 후광처럼 부서지며 눈이 부셨다.

필괴는 앉은 채로 가만히 두 손을 모았다. 중걸자는 오늘따라 유난히 커 보였다. 길게 드리워지며 먼저 와서 닿는 그의 그림자마저도. 그리고… 고마웠다.

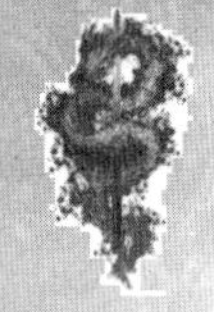

第三章
내 이름은 필괴다!

1

서문창이 집으로 돌아왔을 때, 소문은 이미 그를 앞질러 도착해 있었다. 대문을 들어서자마자 곧장 부친에게로 불려가 호된 꾸지람을 듣고 보자, 혼날 일을 했다고 자책을 하면서도 한편으로는 치밀어 오르는 울화를 견디기 어려웠기에 서문창은 다시 집을 나섰다.

한참이나 거리를 헤매며 걷던 서문창은 한곳의 주루에 들러 자리를 잡았다. 독한 화주 한 병을 시켜 놓고 낮의 일을 차근차근 되짚어 보는데, 다른 건 차치하고라도 그 많은 사람들이 지켜보는 중에 일개 거지 놈에게 모욕을 당했다는 데 생각이 미치자 새삼 불쑥하고 치미는 울화를 참을 도리가 없었다.

그에 서문창이 화주 한 병을 단번에 비워내고 다시 한 병을 시키려는 참인데, 누군가 슬그머니 그의 앞자리를 차지하고 앉았다.

"형님! 성내에 이미 소문이 짜하니 퍼졌던데, 어쩌다가 그런 개 같은 경우를 당한 것이오?"

"뭐……? 개 같은 경우?"

서문창이 눈을 확 치켜뜨자, 사내가 어깨를 움찔하였으나 막상은 놀라는 기색이 아니었다. 서문창이 한때 객기 좀 부리던 시절에 시전바닥의 몇몇 이름난 왈짜들과도 안면을 트고 지냈었는데, 사내는 그들 중의 하나로 도말(度末)이란 자였다. 도말은 서문창보다 적어도 네댓 살은 위로 보였는데, 형님 소리를 해가며 짐짓 아래로 구는 모양새가 사뭇 능글맞을 정도였다.

서문창이 연거푸 술을 들이키는 것을 잠시 지켜보던 도말이 슬그머니 말을 붙였다.

"형님의 무공 실력이 어떤 것인데… 세상에 어떻게 거지놈이 형님과 동수를 이룰 수 있더란 말이오?"

서문창이 다시 버럭 받았다.

"그놈이 나와 동수를 이뤘다고 누가 그러더냐? 네놈이 자세히 알지도 못하면서 함부로 주둥아리를 놀릴 셈이냐?"

"아이고, 형님도 참! 이 아우도 사람들이 하는 얘기를 믿지 못해서 하는 얘기가 아니겠소?"

"그때는 부득이한 사정이 있었던지라 서둘러서 사태를 수습할 수밖에 없었다만… 내 당장 내일이라도 그놈을 다시 찾을 것이다."

도말의 눈빛이 설핏 반짝였다.

"아! 역시 그러셨구려? 한데… 눈치를 보니 지금 형님의 처지가 세가의 무사들을 마음대로 동원할 수 있는 건 또 아닌 것 같고, 더욱이 그 거지 놈은 걸방 소속도 아니라고 하던데… 놈이 지레 겁을 집어먹고서 어디 깊숙한 곳에 짱 박혀 버리기라도 했다면, 놈을 찾는 일이 그리 만만하지는 않을 것 같소만……?"

서문창이 가볍게 눈살을 찌푸리자, 도말은 은근한 투로 덧붙였다.

"어떻소? 이 아우가 한번 나서 보리까?"

"어떻게 하겠다는 것이냐?"

"흠! 놈이 벌써 성 밖으로 튀었다면 모르겠지만… 그러나 놈이 스물 가까이나 되는 새끼거지들을 거느리고 있다고 했으니, 그렇게 발 빠르게 움직이지는 못하지 않겠소? 그렇다면 지금 당장 애들을 모아서 일단 성문 일대부터 봉쇄해 놓고, 그런 다음에 구석구석 쥐 잡듯이 뒤져 나간다면 놈을 찾아내는 것이야 시간문제가 아니겠소?"

서문창이 솔깃해지는 눈치를 도말이 재빨리 읽고는 얼른 다시 말을 이었다.

"놈을 찾는 일은 나한테 맡겨 두시오! 대신… 수고한 우리 애들한테는 나중에 거하게 한잔 쏘는 거요?"

서문창이 이윽고 고개를 끄덕였다.

"네 말한 대로 지금 내 입장이 그리 편하지는 않으니, 되도록 조용히 처리하여야 할 것이다!"

도말이 싱글싱글 웃으며 제 가슴팍을 툭툭 쳤다.

"그런 걱정일랑 꽉 붙들어 매시오! 우리가 이런 일에는 또 이력이 붙은 사람들 아니오?"

2

사흘째 되는 날. 드디어 도말로부터 예의 그 거지패거리의 소굴을 찾았다는 연락을 받고 서문창이 한달음에 달려갔다.

그런데 서문창이 원래는 오로지 그때의 거지 놈과 다시 승부를 내는 일에만 생각을 치중하고 있던 차였는데, 다시금 가만히 생각해 보니 지난 머칠간 울화를 다스리느라 고역을 치른 것 만해도 그 거지 놈 하나를 쓰러뜨리는 것만으로 만족하기에는 좀 억울한 감이 있긴 하였다. 더욱이 지난번 어린 거지 떼들의 욕설과 야유는 참으로 지독하지 않았던가?

'이참에 아예 놈들을 쓸어버리자!'

그리하여 서문창은 도말과 열대여섯쯤 되는 왈짜패들을 전부 대동하여 거지소굴로 향했다.

서문창과 왈짜패들이 거지들의 움막이 바라다 보이는 곳에 도착한 것은 서서히 땅거미가 깔릴 무렵이었는데, 무릎깊이 정도의 물이 흐르는 작은 내 건너편으로 움막 몇 채가 나란히 서 있었다.

기왕에 지침을 정하고 온 바였기에, 왈짜패들은 곧장 고함을 지르며 움막을 덮쳐 갔다.

"와아~!"

까짓 거지들쯤 일단 덮치고 보자는 작정이었다.

그런데 그때였다. 그 몇 채의 움막 안으로부터 거지들이 불쑥불쑥 튀어나오더니 이내 이십여 명의 무리를 이루고는 곧장 내를 향해 마주 달려오는 것이었다.

그것을 보고 왈짜패들이 더욱 기세를 올리며 이윽고 내로 뛰어들어 첨벙거리며 건너는 중인데, 갑자기 그들을 향해 돌멩이들이 날아들기 시작했다.

거지들이었다. 거지들이 어느 틈에 냇가에 제법 정연하게 대형을 이루고 있는 중에 일제히 돌을 던지고 있었던 것이다.

그런데 거지들이 마구잡이로 돌을 던지는 것이 아니어서 제법 집중도를 보이며 왈짜패들의 머리 위로 와르르 쏟아졌기에, 왈짜패들은 당장에 낭패한 모양새로 되고 말았다. 두 손으로 머리를 감싸고 물 위에 납작 엎드리는 놈, 재빨리 걸음을 돌려 도망치는 놈 등등 왈짜패들이 일시에 우왕좌왕 사방으로 흩어지고 마는데, 그야말로 오합지졸이 따로 없었다.

그런 중에도 일부 발 빠른 왈짜들 몇몇이 마침내 내를 건넜는데, 그들이 가까이에서 보니 대형을 짜고 있는 거지들이 대개는 말 그대로 '대가리에 피도 안 마른 것들'이라 그대로 기세를 올리며 짓쳐 들어갔다.

그런데 거지패들은 별로 당황하는 기색들이 아니었다. 대형 중에서 십여 명이 앞으로 나서며 다시 하나의 작은 소대(小隊)를 이루는데, 그들의 손에 굵고 짤막하게 생긴 몽둥이 하나씩이 들려 있었다.

거지들의 소대가 발을 맞추어 질서정연하게 맞아 나오자, 왈짜들이 주춤주춤 기세가 꺾이는 모습이 되고 마는데 그때 거지들이 일제히 몽둥이를 치켜들고,

"와아~!"

함성을 내지르며 치고 나오기 시작했다. 그에 왈짜들이 감히 맞부딪쳐 볼 엄두를 내지 못하고 얼른 되돌아서 내로 뛰어들었고, 그 모습에 아직도 내 안에서 허둥거리고 있던 다른 자들까지도 첨벙첨벙 물속에서 엎어지고 자빠지며 줄행랑을 치기에 급급한 모습을 연출했다.

"와아아~!"

거지들이 일제히 함성을 지르며 기세를 올렸다. 그러나 거지들은 내로 뛰어들어 왈짜들을 추격하지는 않고, 오히려 냇가에서 일정거리를 물러나 다시 처음의 대형을 만들며 도열해 섰다.

3

‘저놈들의 내력이 도대체 무엇이란 말인가?

거지들과 왈짜패들 간에 벌어진 잠깐의 공방전을 지켜본 서문창은 차라리 기가 찬 심정이었다. 어떻게 된 거지들이 마치 군사들이 진형을 운용하는 듯한 움직임을 보였으니 말이다.

“이런 형편없는 놈들!”

마침 다리를 절뚝이며 오는 도말을 보고는 서문창이 화를 참지 못하고서 거칠게 내뱉었다.

그때였다.

“서문세가의 소가주 서문창 공자! 어디서 오합지졸을 끌고 와 다시금 거지들에게 망신을 당하였으니, 이제 내일 아침이면 온 성내에 소문이 돌 텐데 그 창피를 또 어떻게 감당하려는가?”

내 건너편에서 낭랑한 목소리가 외쳤다. 중걸자였다. 물론 서문창으로서야 그가 두목거지라는 것만 알았지, 이름까지 알 수는 없는 노릇이었지만.

“이놈! 이 비열한 거지 놈아!”

서문창이 내력을 돋우어 호통부터 내지르고 보는데, 중걸자가 짐짓 느긋하니 받았다.

"어허! 떼거지로 남의 집을 쳐들어온 주제에, 적반하장도 유분수지 지금 누굴 보고 비열 운운하는 것이냐?"

"저런 죽일 놈이……?"

"보아하니 네가 그날 당한 수모를 어떻게 한번 갚아보려고 찾아온 모양인데, 어떠냐? 이 거렁뱅이께서 넓은 아량으로 다시 한 번 상대를 해주랴?"

그에 서문창이 더는 참지 못하여 그대로 땅을 박차고 신형을 쏘아 나갔다. 그리고 한달음에 냇가에 당도한 그는 순간 허공으로 도약해 올라 내 가운데쯤에 삐죽 솟아 있는 바위 위에 내려섰고, 연이어 바위를 박차고 다시 날아올라서는 대번에 내를 건넜다.

바람처럼 달려와 앞쪽에 버티고 서는 서문창을 보며 중걸자는 내심 감탄하지 않을 수 없었다. 방금 그가 선보인 일련의 신법재간만 해도 강호에서 흔히는 볼 수 없는 상승의 수법인 때문이었다.

그런데 그때였다.

"양보해. 주시오!"

문득 등 뒤에서 말하는 목소리에 중걸자는 언뜻 의아해지고 말았다. 필괴였다. 그런데 앞뒤없이 불쑥 뱉은 말이었으나 그의 말이 무엇을 뜻하는지는 중걸자가 곧바로 짐작해 볼 수 있었으니, 곧 서문창과의 승부를 자신에게 양보해 달라는 의미가 아닌가?

중걸자는 저도 모르게 잔뜩 찌푸리며 힐끗 필괴를 돌아보았다. 필괴가 서문창에게 당한 것이 결코 가볍다고 할 수 없으니만큼 이참에 그 빚을 갚겠다는 마음을 먹어보는 것이야 차라리 사내답다고 할 것이지만, 그러나 말 그대로 마음으로만 그래야 하는 것이지 감히 서문창을 상대로 해서 직접 이렇게 대들고 나서는 짓은 참으로 무모하다고밖에 할 수 없는 노릇이 아닌가?

그렇더라도 중걸자는 막상 뭐라고 말을 꺼내지는 못했다. 스스로 달변이라 자부하는 그였지만, 지금 이 순간만큼은 어떻게 대답을 해야 할지 사뭇 당황스러운 심정으로까지 되고 마는 것이었다. 그가 강호를 다니면서 많은 눈빛을 보아왔지만, 지금 필괴와 같은 눈빛은 처음이었다. 단호하다거나 강렬하다거나 날카롭다는 말 따위로는 표현하지 못할, 어떤 기이한 힘이 담긴 눈빛이었다. 그러나 필괴의 눈빛에서 중걸자는 분명히 알 수 있었다. 그가 지금 무슨 말을 해도 필괴의 뜻을 꺾지는 못할 것이란 사실을.

중걸자는 결국 아무 말도 하지 않았다. 그리고 천천히 뒤로 물러났다. 필괴의 뜻을 존중해 주기로 한 것이다. 물론 이 일의 결과는 당연히 필괴 자신이 감당해야만 할 것이었다. 매정하지만 그것이 강호의 엄정한 법칙인 것이고, 지금 이 순간 필괴 스스로가 험난한 강호의 길을 걷겠다고 선택한 것이라면, 또한 그러한 강호의 법칙에도 순응을 해야만 하는 것이다.

4

서문창이 잠시 지켜보고 있자니 거지 놈들이 하는 짓거리가 참으로 가관이었다. 웬 거지 한 놈이 나서서는 두목거지에게 그와 싸우게 해달라고 요청을 하고 있는 모양이 아닌가?

그런데 그때였다. 두목거지가 갑자기 성큼성큼 뒤로 물러났고, 뒤이어 그 뒤에 대형을 이루며 도열해 섰던 거지들이 또한 두목거지를 따라 일제히 뒤로 물러서고 있었다.

돌아가는 상황이 하도 어이가 없어서 서문창이 잠시 멀거니 보고만 있을 때였다. 그의 앞쪽에 홀로 남아 있던 그 거지가 그를 향해 성큼성큼 걸어오기 시작했다.

어이가 없는 심정과는 별개로 서문창이 조금쯤이라도 경계하는 마음이 들지 않을 수는 없어서 비로소 그 거지의 모습을 자세히 살펴보았는데, 다음 순간 서문창은 그만 놀라고 말았다.

'설마 그때의 그놈이란 말인가?

그랬다. 상처자국으로 가득하여 추하고 괴이한 얼굴. 그 거지는 며칠 전 만두가게에서 벌어진, 그리고 지금까지 이어지고 있는 이 일련의 사건의 발단을 만든, 바로 그자였다.

동시에 서문창은 약간의 찜찜함도 함께 떠올려야 했다. 그날 그의 주먹을 맞고 몇 차례나 쓰러지면서도, 그때마다 악착스럽게 다시 일어서곤 했던 그자의 납득하기 어려웠던 모습을 기억해 낸 때문이었다.

그러나 서문창은 곧바로 잡념을 접었다. 상대가 속도를 빨리하면서 곧장 부딪쳐 오고 있었다. 보법이나, 투로라고 할 것도 없는 그냥 무작정의 돌진이었다. 그런데 그것이 오히려 신경을 건드리는 데가 있었기에 서문창은 피하는 대신 정면 대응을 택했다.

서문창은 양 주먹을 가볍게 교차시킨 상태에서 오른 주먹을 힘차게 앞으로 내뻗었다. 언뜻 단순해 보였으나 거기에는 날카롭고도 현묘한 일련의 변화들이 잠재되어 있었다. 바로 서문세가가 자랑하는 초성권(超聲拳)인 것이다. 더하여 그의 칠성 내력이 실려 있었다. 불쾌하기 짝이 없는 상대의 무모함을 단번에 짓뭉개 버릴 작정인 것이었다.

5

픽!

파팟!

두 사람은 사뭇 치열하게 얽혀 돌아가고 있었다.

'이게 도대체……!'

중걸자는 진작부터 두 눈을 크게 뜨고 있었다. 처음에는 다분히 일방적인 싸움이었다. 그것이야말로 지극히 당연하기도 했지만. 그런데 상황은 이내 참으로 묘하게 진전이 되어서두 사람 간에는 빠르게 균형이 맞춰졌고, 이윽고는 지금과 같이 치열한 접전의 양상으로까지 되고 만 것이었다.

서문창의 권법은 훌륭했다. 빠르고 날카로웠으며, 매 순간 짐작하기 어려운 변화가 담겨 있었다. 거기에 심후한 내력이 더해졌으니, 서문창의 주먹마다에는 강력한 위력이 실려 있었다. 그럼으로써 처음에 필괴에게는 도무지 방법이 없는 듯이 보였고, 중걸자는 그것이 차라리 당연하다 여겼다.

두 사람이 격돌하자마자 필괴는 곧바로 턱을 가격당했고, 크게 충격을 받은 그가 곧 쓰러질 듯이 위태롭게 비틀거리며 뒷걸음질을 칠 때만 해도, 중걸자는 사실상 그것으로 이 얼토당토않은 싸움이 끝났다고 단정했었다. 필괴가 용하게도 겨우 중심을 잡고 버텨 섰지만, 그때 역시도 서문창이 곧장 뒤쫓아서 끝을 내지 않고 유유히 원래의 자리를 지키며 여유를 부린 때문이라고 치부했다.

그런데 중걸자가 두 눈을 크게 뜨게 된 건 그다음부터였다. 필괴는 금세 멀쩡해진 듯이 보였다. 마치 방금의 충격쯤은 곧바로 해소해 버린 듯이. 그리고 그는 사뭇 차분해진 듯했고, 연이어 펼쳐지는 서문창의 권법에 대해 나름대로의 대응을 하기 시작하는 것이었다.

우선 필괴는 서문창의 공격에 대해 피하려는 시도를 보였는데, 물론 당장에는 서문창의 빠르기나 변화를 따라잡지 못하여 잇달아 타격을 허용하였다. 다만 그럼에도 필괴가 처음처럼 크게 휘청거리거나 비틀거리는 모습을 다시 보이지는 않는다는 데 대해서 중걸자는 마땅한 까닭을 찾지 못하였다.

그리고 다시 조금의 시간이 더 지났을 때 필괴는 피하기보다는 마주 주먹을 뻗고 쳐 나가는 형태로 대응 방식을 바꾸었는데, 중걸자가 보기에 그것이야말로 상대의 변화를 읽지 못한다면, 그리고 상대의 속도를 따라잡지 못한다면 결코 가능하지 않을 시도였다. 그러나 결과적으로 두 사람이 주먹을 맞부닥치는 빈도는 빠르게 늘어났고, 그것에 대해 중걸자는 이번에도 마땅한 이유를 찾지 못했다.

어쨌든 서문창의 얼굴이 일그러지기 시작한 것은 그때부터였다. 그리고 그는 마침내 최대한으로 내력을 끌어 올린 듯이 보였다.

펑!

퍼펑!

어느덧 사방이 어둑어둑해져 오고 있는 중에, 두 사람의 격돌에서는 이제 완연한 기격(氣擊)의 폭음들이 만들어지고 있었다.

중걸자는 새삼 놀라지 않을 수 없었다. 능히 일류의 경지에 달한 서문창이 전력내공을 담아 펼쳐 내는 상승권법의 위력을 지금 필괴가 능히 받아내고 있다는 사실에 대해.

그때쯤 서문창의 얼굴에는 당황과 경악, 그리고 다시 격한
분노 등이 격렬하게 뒤섞이고 있었다.

6

창!

서문창은 이윽고 검을 뽑아 들었다.

그러자 상대는 흠칫 뒤로 물러서더니, 이내 자세를 가다듬
고 다시금 전의를 불태우는 모습이었다. 그러나 그는 여전히
맨몸이었다.

'감히 공수(空手)로 검을 상대하겠다는 것인가?'

그러나 서문창은 곧바로 알 수 있었다. 상대가 연검 같은
종류도 지니고 있지 않다는 것을. 잠시간의 갈등 끝에 서문창
은 다시 검을 거두었고, 아예 뒤로 멀찍이 던져 두었다.

"좋다!"

"사내답다!"

지켜보던 거지들 중에서 두어 마디의 외침이 터져 나왔기
에, 서문창은 언뜻 쓴웃음을 머금고 말았다. 칭찬으로 하는
말인지는 애매했으나, 며칠 전 그처럼 질펀하던 야유나 욕설
과는 사뭇 대비가 되기는 했다.

'이 일 초로 끝내리라!'

서문창은 가볍게 양 주먹을 말아 쥐었다. 이어 그의 양 주

먹은 천천히 크고 작은 원을 그리며 움직였고, 점차로 그 속
도가 빨라지더니 이윽고는 여러 개의 뚜렷한 권영(拳影)들을
만들어내기 시작했다. 초성권의 마지막 초식이 펼쳐지는 중
이었다.

필괴는 서문창이 만들어내는 주먹의 궤적과 변화를 보고
있었다. 아니, 느끼고 있었다. 그는 자신의 느낌을 믿었다. 조
금의 의심도 없이. 그러한 그의 믿음은, 그 느낌이 바로 그의
마음속에서 지금 희미하게 빛나고 있는 한 자루의 작은 검으
로부터 비롯된다는 또 다른 믿음이 있기 때문이었다. 그리고
그는 이윽고 상대의 변화를 깨뜨릴 수 있겠다는 확신까지를
가질 수 있었다.

"어… 엇?"

중걸자는 기어코 다급한 소리를 뱉고 말았다. 두 사람 사이
의 공간이 온통 서문창이 만들어내는 권영들로 가득 차다시
피 한 가운데, 필괴가 돌연 거침없이, 아니, 무모하게도 곧장
한 주먹을 찔러 넣고 있었다.

그리고 다음 순간 모든 것은 멈추었다. 가득하던 서문창의
주먹 그림자들이 한순간에 사라졌고, 필괴도, 서문창도 우뚝
멈추어 있었다.

그리고 다시 다음 순간, 서문창이 천천히 무너져 내렸다.

사방이 얼어붙은 듯이 조용해졌다. 거지들도, 내 건너편의
왈짜패들도 감히 숨소리조차 크게 내지 못했다.

그런 가운데 나직한 외침 하나가 어둑한 사위를 조용히 울렸다.

"내 이름은. 필괴다!"

필괴의 그 소리를 모두가 들었으나, 정작으로 서문창만은 듣지 못하였다. 그는 이미 들을 수 없었으므로.

『심검지』 4권에 계속…

이제부터
전자책은

이젠북

www.ezenbook.co.kr

세상을 보는 또 하나의 창!
이젠북(ezenbook)!
지금 클릭하세요!

검색창에 이젠북 을 쳐보세요! ▼ 🔍

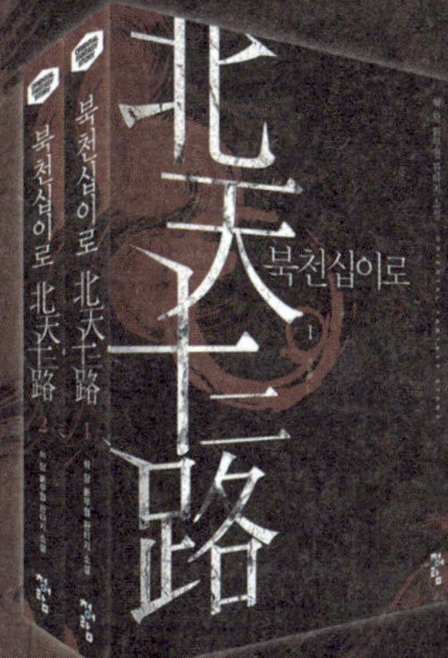

萬能書生
만능서생
1
2